Né en 1952, Serge Quadruppani a publié une dizaine d'essais et une trentaine de fictions, principalement des romans noirs. Il a participé à la création du personnage du Poulpe et au lancement de la collection de ce nom aux éditions Baleine. Depuis trente ans, comme traducteur et comme directeur de la Bibliothèque italienne aux Éditions Métailié, il a contribué à faire connaître des auteurs italiens importants comme Andrea Camilleri, Giancarlo De Cataldo et beaucoup d'autres. Parmi ses romans, citons en 2003, chez Métailié, *La Nuit de la dinde* (adapté à la télévision sous le nom « La Nuit du Père Noël ») ; *Saturne* aux Éditions du Masque en 2010 (Prix des lecteurs du festival Quais du polar en 2011) ; *Loups Solitaires* (Métailié, 2017).

Son premier roman, *Y* (1991), jamais paru en poche, marque le début de la « Trilogie de K » (*Y*, *Rue de la Cloche*, *La Forcenée*) et *Maldonnes* (Métailié, 2021) est son dernier ouvrage publié.

Serge Quadruppani

Y

LA TRILOGIE DE K

Éditions Métailié

ISBN 978-2-7578- 8959-6

pour Ji

1

C : Dans le métro parisien, quand on quitte une rame suante pour foncer vers l'escalier mécanique, quand, au bout d'une trajectoire calculée pour éviter le gros de la foule, on agrippe le premier la rampe de caoutchouc dur, la montée irrésistible et lente des marches d'acier strié dénoue doucement l'angoisse de tant de regards torves et vides, jusqu'à la délivrance finale de l'air libre.

Mais pas à Château-Rouge. La décompression n'y opère pas. Non que le mépris ordinaire des choses pour les hommes y soit plus intense. Comme dans n'importe quelle station de métro parisien, les sièges y sont disposés de manière à empêcher les pauvres de s'y étendre et comme partout les panneaux de pub penchent vers l'usager leur sollicitude courbe. Les flaques, les taches et les traces n'y sont en fin de journée pas plus nombreuses qu'ailleurs. Tout au plus peut-on deviner, à voir les quais privés de télé, que la rame dégorge surtout de la catégorie défavorisée. En fait, ce qui empêche de mieux respirer quand on émerge au ras du trottoir à la station Château-Rouge, c'est qu'en haut ou en bas, c'est pareil. Même cohue, même odeur besogneuse et surie. Même merde.

Enfin, en tout cas, c'est ainsi que je vois la chose. Que je perçois cette extrémité de mon petit monde à moi, cette lisière nord de l'asfalte jungueule où j'erre, l'un des orifices du réel où, voilà six mois, je pénétrais chaque jour, et que je m'envoyais jusqu'à la lie dont j'étais. D'un côté, les Halles, ces viscères de verre bourrées de camelote et graissées à l'huile de frite *macdo*, s'enroulent sur elles-mêmes dans l'autocontemplation hébétée des galeries marchandes à digestion lente. De l'autre, le boulevard Barbès, relié au ventre de Paris par l'intestin grêle du métro, débourre son surplus d'humains inassimilés par la ville propre. Noires en boubou, Noirs sapés, Noirs en bleus, Noirs gris de fatigue. Arabes trop vieux pour s'accoutrer de verlan. Rastas de Montreuil, Zoulous d'Argenteuil, Kurdes marxistes-léninistes. Chiites de la rue Jean-Pierre Timbaud, tagueurs de banlieue déguisés en ricains, néo-clodos armés de chiens galeux, de boniments bien-pensants et de hargne alcoolique. Touristes échappés de leurs cars comme des larves pâles tombées de leur cocon, en route vers le fantasme momifié de Pigalle. Petits Blancs des derniers comptoirs en zinc, petits vieux cernés, petit peuple en voie d'extinction, chassé de ses réserves du centre par la déferlante branchée et cadrée. Et aussi, tireurs en costars de chez Tati, esclaves « bohémiennes » triturant un carton crasseux, employés égarés, intellos voyeurs. Enfin, le fond du fond, le dépôt gras de cette gadoue, voici, la déglingue irrémédiablement visible ou rafistolés encore, les camés. Les paladins de la dreupou, quêteurs du graal en sachet, grappilleurs d'extase en cachets. Tronches de hiboux surpris dans un phare, le ricanement furtif ou la normalité raide, les tox circulent péniblement dans les boyaux de la ville, avant d'en être expulsés à la station d'après Barbès-la-galeuse, au pied de ce château de leurs Espagnes, de ce manoir écarlate de leurs rêves seringués. A Château-Rouge, ils arrivent. Les toxicos. Les accros. Les junkies. Eux. Moi.

Il y a du brodequin au métro Château-Rouge. Une fille m'a averti dès le quai :

– Les keufs. Ils ramassent.

J'ai regardé son maigre visage et à cause de ses grands yeux doux, j'ai fait comme si je ne comprenais pas. Je n'ai pas voulu qu'elle me croie de son espèce. Je me suis laissé expulser par l'escalier mécanique. « Fiston, m'a dit le Capitaine sur le quai de la gare de Nîmes, avant une étreinte bourrue comprise dans les frais du séjour, si tu retournes à Château-Rouge, t'es qu'une merde molle. »

Des CRS en calot, des flics en casquette collent des pas-blancs contre les arbres et le kiosque à journaux en leur pointant la matraque dans les reins. Ils fouillent puis ils embarquent. Ambiance affairée. Ni cris, ni coups. Juste une gifle de-ci, de-là, quand les raflés tardent à grimper dans le véhicule mafflu qui barre la rue Poulet.

Je respire un grand coup. Le frisson de la frousse passe sur l'angoisse du manque sans la déranger dans sa tâche. Au début, je l'ai haïe, cette douleur qui grelottait dans mes tripes comme un réveil cruel, et puis, tandis que les premiers émois passaient et que j'apprenais à aimer la came comme une ancienne amante à la bouche fleurie, aujourd'hui vieille pute à trente francs la pipe, l'horreur du manque, à l'inverse, s'atténuait pour moi, devenant comme une sensation de faim trop aiguë qui ouvre sur des perspectives de banquets.

Mais cette fois, la table n'est pas servie. Deux Noirs musculeux à coiffure rasta sont en grande conversation avec trois flics en civil devant une vitrine de charcutaille. Je passe au milieu des uniformes. Mon costume de lin vert et ma chemise de soie noire sont peut-être bien froissés, et l'écharpe de laine blanche est peut-être déplacée en ce début novembre chaud comme une fin d'été, mais ils me distinguent heureusement du junk ordinaire. Un couple sorti du métro derrière moi va s'installer à la terrasse du café au nom de la station. Un brin de soleil éclaire la scène. Je m'attable non loin d'eux.

A l'instant où je m'assieds, je m'aperçois de la connerie que je suis en train de faire. L'un des trois flics en civil, le trapu qui me tourne le dos, j'ai aperçu dans la vitrine du traiteur sa barbe vieux loup de mer et sa vareuse Concarneau. Le Cloarec. Surtout pas qu'il me voie. Je me détourne vers la table à côté. Il y a là un grand type large d'épaules en survêtement bleu pétrole à bande jaune, écouteur du baladeur sur les oreilles et une fille dont je ne vois que le dos et les cheveux noirs ébouriffés à la punk.

– Vous pouvez m'expliquer ce qui se passe ? demande, à voix très haute, la fille à son vis-à-vis. Ils embarquent des immigrés, ça, on a l'habitude. Mais pourquoi ils copinent avec ces rastas ?

– Des indics, je suppose, rétorque l'autre avec un haussement d'épaules.

– Ça vous dérangerait de retirer vos écouteurs une seconde quand je vous parle ? relance la fille. Ou alors, faites-m'en profiter.

Le type soupire, tire son baladeur de sa ceinture et appuie sur un bouton. Je me sens de plus en plus mal. Je transpire à grosses gouttes froides. Mes mains tremblent, le garçon s'approche, je me lève.

Il est parti chercher des cigarettes...

La voix de chat écorché de Birkin. Je hais. Je hais furieusement. J'ai envie de me les prendre à la hache... l'abruti en jôguing, le garçon de café qui me lance un regard haineux, les consommateurs à la terrasse et les derniers types qu'on embarque et les indics et les flics et Le Cloarec, surtout Le Cloarec... Et la punkette qui reprend avec Birkin, d'une voix de crécelle :

Il est parti chercher des cigarettes...

En fait, il est parti...

La lame de la hache prend le cou par le travers, la fille hurle, les tables se renversent, le raisiné gicle sur la vitrine, allons-y, c'est ma tournée...

– Varga !

C'est Le Cloarec qui me tire de mon rêve rouge. Le Cloarec qui sourit de toute sa dégaine de marin-pêcheur de la Seine-Saint-Denis.

– Oh, Claude Varga, je te parle... viens un peu par ici !

Il me fait signe d'approcher. Me pose sa patte sur l'épaule, me parle tout près. Ça fleure la vase et l'anisette.

– Tête de con, qu'est-ce que tu fous là ? Tu sais pas que c'est fini, Château-Rouge ? Pour faire tes courses, faut aller à Charonne, maintenant ! T'es complètement débranché, Claudette !

Il m'a coincé dans l'entrée du traiteur. Dans mon champ de vision, il y a sa calvitie et des coquilles de thon à la mayonnaise. Comme je ne réponds rien, il s'énerve.

– Tu m'entends, tête de con ? Tu sais bien que t'es tricard dans le quartier, non ? Tu veux que je te fume ? hein ? Tu veux une bastos dans les couilles ? Pour ce qu'elles doivent te servir, hein, maintenant, pauvre merde ! T'es juste bon à tendre le cul pour avoir ta dose, alors, tes roustons, on peut se les dénoyauter, non ? histoire de rire... Viens chéri, on va se faire une bavure.

D'une main, il me serre l'épaule, deux doigts enfoncés dans le trapèze, là où ça fait bien mal et de l'autre, il appuie son .357 magnum sur mon bas-ventre. Mais il n'y a pas de quoi s'inquiéter. C'est rien que du réchauffé. Il fait ça sans penser à mal. Son petit cirque escadron de la mort, il sait bien que je m'en fous complètement. J'ai mal au ventre et il n'y est pour rien. Mais il sort de sa poche un sachet de poudre blanche et je commence à trembler.

– C'est ça que tu veux, hein, tête de con ? C'est ça ?

Je déglutis et hoche la tête. Mon regard s'arrache à la dope, glisse vers la vitrine de terrines grisâtres et de vol-au-vent débordant de substance marron.

– T'en as envie, hein ? Si tu veux ton susucre, faut aboyer…

Les deux doigts qui tiennent le sachet insistent pour s'enfoncer entre mes côtes. Je me raidis.

– T'entends ? Fais « ouah-ouah ».

Je ramène les yeux sur lui et soutiens le regard de sa prunelle bleu pâle.

– Ouah-ouah, je fais.

Il m'adresse un bon sourire, me glisse la dose dans la poche, replace son arme dans l'étui fixé au-dessus de la fesse, comme dans les feuilletons qu'il aime.

– Eh ben voilà, pas besoin de s'énerver, hein petit ?

J'ai bien vingt centimètres de plus que lui mais je ne relève pas. Je passerais volontiers à autre chose mais il a l'air d'aimer le coin, notre nid de boudins blancs et de salades gélatineuses. Le geste lent du Malouin qui s'apprête à tenir le quart sur une mer d'huile, il sort de la poche de sa vareuse un paquet de Gauloises.

– T'as du feu ?

Je dois m'y reprendre à deux fois pour lui allumer sa cigarette. Il tire une bouffée et me souffle la fumée au visage en me fixant durement. C'est vrai que ses yeux sont glaçants mais à ce jeu-là, depuis la maternelle, j'ai toujours gagné. Je lui renvoie un regard placide. Le bout de sa cigarette rougeoie…

A : Le rouge à lèvres violet déborde un peu vers le coin droit de ma bouche, mais faut dire que la vitrine du bar n'est pas un excellent miroir et que je suis énervée. Dès qu'il m'a entendue chanter à l'unisson de sa Birkin, Emile K. a coupé le contact et s'est isolé avec elle, dans son baladeur. Je m'essuie le coin de la bouche, range mon bâton de rouge à lèvres dans la poche de mon blouson et termine mon Coca. Au moins 80 calories. Je me remonte sur le crâne une mèche collante de gel violet qui était venue m'agacer l'œil et au passage, m'égratigne la joue avec ce putain de bracelet clouté.

Devant la boutique du traiteur, le conciliabule se poursuit entre le flic déguisé en marin et Claude, dit Escogriffe.

Il donne du feu à l'inspecteur, qui lui souffle la fumée au visage et puis le flic, sans se presser, lui écrase sa cigarette sur le visage. Escogriffe pousse un drôle de cri aigu et tombe en avant, dans les bras du policier. Je me lève d'un bond.

– Restez tranquille, me souffle Emile K.

Mais me voilà devant l'entrée du traiteur. Le policier repousse calmement, en lui tapotant le dos, Escogriffe qui a une horrible boursouflure rouge en haut de la pommette droite.

– La prochaine fois, je te crame l'œil, dit-il d'une voix douce, pressante, presque affectueuse. Tu as compris, sale petite pédale ? Tu sais pourtant que Monsieur de Neuville ne veut pas que tu traînes dans le secteur. Mais c'est compris, cette fois, hein ? Dis-le. Dis-le moi, insiste-il sur le même ton en gardant un bras derrière l'épaule du jeune homme.

– J'ai compris, articule Escogriffe, qui pleure à chaudes larmes.

Le policier s'écarte avec un soupir et le laisse passer.

– J'ai tout vu, dis-je, au moment où il passe à ma hauteur. Si vous voulez, je peux témoigner.

– Ça c'est bien, marmonne-t-il et il fonce vers le métro.

Je lui cours après, l'agrippe par la manche.

– Vous avez entendu ? insisté-je. Il faut porter plainte. Je suis témoin !

– Oh, fous-moi la paix, connasse. Où tu te crois ? Dans un clip d'Amnesty International ? Si t'as besoin d'une cause pour te sentir toute moite de bonté, trouve-toi un beur tabassé à point ou alors un truc plus rare, un transsexuel cégétiste, une vache féministe vivisectionnée, un communiste combattant en grève de la faim sur le front politico-militaire de l'Europe de l'Ouest…

J'ai l'impression qu'on verse sur moi le contenu d'une poubelle. Je recule mais comme je lui barre encore le chemin, il s'échauffe :

– Casse-toi, pétasse, va parler des Droits de l'homme là où ça veut dire quelque chose : à la télé.

Il reprend son souffle, penche la tête sur le côté et, l'air méditatif :

– Je t'y vois bien à la télé… avec ta tronche de minette qui s'éclate, tu pourrais y rendre des services, je sais pas moi, embrasser l'animateur au cœur gros comme ça, changer les couches de l'abbé Pierre, participer à un téléthon pour rembourser aux familles des Chinois condamnés à mort le prix de la balle… Ou un truc vraiment sympa, tiens, voilà, ça serait d'aller branler les cancéreux en phase terminale. T'y trouverais ton compte…

Il m'agrippe par le revers de mon gilet de cuir.

– Parce que la seule chose rigolote chez les gens comme toi, c'est que les plaies bien purulentes, ça vous fait reluire. Et tu vois, moi aussi je suis serviable, je t'aurais bien niquée pendant que tu aurais caressé ma brûlure…

Il tire sur le côté du gilet comme s'il voulait me découvrir. Je lui donne un coup sec du tranchant de ma main sur la sienne, il la retire distraitement, sans s'arrêter de parler.

– T'as l'air d'avoir des beaux nichons sous ton haillon à cinq mille balle et en général, j'aime bien les hystéros, avec leurs gloussements de poule et leurs crispations vaginales incontrôlées. Mais toi, t'es de l'espèce des connasses concernées, impropre à la consommation. Vous n'êtes pas foutues d'avouer ce qui vous fait jouir et là, vous êtes vraiment gerbantes. Alors, va lécher les croûtes des pauvres et oublie-moi, tu pues la soutane…

Ce n'est pas son discours de lycéen attardé qui me met mal à l'aise, c'est son regard gris. Il me contourne comme une pièce de mobilier urbain et disparaît dans le métro.

– Alors, vous êtes contente de votre initiative ? me demande Emile K., sarcastique, quand je reviens à notre table.

Je ne réponds pas et il remet ses écouteurs.

C : Elle était au bord des larmes, la connasse. Que je hais cette engeance au regard de chien battu. Où allons-nous si les keupons passent du côté des protesteurs et des pétitionneurs ? Dans la cabine du sex-shop qui sent le vieux sperme et le désinfectant de commissariat, je fixe sans la voir, sur l'écran vidéo, une teutonne ventrue et sanglée en train de poser des pinces sur les petits seins d'une jeune fille aux vilaines dents et à la vulve rasée. Dévot machinal, je laisse mes mains exécuter sans moi le cérémonial de la cuillère, de la seringue et du garrot. Le répit est pour tout de suite…

A : Je repense à Escogriffe. S'il savait que je milite vraiment à Amnesty International. Et que j'aime vraiment ça. Sur ma moto, près du square des Innocents, j'ai posé devant moi une liasse de feuillets et je corrige : « Plusieurs milliers de personnes détenues sans inculpation ni jugement… parmi elles se trouveraient de nombreux prisonniers d'opinion… Jiryami Pundra a prétendu avoir été torturé… » Ah ! le nul. Dire qu'il y a encore des traducteurs pour ignorer que « to allege » a un sens beaucoup plus neutre que « prétendre ». Je barre et mets : « a déclaré ». Il a vraiment des yeux géniaux, l'Escogriffe. Emile K. est pas mal non plus, dans le genre baroudeur facho. Et moi, j'ai vraiment le fantasme Monoprix en ce moment. Evidemment, si j'aime militer, c'est pas pour le genre de jouissance qu'il imagine, c'est parce qu'au moins, dans ce type d'action, on a l'impression de servir à quelque chose. Les discours du cynisme ne peuvent rien contre la joie tranquille d'avoir arraché un homme à la torture et à la mort.

C : Le téléphone… C'était de la bonne, Le Cloarec ne s'est pas foutu de moi… La sonnerie discrète insiste. Un visage d'homme se penche vers moi. J'ouvre les yeux. Le visage disparaît. Des stries noires et blanches sautillent sur l'écran vidéo. Je décroche le combiné :

– La bande est terminée, il faut libérer la cabine, m'annonce le type de la caisse, à l'autre bout du fil. Ou si vous voulez un autre film, je vous le fais à cinquante.

– Dites à M. Gimenez que je veux le voir.

Un silence interloqué, puis :

– Monsieur qui ?

– Allez, ne perdez pas de temps. Prévenez-le que Claude Varga veut le voir. On peut se retrouver chez moi. Qu'il me dise une heure, j'y serai.

– Je ne sais pas de qui vous parlez, mais je vais voir, dit l'autre, à contre-cœur.

– En attendant, mettez-moi une cassette Y, celle des deux gardes-frontières avec la touriste.

Il raccroche. Les « Y », c'est une trouvaille publicitaire du maître de ces lieux et de quelques autres : des cassettes qui montrent des scènes nettement plus affriolantes que les habituelles séances de gougnoterie entre Bataves dodues déguisées en écolières. Au bout d'un instant, les stries disparaissent, l'écran s'éclaire, affiche : *Californian Justine Movies. For Adults Only.* Puis vient un long avis insistant sur le fait que ce qu'on va voir est imaginaire et ne saurait constituer un encouragement à commettre les crimes décrits. Autrefois, à cette seule lecture, je commençais à bander, et je consommais abondamment les cassettes proposées à l'étage au-dessus et les kleenex du distributeur de la cabine. Aujourd'hui… J'appuie sur un bouton pour accélérer l'image, jusqu'au moment où les flics obligent la fille à se déshabiller et je m'efforce de superposer à son visage d'idiote yankee celui de la punkette de tout à l'heure. Il y a comme un début d'érection, là-bas, au bord de moi et puis mes pensées dérivent, je regarde sans voir les acteurs qui se livrent sur l'actrice à une flagellation molle – la seule fois où j'ai vu une séance qui n'avait pas l'air mimée, c'était dans une vidéo japonaise, les coups pleuvaient *vraiment*, la victime n'exagérait pas ses réactions et après la fouettée avait l'air d'être *vraiment* consolée et cajôlée par la fouetteuse… Le Cloarec, j'aurai ta peau, je pense tandis que la douleur prospère sur ma joue, creuse la pommette, irradie jusqu'à l'oreille. « La vengeance, c'est un truc d'impuissant », disait mon papa. Ça tombe bien, c'est ce que je suis.

Les deux gardes-frontières en sont à suspendre tête en bas, jambes écartées, la Yankee nue, quand le téléphone sonne :

– Qu'est-ce que tu veux ? me demande une voix neutre que je reconnais immédiatement.

– Salut, Jérôme.

– Salut. Qu'est-ce que tu veux ?

– Te parler.

– Pour quoi faire ?

– J'ai reçu une lettre de mon père.

Il y a un bref silence. La voix, quand elle reprend, paraît plus tendue.

– Postée d'où ? Quand ?

– De Paris, il y a cinq jours… Je suis revenu avant-hier soir d'une cure de désintoxe dans un coin pourri et tout m'est tombé sur la tête…

– Me raconte pas ta vie, j'ai d'autres soucis, imagine-toi. Cette lettre, tu l'as depuis quand ?

– Elle était dans le courrier de ce matin. Je te la lis ?

– Vas-y, pas de problème.

– Elle est écrite de sa main sur du papier à en-tête de la banque. Voilà :

BANQUE VARGA
SOCIETE BANCAIRE AU CAPITAL
DE TROIS MILLIONS DE FRANCS
DIRECTION GENERALE

Cher fiston,

Je suis venu Te dire que je m'en vais. Et t'offrir l'angoisse de mourir. Car telle est la loi. On ne meurt véritablement qu'à la condition de posséder. Il est indispensable d'avoir des capitaux pour rendre l'âme, et voilà ce qu'on ne veut pas comprendre. La mort n'est que la séparation d'avec l'Argent. Ceux qui n'en ont pas n'ont pas la vie, et, dès lors, ne sauraient mourir.

Tu sais que je ne t'ai jamais aimé. Cela devrait t'aider à dépenser sans remords les cinq cent mille francs que je te laisse dans une consigne de la gare Saint Lazare dont tu trouveras la clé derrière les tomes I et II de Marx dans la Pléiade – la seule édition sérieuse, comme tu ne l'ignores pas. N'y lit-on pas que l'application pratique du droit de l'homme à la liberté, c'est le droit de l'homme à la propriété privée ? Je t'abandonne aussi Château-Rouge, avec quelque regret, car il m'étonnerait que tu saches en goûter les charmes codés. (Si tu voulais essayer quand même, PARLE A MON PS, MA TETE EST MALADE)

Maintenant, je vais te raconter une blague. C'est un quidam qui a une longue et douloureuse maladie. Il va voir le médecin pour connaître les résultats d'examens décisifs. La secrétaire, une superbe créature, l'introduit auprès du médecin qui lit la feuille des résultats et dit au quidam : « j'ai deux nouvelles à vous annoncer, une bonne et une mauvaise. Je commence par laquelle ? » Le client blêmit et balbutie : « la mauvaise ». « Eh bien, mon vieux, vous allez mourir bientôt. » « Ah, et la bonne ? » « Vous avez vu ma secrétaire ? » « Oui. » « Elle est belle, hein ? » « Oui, oui » « Eh bien », conclut le médecin, « la bonne nouvelle, c'est que je la baise. »

Alors, voilà, je m'en vais avec ce que j'ai trouvé dans les coffres de ma banque – et j'emmène Annie avec moi. Pour une fois, démerde-toi.

Ton père :
Alexandre Varga
Chevalier de la légion d'honneur
P.S. : La lettre volée

– Eh ben quoi ? Continue.

– Rien. Il y a écrit P.S. et deux points, « la lettre volée », c'est tout. La lettre finit là. Il a peut-être été interrompu. Ou alors il a changé d'avis. Ou alors c'est une fine allusion à Edgard Poe. Le principe de la nouvelle qui portait ce titre, « La lettre volée », c'est que ce qu'on cherche est placé dans un endroit tellement évident qu'on ne le voit pas.

– Il faut qu'on se voie.

– C'est ce que je te demande.

– Quinze heures au Château.

Je jette un coup d'œil à ma montre. Midi et demi.

– D'accord. Je te laisse la lettre ici. Je n'ai pas envie de la trimbaler encore.

Je raccroche sans attendre de réponse.

Délicatement, je décolle le ruban adhésif fixant l'écriteau « Respectez la propreté des cabines » et m'en sers pour plaquer sur l'écran, entre les cuisses de la fille à présent suspendue par les pieds et les mains, le testament paternel. Et je sors de cette cave en me frayant un chemin dans le couloir étroit, au milieu des bruits de coups et de copulation qui montent derrière les autres portes.

J'émerge au confluent de deux fleuves, celui de la rue Saint Denis qui charrie, mêlés à la faune des Halles, quelques michetons et voyeurs de peep-show, et celui de la rue Rambuteau, en crue perpétuelle de touristes qui vont se répandre et croupir dans le marécage de la piazza Beaubourg.

Je me sens un peu moins anxieux. Avec Jérôme, j'ai repris un bon contact, je vais pouvoir leur mettre le marché en main : je vous donne toutes mes billes, et en échange, vous ne m'obligez pas à jouer avec vous. C'est un marché avantageux, non ? Mais rappelle-toi Garreix, mon vieux… Ce petit type râblé qui me prenait dans un coin de la cour de récré et qui me cognait en me demandant : « T'es mon copain ? » « Non » pan, une baffe ! « T'es mon copain ? » « Non » pan, deux baffes ! J'avais vite fait d'être son copain. Ça y est, les baffes arrivent…

Boulevard de Sébastopol, à la hauteur de Saint Leu, un touriste à ray-ban et bermuda s'est approché de moi, carte de Paris déployée. Mais sous la carte, j'ai aperçu le flingue. Et dans mon dos, j'ai senti une présence lourde et large… Un coup d'œil par-dessus mon épaule… Le type derrière ressemble à Brando, en plus gros encore…

– Tu vas venir avec nous jusqu'à la voiture, ou bien je te tue tout de suite… me dit le type à la carte.

Et puis il valdingue sur le côté. Je ne sais pas comment il fait pour tenir encore debout avec le coup de casque qu'il s'est pris dans la tempe. Mais il n'a pas l'air bien. La punkette que j'ai envoyée chier tout à l'heure est là, rayonnante, tenant d'une main son casque et de l'autre le guidon d'une grosse moto. Marlon Brando a posé sa pogne sur mon épaule.

– Au secours ! Au secours ! Police ! hurle la punkette.

Brando m'enfonce ses gros doigts dans le gras du bras.

– Non, faites pas ça ! je gueule à l'adresse de la punkette mais j'ai juste le temps de me baisser pour ne pas prendre en même temps que le gros une bonne giclée de bombe lacrymogène balancée par la minette no future.

L'autre me lâche. Je tousse et je crache, parce que le produit se diffuse. La fureur me prend devant le sourire triomphant de la minette.

– Mais de quoi tu te mêles, connasse ?

Je me tourne vers les deux types. Brando éructe et pleure, penché en avant comme s'il cherchait quelque chose sur le trottoir. Bermuda est appuyé contre le mur de l'église, la carte a glissé à terre, il tient son arme à deux mains, devant ses cuisses. Bon je ne vais quand même pas m'excuser.

– Je vais te tuer, dit Bermuda.

Mais pour l'instant, il ne semble pas capable de soulever son calibre.

– La police arrive, me dit, rassurante, la motarde, en me montrant du doigt deux flics qui accourent du carrefour.

– Ça, c'est la meilleure ! j'explose.

J'aurais voulu lui faire remarquer un certain nombre de contradictions chez elle, entre son accoutrement punk et ses réflexes anti-bavure, entre ces derniers et l'appel à la police, mais tout cela aurait été un peu difficile à exposer en courant et comme je cavale éperdument… J'entends crier :

– Halte, police !

Un coup de feu. Je me retourne. Bermuda a tiré sur un des flics qui, à genoux, hébété, le fixe sans passer de l'état latent d'homme armé à l'état manifeste de keuf qui défouraille. Un autre coup de feu. C'est sur moi qu'on tire maintenant. Je repars en courant et en essayant de zigzaguer. De toute façon, un jour ou l'autre, je vais mourir… Un grondement de moteur. La voix de la fille :

– Montez !

A moi, Zorrette, chevalier blanc, tunique bleue, *dea sur sa machina*, à moi étalons des Huns envolés des steppes barbares, walkyries des autres cavalières des nuages, pur-sang aux jambes d'arabesques, mustangs de la Grande Prairie ! Tirez la bourre sur le Sébasto !

A : Je ferme les yeux et je vois un visage d'homme qui se penche vers moi. Il a de gros sourcils qui se rejoignent presque au-dessus du nez. Je ferme les yeux et je me rappelle. Où je suis, comment je suis venue là.

Je me rappelle. On a remonté plein pots le boulevard de Sébastopol puis le boulevard de Strasbourg et vers la gare du Nord je me suis retournée vers Escogriffe :

– Qu'est-ce qu'on fait ?

– Roule. Par là.

Il avait l'air complètement paniqué. Il me montrait la direction de Barbès.

– Vers Château-Rouge ?

– Oui.

Mais à Barbès-Rochechouart, au lieu que nous continuions jusqu'à la station en question, il m'a montré le boulevard, vers Pigalle : « Par là ».

Nous avons roulé jusqu'à la place Clichy, il m'a indiqué le chemin et nous nous sommes arrêtés rue de Vintimille, au numéro vingt. Je le sentais qui se retournait fréquemment mais d'après mon rétroviseur, nous n'étions pas suivis.

Une banale entrée d'immeuble haussmannien. Il a sauté à terre et m'a fait signe de le suivre. Le hall donnait dans une cour pavée, au fond de laquelle se dressait, sur trois étages, un très élégant pavillon du XVIIIe siècle, avec au fronton, un bas-relief, qui représentait, m'a-t-il expliqué, Diane surprise dans son bain par je ne sais plus qui déjà à moitié cerf. Un perron d'une douzaine de marches conduisait à une haute porte ouvrée, comme on dit dans les descriptions, mais c'est à gauche de l'escalier qu'il m'a aidée à pousser la moto. Il a ouvert une poterne à demi enterrée, et nous avons pénétré dans une cave qui devait s'étendre sur toute la surface de la maison et où des livres, des revues, des dossiers s'entassaient dans des rayonnages jusqu'au plafond. Il y avait de tout, du manuel d'apiculture à la revue d'armements ultra-spécialisée, en passant par la thèse ronéotée sur les communautés utopistes du XIXe siècle en Amérique latine. Un ascenseur intérieur nous a conduits au dernier étage. Escogriffe a ouvert une porte à clé et nous sommes entrés dans une chambre qui occupait toute la surface des combles. Les meubles aux reflets auburn, le lit-cage en cuivre et les fauteuils dispensaient les signes d'un confort cossu. Un ensemble chaîne-stéréo-télé-magnétoscope était cerné de boîtes de bière vides et de cassettes vidéo qui envahissaient tout, jusqu'aux sièges.

Escogriffe s'est laissé tomber au bord de son lit avec un grand soupir et sur un geste qu'il fit, j'enlevai d'un fauteuil les cassettes ornées d'une grande lettre Y pour m'asseoir en face de lui. Il s'est renversé en arrière, les bras en croix. Je ne voyais plus que le bas de son pantalon et ses pieds nus crasseux dans des chaussures de chez Flash.

– Bienvenue au Château-Rouge, a-t-il dit, les yeux au plafond. C'est comme ça qu'on a surnommé la maison dans le quartier, à cause des opinions de mon père. Vous voulez boire quelque chose, quand j'aurai repris mon souffle ?

Je me rappelle que je lui ai demandé un Coca et quand il est revenu avec une boîte de boisson bien glacée pour moi et une bouteille de vodka pour lui, j'étais plongée dans la lecture du *France Soir* de la veille. Le journal était ouvert sur une page occupée par une photo de la maison où nous venions d'entrer, avec cette légende : « La somptueuse demeure du banquier rouge qui a disparu en vidant les coffres. » Je pourrais réciter par cœur l'article. Il commençait ainsi : « On est depuis plusieurs jours sans nouvelles d'Alexandre Varga, le célèbre banquier au passé tumultueux – grand résistant, ancien porteur de valises du FLN, pionnier des relations Est-Ouest, il avait créé le scandale en prenant à sa charge la défense de terroristes et d'anciens nazis. Il a disparu, en compagnie de son assistante, Annie Rainfroi, non sans avoir, disent certains, vidé quelques coffres. Mais aucune plainte n'a été pour l'instant déposée et l'enquête, curieusement ouverte pour "enlèvement" est fort lente à démarrer ! »

– Alors, ai-je demandé en montrant une photo où on le voyait entrer chez lui en se dissimulant à demi le visage du bras, tu es le fils d'Alexandre Varga, le « jeune Claude à la personnalité falote » ?

Il m'a mis brutalement la boîte sous le nez.

– Bon, tu bois ta bibine et tu te casses.

– Ah ben, bonjour l'amabilité.

– Quoi, quoi ? Qu'est-ce que tu crois ? m'a-t-il lancé, d'une voix qui filait vers les aigus. Tu voudrais peut-être que je te remercie ? Tu m'as mis dans la merde, figure-toi.

– Mais enfin, me suis-je énervée, ces gens en avaient après toi. Ils voulaient te flinguer, ou t'enlever. Et pourquoi est-ce que tu n'as pas attendu la police ?

– De quoi je me mêle ?

Son ton était empreint d'une brusque lassitude.

Il a bu une gorgée de vodka et s'est de nouveau allongé au bord du lit, les pieds à terre.

– Ah, que j'en ai marre, a-t-il dit. Je suis mort de fatigue. Et j'ai un de ces mal aux pieds… Tu vois, si j'étais mon père, tu serais déjà en train de me les masser, les pieds… Il est comme ça mon papa. Un marchand de tapis génial. Un type d'une générosité extraordinaire. Prêt à tout t'offrir pourvu que tu le lui rendes au centuple. Qu'est-ce qu'il m'énervait, quand il prenait son air dolent pour se faire tripoter ses arpions dégueulasses par ma mère… Tu dois connaître la saga familiale…

– Je crois pas, je ne lis pas trop les journaux.

– Papa s'est marié avec une combattante du FLN, juste à la fin de la guerre d'Algérie. Ça lui a valu beaucoup de haines et d'affaires juteuses. A cause de ses liens avec les nouvelles couches dirigeantes, sa banque est devenue l'intermédiaire obligée des gros contrats d'armes entre la France et les jeunes nations du Tiers-Monde. A mon avis, c'est pour une histoire de contrat pas clair que papa a disparu. Ces derniers temps, il fricotait un peu trop avec des Etats qui avaient mauvais genre. De toute façon, je m'en fous…

« Tu comprends, voilà seulement deux jours que je suis revenu à Paris. J'ai passé trois mois dans un goulag pour décrocher de la poudre. Rude vie campagnarde, boulot abrutissant et remplacement de la dépendance à la drogue par la dépendance au gourou. La communauté du Capitaine, t'as entendu parler ? »

J'opinai du chef.

« Ça marche souvent. C'était un contrat que j'avais passé avec Alex. Je passais trois mois là-bas, aux termes desquels j'étais censé avoir décroché et il me remettait en selle, financièrement. Et ce fumier qui se tire en embarquant Annie. Il a toujours eu des rapports sadiques avec moi, mais là, il s'est surpassé. »

« Alex a fait marron ses associés mais moi, je m'en fous. Tout ce que je veux, c'est qu'on me laisse tranquille... je suis prêt à leur dire tout ce que je sais pour les aider à le retrouver. Qu'ils essaient de rattraper le vieux, si ça les amuse. Il est assez malin, il connaît assez de monde et de réseaux pour terminer tranquillement sa vie en se faisant masser les orteils par Annie... Moi, je suis prêt à collaborer. Mûr pour la délation. C'est ce que j'essaie de dire à tous ces gens qui s'agitent depuis la disparition d'Alex. Quand tu as commencé à te mêler de ce qui ne te regardait pas, à la station Château-Rouge, je me rendais à la permanence de Neuville, le député du XXe. C'est l'un des gros actionnaires de la banque de mon père. Mais je suis tombé sur un flic imbécile... Alors, j'ai voulu passer par Jérôme Gimenez, un honnête truand qui gère ses peep-shows en bon père de famille et recycle l'argent sale avec une rigueur genevoise. Il n'est qu'à dix pour cent dans le capital de la banque Varga mais lui, je le connais assez bien, pour lui avoir porté quelques valises. Neuville, Gimenez, d'autres qu'Alex a connus dans la Résistance ou pendant la guerre d'Algérie, ça fait des années qu'ils jouent à Dallas et à la loge P2 réunis… Tu te rends compte, à leur âge, ils en sont encore à s'amuser de posséder plus de billes que les autres et à rêver d'être les chefs de la cour de récré… Si je te raconte tout ça, c'est pour que tu comprennes à quel point tu m'as mis dans la merde. Si tu m'avais laissé m'expliquer avec les deux types de tout à l'heure…

– Je n'avais pas besoin de tant d'explications… Je m'en vais, ai-je dit en posant ma boîte de Coca à demi vidée.

Sans se redresser, il m'a demandé :

– Tu es sûre que tu ne veux pas me masser les orteils ?

J'ai fait quelques pas vers la porte. Puis je me suis retournée. Il me regardait. Objectivement, il était beau. Le genre jeune Kabyle que les photographes du prêt-à-porter aiment beaucoup cette année. Sa barbe naissante et son air décavé étaient parfaits. Ses yeux le sauvaient de la mièvrerie. Etaient-ils verts, étaient-ils gris ? On connaît la chanson : je me rappelle m'être approchée pour mieux les voir. En haut de la pommette, il avait une énorme cloque. Je me suis penchée au-dessus de ses yeux.

Je n'ai pas la mémoire qui flanche. Verts, ils devenaient gris.

Il a ouvert mon gilet de cuir comme s'il écartait les ailes d'un papillon près de tomber en poussière. Il m'a caressé un sein du bout des doigts, avec un émerveillement qui m'a bouleversée…

Puis il m'a déshabillée avec la mine concentrée d'un gamin qui ouvre une poupée mécanique pour voir ce qu'elle a dans le ventre.

Quand j'ai commencé à déboutonner sa chemise, Claude s'est mis à trembler et m'a agrippé le poignet en chuchotant :

– Il savait ce qu'il faisait ce fumier, en emmenant Annie. C'est la seule femme avec qui j'ai jamais pu faire l'amour.

Mon autre main s'est glissée sous sa chemise pour caresser son torse. Il l'a saisie aussi.

– Tu ne peux pas… Je suis un taré. Annie était la seule qui supporte de faire l'amour attachée…

J'ai réfléchi un instant en considérant mes cuisses pâles contre l'étoffe rêche de son pantalon. Il serrait mes poignets si forts que mes mains s'engourdissaient. Et puis j'ai levé les yeux. Les siens étaient tout à fait gris.

– Attache-moi, j'ai dit.

Je me rappelle. Quand il a eu fini de me lier les pieds et les mains aux montants du lit, il s'est penché vers moi pour prendre mes lèvres entre les siennes et ses cils ont palpité sur ma joue. C'était d'une douceur énervante, comme un frôlement d'insecte dans la chaleur de l'été.

– Une seconde, a-t-il murmuré.

Il a disparu de mon chant de vision. Je l'ai entendu ouvrir un tiroir et j'ai pensé : « C'est la pause des années 80, il va mettre du caoutchouc entre nous. »

Il s'est assis sur le bord du lit et a posé quelque chose de froid et de lourd sur mon ventre. J'ai levé la tête et en voyant ce que c'était, je crois que j'ai été au bord de l'évanouissement. Puis, j'ai eu l'esprit très clair, et d'un seul coup je me suis rappelé, et le plus angoissant, c'était cette sensation de déjà vu. Comme dans un cauchemar, au moment où l'on se souvient qu'on est déjà passé par là et qu'il y avait une porte de sortie, mais où ?

Je me suis rappelé comment j'en étais arrivée là.

Dans cette chambre, attachée nue, bras et jambes en croix. Avec, posée sur le ventre, lame à plat, une hache.

– Maintenant, a dit Claude, tu vas m'expliquer pour qui tu travailles.

2

Le canal Saint Martin était hors service pour nettoyage. Dans le lit de boue séchée, entre deux ponts pentus, s'échelonnaient une cuisinière couchée sur le flanc, des chaussures, une roue de vélo, d'autres chaussures, une masse peu distincte qui pouvait être un cartable. Entre ces restes, sur des branches mortes et blanches, des haillons végétaux achevaient de sécher. Au fond de la rue là-bas… Un accordéoniste… Emile baissa le son sur les transports de Piaf, sur cette agitation de sentiments qui lui parvenait dans le filtre des écouteurs comme un remuement de meubles à l'étage au-dessus. Il s'assit sur un banc, son petit sac à dos plein de cassettes, coincé sur le dossier, lui remontant sur les épaules. Appuyant sa nuque contre cette masse de musique en boîte, il joignit les mains sur les cuisses et, le regard vide, demeura un moment immobile. Derrière lui les voitures filaient sur le quai de Jemmapes. Piaf lui parla d'un motocycliste qui semait la terreur dans toute la région puis lui dit qu'il lui faisait tourner la tête et que son manège à elle, c'était lui. Deux homosexuels moustachus qui remontaient vers leur terrain de chasse de Stalingrad lui jetèrent un coup d'œil en passant. En face, des amoureux se bécotaient sur le banc public. Il faisait tiède et les platanes conservaient la plupart de leurs feuilles. Ce n'était pas encore l'heure de Prévert et Cosma.

Emile K. jeta un coup d'œil à sa montre. Neuf heures à Caracas. Vingt heures à Colombo. Quatorze heures trente à Paris. Il se leva. A la hauteur de la rue des Vinaigriers, un clochard riait aux éclats. Comme un tournesol offrant sa face au soleil, son visage encroûté et rubicond était tourné vers le haut du pont, où une jeune femme très maquillée, vêtue d'une sorte de combinaison rouge, prenait des pauses lascives. Emile K. monta les degrés vers elle et en arrivant à sa hauteur, il découvrit, sur les marches qui redescendaient quai de Valmy, le photographe pour lequel elle se contorsionnait. Aux mouvements des seins et du pelvis de la modèle répondaient les positions du professionnel, assez semblables à celles d'un soldat crapahutant dans les rizières.

Evitant soigneusement la ligne de mire du photographe, Emile K. le contourna et de l'autre côté, marcha le long du canal vide jusqu'à la hauteur d'un grand café, « La Capitale des Balkans ». Il y entra et monta directement à l'étage où il s'enferma dans les toilettes. L'interrupteur tournait avec un très léger cliquetis annonçant l'irrésistible approche de l'obscurité. Plaçant le baladeur sur l'appui du fenestron grillagé d'où il apercevait les feuillages du quai, Emile K. poussa un curseur difficile à distinguer dans la masse de l'appareil puis appuya sur la touche « start ». La cassette de Piaf, qui était parvenue en bout de course, ne repartit pas. Il attendit. Dix secondes plus tard, une voix résonnait dans l'écouteur :

– Reçu ?

Emile K. approcha sa bouche du micro incorporé, grand comme une pièce de dix centimes et murmura :

– Reçu. Rendez-vous A.

– OK.

Il appuya de nouveau sur « start » et remit le curseur dans sa position initiale. Puis il se baissa, souleva le bas de son pantalon de survêtement. Dans un étui attaché par deux courroies, en dessous du mollet, il prit entre l'index et l'annulaire pliés le manche caoutchouté d'une espèce de tube métallique noir. L'objet glissait bien. Il lâcha prise et la chose reprit sa place dans son fourreau. Il resserra une des courroies. Comme il se redressait, la lumière s'éteignit. Il remit la minuterie à mi-course, le temps de sortir la cassette d'Edith Piaf et de la remplacer par une autre de Mouloudji puis il tira la chasse et sortit.

Au pied d'une statue à la gloire de la grisette, il se mit à courir à petites foulées. Sur le terre-plein du boulevard Richard-Lenoir, il accéléra brusquement, traversa le carrefour du boulevard Voltaire en zigzaguant entre les voitures, prit plus bas un passage étroit sans circulation qui le conduisit rue Amelot. Là, il tira d'une poche de poitrine des lunettes noires et repartit sans se presser en direction de la République, à contre-courant du trafic. Son regard s'attachait aux voitures qui venaient vers lui, à leurs chauffeurs et à leurs plaques. Arrivé à la hauteur de la librairie de la Fédération anarchiste, il resta un moment planté devant la vitrine et décidant qu'il n'était pas suivi, oublia aussitôt les numéros minéralogiques qu'il avait enregistrés en marchant. Il remit les lunettes dans sa poche, enclencha la cassette de Mouloudji et redescendit la rue jusqu'à un bar à vin peu avant le Cirque d'Hiver.

... et sa femme le trompe, bravo pour le clown !

En haut du mur du café, des clowns de céramique multicolore jouaient à saute-mouton. Partout ailleurs, jusque sur le plafond, des affiches parlaient des représentations du passé. Sous un clown vu du centre d'une mare où il se mire tandis que sur le ciel échevelé de l'arrière-plan palpitent les oriflammes de la tente du cirque,

Emile K. s'installa à une table pour deux. Au garçon insolent et moderne il commanda un Coteaux du Layon.

Cinq minutes plus tard, le clochard qui riait survint. Il avait endossé un pardessus propre qui dissimulait à peu près ses frusques. Ses croûtes avaient disparu mais son teint était toujours aussi fleuri. Il s'assit à la table d'Emile K. et commanda un petit côte.

Quand le garçon eut apporté la commande, Emile K. retira ses écouteurs.

– Alors ? demande-t-il.

– Rien à signaler. L'entrée des locaux ne fait pas l'objet d'une surveillance particulière.

– Le photographe ?

– Vu l'angle de son appareil, il ne pouvait pas prendre les lieux.

– Tu sais qu'il y a des appareils…

– Je sais. Même en ce cas. Il pouvait tout juste photographier les bords du canal. De toute façon, j'ai vérifié le numéro de la voiture : elle appartient bien à un photographe de *Elle*.

– Bien. Tu téléphoneras à la rédaction du journal, tu demanderas Sylvie. Tu lui diras que tu appelles de ma part et tu décriras le type, pour vérifier que c'est bien le même. Autre chose ?

– Rien. Les dirigeants sortent aux heures indiquées. Personne ne les prend en filature. Dans mon secteur en tout cas.

Dans le sac à dos qu'il avait posé à côté de lui, Emile K. prit une enveloppe et la posa sur la table.

– Sauf si la vérification auprès du journal donnait des résultats inattendus, cette mission est terminée. Prends tes honoraires après mon départ. Je te recontacterai de la même manière.

Emile K. prit le métro à République, direction Italie. A Bastille, le moteur et les lumières de la rame s'éteignirent dès les portes ouvertes.

– Le service est interrompu entre Bastille et Quai de la Rapée. Le service est interrompu…

Le haut-parleur répétait son annonce au-dessus des voyageurs qui, immobiles sur le quai échangeaient des regards et, les uns furibonds, les autres indifférents s'agglutinaient vers la sortie. Tandis qu'une voix lui chantonnait : « Fuir le bonheur de peur qu'il ne se sauve… », Emile K., assis sur un siège jaune, attendit que la foule s'écoule. Un détachement de CRS équipés de casques, de gilets pare-balles et de pistolets-mitrailleurs entreprit de faire évacuer le quai.

Emile K. se brancha un instant sur les bruits autour de lui.

– En raison d'une opération de police exceptionnelle, clama le haut-parleur, les voyageurs sont invités à sortir de la station le plus rapidement possible. En raison d'une opération…

– Qu'est-ce qui se passe ? demandaient les gens.

– Prise d'otages, lança un gradé. Messieurs-dames, faites vite, s'il vous plaît. Ne gênez pas le travail de la police.

Emile K. coupa et s'inséra dans la foule. En haut des marches, il y avait un goulot d'étranglement. Les voyageurs devaient passer un à un entre deux rangées de CRS arme à la bretelle. A un coude du couloir, Emile K. marqua un temps d'arrêt : il y avait un ultime barrage, formé par cinq hommes en uniforme noir, seyant et sportif, avec écusson à l'épaule, sans arme apparente. Ils se tenaient devant deux policiers, dont l'un examinait les papiers de la jeune fille à queue de cheval qui précédait Emile K. dans la file, en serrant contre elle un quart de litre d'eau sous plastique. L'autre flic lui effectuait des passes autour du corps avec une boîte munie d'une poignée. L'engin émit un grésillement lorsqu'il le tint à hauteur de la poche du jean de la jeune fille et aussitôt deux des hommes en noir se rapprochèrent.

Sous l'œil révolté de la fille, le flic au détecteur lui tâta la poche et dit :

– C'est rien, c'est de l'argent.

Au même moment, le regard d'Emile K. croisa celui de l'un des hommes en noir qui eut l'air surpris. Comme le flic au détecteur s'approchait d'Emile K., l'homme le retint :

– Laisse.

Emile K. franchit le barrage sous l'œil des hommes en noir qui maintenant le fixaient tous, d'un air à la fois indécis et joyeux. Celui qui l'avait fait passer avança de quelques pas aux côtés du privé qui se taisait. Puis il lui coupa la route et leva la main comme s'il allait effectuer un salut militaire. Il arrêta net son geste et la tendit :

– Content de vous revoir… mon capitaine.

Il avait un visage joufflu et rougissait facilement.

– Ne m'appelle pas comme ça, dit Emile K. en lui serrant la main. Je suis un civil maintenant.

– Vous venez nous prêter main-forte ?

Avant qu'Emile K. ait pu répondre, un moustachu en uniforme noir s'approcha et lui tendit un walkie-talkie, en lui disant avec un fort accent du Sud-Ouest :

– Mon capitaine, le colonel veut vous parler.

Sur un regard interrogateur d'Emile K. il précisa :

– Je lui ai signalé votre présence, dès que je vous ai vu.

Emile K. plaqua contre son oreille la boîte métallique à courte antenne.

– Krachevski ? demanda la boîte.

– Oui.

– Viens me voir. Dis à Decourt de te montrer le chemin.

– Vous savez que vous n'avez plus d'ordre à me donner.

– Je te le demande, à titre amical.

– Quel humour.

Le petit Indien à chapeau noir enfonça dix centimètres de sa flûte des Andes dans l'œil du fonctionnaire de la brigade de surveillance du métro. Le geste avait été si rapide qu'Emile K. le fit repasser au ralenti sur l'écran vidéo. Quand le policier s'effondra sans se presser, comme dans un film de Peckinpah, son sang foncé dégorgeant du tuyau de bois planté sous son arcade, Emile K. remit la bande à vitesse normale. L'acolyte de l'Indien, un blond à béret rouge et barbichette clairsemée, serrait la gorge de l'autre flic, qui venait de lui passer les menottes. Celles-ci, avec leurs bouts de chaîne cassée qui pendaient aux poignets du barbichu, ajoutaient une note de sophistication SM à une tenue à base de skaï, de broches et de badges. Dans les yeux du policier étranglé, la pupille glissa vers le haut et disparut. Le blond lâcha brusquement le cou et son adversaire s'agenouilla puis se coucha à ses pieds. A ce moment, l'écran révéla que derrière le blond avaient surgi deux hommes en jean et baskets. L'un d'eux tenait le meurtrier en joue avec une arme de poing de très fort calibre. Le blond s'élança vers les nouveaux venus et eut une espèce de sursaut quand, dans le dos, son blouson se déchira, livrant passage à un jet rougeâtre. Il arracha l'arme de la main du tireur. En repassant la scène au ralenti, Emile K. distingua sur le pontet du pistolet les deux premières phalanges du doigt du flic en civil qui avaient été arrachées en même temps que l'arme.

– C'est bien un .357 ? demanda Emile K.

– Oui, tu te rends compte ? Le blond a encaissé le choc sans broncher. La balle lui a traversé l'aisselle... Et avant, il a pété les menottes comme si c'était du caramel mou. Un gringalet pareil ! Tu sais ce que ça veut dire ?

– Ça me fait penser à un truc, mais je croyais qu'on en vendait pas en France...

Sur l'écran, on voyait l'Indien qui tirait d'un sac à dos un pistolet-mitrailleur tandis que le blond déchargeait le .357 sur son propriétaire. L'Indien se tourna vers l'objectif, regarda fixement dans sa direction, braqua son arme et le noir se fit sur l'écran.

– Je ne savais pas qu'il y avait des caméras de surveillance au métro Bastille, observa Emile K..

– C'est récent. A l'occasion du sommet des chefs d'Etat, on a développé le réseau existant. Tous les grands axes sont maintenant quadrillés, en surface, dans le métro et même dans les égouts.

– Mais dis-moi, Maurice, pourquoi est-ce que tu me montres ça ?

Celui qu'Emile K. avait appelé Maurice ne répondit pas et se contenta de le dévisager. Le privé soutint son regard. Les deux hommes se ressemblaient. Même visage fin, avec une expression concentrée de théologien protestant ou de théoricien tiers-mondiste des années cinquante, sur de larges épaules et un corps d'athlète. Mais l'un portait un survêtement, tandis que l'autre était en uniforme noir et, à la différence de ses hommes qui étaient nu-tête, Maurice portait un képi qui annonçait un grade exceptionnel pour un homme d'une quarantaine d'années.

Dans cette vaste rotonde aux murs couverts d'écrans, à cinq cents mètres du métro Bastille et trente mètres sous terre, des gendarmes et des policiers en tenue allaient et venaient, essayaient de faire fonctionner des émetteurs-récepteurs dans lesquels ils parlaient à voix basse, tandis que d'autres téléphonaient, échangeaient des propos à mi-voix, apportaient des papiers sur une grande table, à l'extrémité de laquelle une femme blonde aux vêtements amples et chics discutait avec des colonels de différents corps, gendarmes, gardes mobiles, CRS. Derrière eux, un petit homme au teint bistre en costume rayé ministère suivait attentivement la conversation sans y prendre part.

Hormis celui qui venait de s'éteindre sous les yeux d'Emile K. et de Maurice, tous les écrans – une cinquantaine – reproduisaient les mêmes scènes. Des similitudes que l'œil enregistrait spontanément, le cerveau disponible déduisait que cinq caméras seulement renvoyaient pour l'instant des images. Deux d'entre elles devaient être placées sur la colonne du génie, l'une offrant une vue panoramique de la place de la Bastille déserte, l'autre en balayant les abords barrés d'un important dispositif policier. Les autres montraient, sous des angles différents, le même quai vide, bordé sur un côté de vitrages cassés. Le sol était jonché de débris de verre et maculé de larges taches sombres. Certains sièges paraissaient avoir été attaqués à la tronçonneuse, d'autres présentaient d'énormes trous, d'autres encore avaient été arrachés.

– Ils ont tiré dans la foule et puis ils ont balancé deux voyageurs, une femme et sa fillette, à travers les vitres, raconta le flic assis un peu plus loin, devant la console de contrôle qui faisait le tour de la salle.

– La femme et sa fille sont tombées dans le canal et ont été repêchées, ajouta Maurice. Mais il y a deux morts et huit blessés graves chez les voyageurs. Heureusement qu'ils tiraient n'importe comment…

Il observa un instant de silence. Comme Emile K. le dévisageait toujours sans desserrer les dents, il reprit :

– Ça a commencé comme un banal contrôle d'identité : les types traînaient un peu trop sur le quai, les flics de la patrouille ont pensé que c'était peut-être des dealers. J'espère que si ça en était, ils vendaient pas ce qu'ils ont bouffé… Ils avaient pas de papier. Dans un premier temps, ils ont eu l'air de vouloir se laisser arrêter sans résister et puis… tu as vu la suite. Maintenant, ils sont réfugiés dans le local de police au bout du quai, là où recommence le tunnel du métro… Il y avait cinq flics à l'intérieur. On sait pas ce qu'ils en ont fait, s'ils les ont tous tués ou s'ils les ont pris en otage. Tout ce qu'on sait, c'est que si on approche, ils canardent. On a essayé d'entrer en contact avec eux, par porte-voix et par téléphone. Peau de balle…

– Alors, pour donner l'impression d'agir, vous avez évacué la station et emmerdé les simples voyageurs comme moi ?

Maurice baissa les yeux sur ses phalanges courtaudes.

– D'après certains témoignages, ils étaient trois ou quatre au départ. Il y avait une fille avec eux… Si un de ces forcenés traînait dans la foule…

Emile K. pressa un des boutons qui s'alignaient sur la console, à l'infini, par séries de cinq ou six, et l'écran éteint se ralluma, des stries se superposèrent, s'annulèrent, se transformèrent de noir en blanc et vice-versa puis les deux meurtriers à toute vitesse défirent ce qu'ils avaient fait, le flic se relevant devant le barbichu et revenant à la vie sous ses doigts qui le désétranglaient et l'Indien retirant de l'œil policier la flûte qui aspirait le sang. Emile K. arrêta l'image sur un plan de l'indigène. Celui-ci avait les yeux exorbités.

– Qu'est-ce que cette espèce d'Inca a bien pu avaler pour être dans cet état ? demanda Maurice.

– C'est pas un Inca, rétorqua Emile K. Sans doute un Choco, de l'ethnie Embera.

– Qu'est-ce que t'en sais ?

– Il est plus grand qu'un Andin. Et sa flûte, c'est un instrument moderne mais on y a gravé très grossièrement des dessins très particuliers.

– Qu'est-ce que tu ferais à ma place ?

– Mes conseils, je les fais payer maintenant.

– Allez, merde, déconne pas. Je suis toujours ton ami, non ?

– Toi oui. Mais je n'ai aucune raison de rendre un service gratuit à tes chefs.

– Si tu nous envoies la facture, je te jure qu'on la paiera…

– Mon commandant, annonça un maréchal des logis à Maurice, on vous demande là-bas. Le préfet est arrivé, et le ministre ne va pas tarder.

Du geste, il montrait la table près de laquelle la femme et ses interlocuteurs en uniforme s'étaient levés pour serrer les mains d'un groupe de civils. Maurice se leva.

– J'arrive. Alors, insista-t-il en se tournant vers Emile K., tu peux bien me donner juste une impression, comme ça ?

– J'ai toujours dit que tu étais un excellent second, mais pas plus…

– Sois pas odieux, ça prend pas avec moi.

Emile K. se leva à son tour et de nouveau dévisagea son interlocuteur.

– Ah, voilà ce qui m'intriguait… Tu portes des verres de contact, maintenant ? Tu as tort, à la télé, les lunettes, ça te donnait un petit air intello…

– Oh, va te faire foutre.

Maurice se détourna mais Emile K. le retint par l'épaule.

– Attends. Tes tueurs, ils sont bien retranchés dans la station de la ligne Vincennes-Neuilly, celle qui est à ciel ouvert ? Avec un hélico et la Ferret, tu peux régler le problème.

– La Ferret ?

– Tu sais bien, la cartouche qui doit être tirée à travers un support : au contact de l'obstacle, le projectile contenant du gaz CS se désagrège, répandant le gaz à l'intérieur. Quinze minutes d'incapacité pour les occupants du local.

– Tu crois qu'on peut faire descendre un hélico dans un espace aussi restreint ?

– Guimard te fera ça les doigts dans le nez. Et pour le tir, je verrais bien Delastre ou Fernandez.

Maurice serra la main d'Emile K.

– C'est loufoque mais il y a peut-être quelque chose à creuser…

– Je t'enverrai la facture… Ah, et fais gaffe, je ne sais pas ce qu'il a avalé, ton Indien, mais s'il s'agit de certaines plantes magiques, et si c'est un sorcier, il vaudrait mieux clouer son cadavre avec un pieu, si tu ne veux pas qu'il se transforme en homme-tigre.

Le rire de Maurice coinça un peu. Emile K. avait mis autant de sérieux dans ses derniers conseils que dans son expertise militaire.

– Nous, les gros, on a toujours trop chaud. J'aurais dû mettre la chemise tahitienne… Et j'ai les doigts poisseux.

Il se tortilla, passant alternativement d'une fesse sur l'autre, tandis qu'il frottait un à un ses doigts sur la pierre chaude. Son fondement n'appréciait pas la dureté poreuse du travertin. Depuis un moment, il essayait de penser à autre chose et ne pensait qu'à ça : son cul pesant, la coulée de transpiration piquante entre les fesses, ces deux joues mafflues qui collaient au tissu, il voyait son autre face collée à la pierre, grimaçant comme le visage d'un enfant qui s'amuse à presser bouche et joues contre la vitre et bouge les lèvres.

Son cul causait aux gradins du Colisée, car sa tête était malade.

– Qu'est-ce que c'était bon la glace de tout à l'heure, mais voyez-vous, ça n'a pas duré longtemps, au deuxième coup de langue, j'étais déjà écœuré. L'envie vorace, le sublime moment où le goût attendu déplie en moi ses nuances, éventail chatoyant sur la surface lisse du sucre et tout de suite après le coup au sens, la sourde pesanteur de l'épigastre qui diffuse ses ondes de nausée et puis alors il n'y a plus de goût et on termine quand même, on termine surtout. A ce moment, j'ai envie de soulever la cloche en fer-blanc de la carriole rétro pour en extraire le bac à *gelati* tout entier, pour y plonger ma tête, m'engloutir dans cette matrice froide et gluante, me noyer dans le sucre et la crême, vanille, chocolat, pistache, noisette, tiramisù, gianduia, zabayone, crema inglese… pour retrouver le goût, en forçant le mur de l'écœurement, aller toujours plus loin dans la volupté vomitive…

Guido rota et son compagnon tourna vers lui un visage mort, achevé par d'énormes lunettes noires polaroid. Giorgio, dit Testa di Mosca sourit à Guido.

– Voyez-vous, poursuivit le cul du gros à l'adresse des gradins sous lui et autour d'eux, vous autres, pierres du Colisée, vous supportez, intangibles, l'infâmie touristique qui tartine vos degrés à chaque heure du jour. Moi, quand j'ai trop bouffé comme à présent, c'est le monde qui m'a bouffé, la singularité de mon être s'est diluée dans la mangeaille qui m'encombre. Mes idées glucosées cèdent au suc gastrique du sens commun et ma langue chargée n'articule plus les amples harangues que m'inspirait la faim. Mon élan vers le haut s'est tassé dans le gigot.

Tête de Mouche étala sur ses genoux un dépliant touristique expliquant ce qu'il fallait admirer à Rome. De la poche de son blouson de toile légère, il tira des jumelles et commença d'examiner dans le détail l'arène où ils avaient pris place, à mi-pente. Guido se dandina encore, souleva son arrière-train pour décoller le tissu du slip qui l'irritait puis l'énorme ventouse du cul adhèra de nouveau à la pierre pour l'entretenir des flatulents secrets de ses entrailles.

– Par exemple, je pourrais profiter de ce que Giorgio joue au touriste pour lui faire remarquer la présence en ces lieux païens, d'une croix dressée par un pape quelconque sous prétexte d'hommage aux martyrs chrétiens boulottés là par des lions puniques. Si nous avions le temps de jouer ce rôle de touristes qui n'est qu'une couverture pour des activités que la morale réprouve et que l'Etat encourage, la visite d'autres ruines permettrait de relever les signes de la guerre de la chrétienté contre la Rome antique, qui s'est poursuivie de siècle en siècle. Posant une main amie sur l'épaule de mon collègue en mercenariat, je lui aurais pédagogiquement expliqué comment temples, stades, thermes et arcs furent traités en carrières de pierre à bâtir églises et palais. Choisissant judicieusement concepts et anecdotes, je lui ferais sentir ce qu'avait de grandiose cette nouvelle civilisation cannibalisant la précédente ! Et puis la chrétienté conquérante est décédée avec les papes archéologues. On n'a plus détruit des monuments, on s'est contenté d'y apposer le sceau de la croix. Mais quelle infâme contradiction, un pape archéologue ! Un pape, c'est fait pour dire l'absolu et donc excommunier l'hérétique passé, présent et à venir. Une religion qui se relativise est une religion qui meurt. Nous vivons l'époque des religions laïques, cadavres parés aux couleurs de la vie. Les papes archéologues sont les contemporains des premiers ethnologues : les uns respectaient le passé, les autres s'efforçaient de comprendre des civilisations différentes. Mais c'est par le fer et par le feu et par l'intolérance à toute autre qu'elles, qu'une civilisation et une religion sont grandes !

« Oh pierres ! s'écrie le fondement de Guido, vous au moins ne me traiterez pas de malade et de fasciste. Vous savez bien où je vais me gavant, m'enfonçant toujours davantage dans la stupeur muette dont je ne sors plus que pour remplir mon sanglant et bienheureux office. Vous savez où je veux aller, en me fabriquant un foie plus gras que celui d'une oie du Périgord à l'approche de Noël, en étouffant peu à peu mon souffle sous le poids de calories jamais brûlées – avez-vous remarqué comme je hahanais en grimpant vos marches, oh pierres, mes jolies pierres grises ?

Mes pierres, moi vous me comprenez, car je vous aime pour vous-mêmes ! Que m'importe en effet le monument que vous êtes censées composer ? Scènes des débats de crapules politiciennes à la Cicéron, ou piste d'étripages divers – brochettes de gladiateurs, grillades de martyr, chaud-froid d'apôtre, salmigondis de conducteur de chars entremêlés dans un virage à la corde. Que m'importe ce qu'on a voulu ériger ? Votre détumescence est belle. Le sens s'envole, l'enveloppe demeure. Ce qu'il me plaît de saluer à travers vous, mes douces pierres grises, c'est un effort vers la minéralisation du monde. Et vous le savez bien, mes pierres, qu'en cherchant l'extrémité de l'écœurement, tout au bout de lui, je ne cherche rien moins qu'à me dissiper dans le monde, absorbé par lui, débarrassé de mes entrailles humides, réduit en poussière fine, pour mieux vous pénétrer, devenir vous, pierres, mes pierres grises ! »

– Les voilà, dit Giorgio.

En face des deux hommes, émergeant du vomitoire symétrique au leur, de l'autre côté de la piste, un groupe de Japonais costumés strict et cravatés serrés s'écoulait le long des marches vers l'arène, sur les pas d'un long et mince jeune prêtre en costume de clergyman. Quand tout le groupe fut en bas, d'un geste circulaire qui fit battre sur le tissu noir la croix de bois pendue sur sa poitrine, l'ecclésiastique invita les Asiatiques à contempler.

– Il n'en manque plus qu'un, dit Guido entre ses dents.

A peine eut-il achevé sa phrase qu'il repèra celui qu'ils attendaient. Il venait de surgir d'un groupe d'Allemands. Short, appareil photo, rien dans son allure ne le distinguait jusque-là de ses voisins. Il s'était mis à courir, en longues foulées souples.

– Ça va être à nous, dit Tête de Mouche en se levant.

Mais Guido n'avait pas bougé. Ce fut seulement quand l'homme eut sorti un P38 d'un sac qu'il portait en bandoulière avec son appareil photo et qu'il eut tiré deux balles dans le genou du prêtre, que le fondement de Guido se détacha de la dalle.

– Pierres, mes petites pierres, nous allons nous quitter. Le tueur va venir vers nous qui sommes censés le couvrir et qui de fait le couvriront contre toute dégradation ultérieure de son essence de tueur. Le prêtre moderne qui veut mettre les desseins de Dieu sur ordinateur, on va l'emmener sur une civière, des bonnes sœurs attentives et efficaces ouateront sa douleur, frôleront sa jeune virilité gonflée d'inaction et le gronderont s'il durcit trop les fesses au moment de la piqûre. Les faces de citron s'en retourneront au pays convaincus de la sauvagerie des mœurs catholiques et garderont leurs yens. Et moi je vais bientôt manger une glace.

Le tueur remonta les marches à grandes enjambées infatigables et rapides et, apercevant les deux hommes, ébaucha un sourire. Guido et Giorgio dégainèrent de conserve et tirèrent chacun six des quinze balles 9 mm parabellum que contenait le chargeur de leur Beretta. L'homme tomba à la renverse et roula sur quelques marches, des efflorescences rouges jaillissant de son torse et de sa tête troués. Guido brandit de la main gauche un porte-cartes ouvert :

– Police ! gronda-t-il de sa voix de basse. Que personne ne touche au corps.

Puis, suivi de Tête de Mouche, il se précipita dans le vomitoire proche en soufflant bruyamment. Une minute plus tard, il était au volant d'une mini Fiat. L'auto démarra avec une brusquerie qui leur rejeta la tête en arrière. Giorgio posa sur le toit une lampe bleue clignotante et déclencha une sirène stridente et sinistre. Tandis que Guido zigzaguait dans la circulation chaotique, son équipier parlait doucement dans le combiné d'un radiotéléphone. Il raccrocha :

– Changement de programme. On va à l'Aventin.

Guido ne dit rien mais ses petites lèvres charnues perdues dans le visage rond eurent une moue désappointée. Il avait prévu de garer la voiture à la Piazza Argentina et d'aller à pied chez Biançaneve manger une mela stregata – truffe au chocolat et chantilly.

Dans le jardin d'orangers, balcon sur le Tibre qui offre un panorama fermé par les villas, les fontaines et les verdures du Janicule, un petit homme bien mis les attendait sur un banc. L'œil de Guido détecta presque aussitôt les quatre gardes du corps, en des points stratégiques.

– Porco Dio ! s'exclama Tête de Mouche. L'honorable lui-même s'est déplacé !

Sur un geste qu'il leur fit, ils s'assirent à côté de lui et attendirent qu'il leur adresse la parole. Ses grosses lunettes à monture d'écaille, portant la griffe d'un grand couturier français, juraient avec le reste de sa sobre tenue. Il paraissait fasciné par le jeu d'une chatte rousse et blanche qui apprenait à son petit comment tourmenter un oiseau tombé du nid, l'aile cassée. Quand la bestiole ne répondit presque plus aux sollicitations des coups de patte, le vieil homme se tourna vers Guido :

– Félicitations, vous avez fait du bon travail.

Guido haussa les épaules :

– Un péché, ce gaspillage de munitions.

– Il fallait bien que cela passât pour un travail de policiers… La manœuvre est parfaitement réussie. Mis devant le fait accompli, le ministère est trop heureux d'endosser une victoire sur le terrorisme. Mais si je me suis déplacé, c'est parce que j'ai une faveur à vous demander.

– Tout ce que vous voudrez, honorable, répondit Guido avec une inclination gracieuse de son front luisant et bombé.

– Je sais que vous ne voulez plus travailler à l'étranger, mais j'ai besoin de vous. Et cette fois, pas sous le parapluie des Services…

Avec une rapidité si grande qu'elle prit la bête au dépourvu, Guido se précipita vers la chatte qui s'acharnait sur l'oiseau devenu jouet inerte et lui flanqua un coup de pied. L'animal cracha de rage et s'enfuit, son petit sur les talons. L'obèse s'approcha d'une fontaine SPQR, se rinça les doigts et boucha le tuyau pour faire jaillir d'un trou prévu à cet effet un jet auquel il se désaltéra. En revenant au banc, il s'enquit, secouant ses mains humides :

– Vos amis ne sont pas capables de mener ce genre de mission à bien ?

– Ils ont déjà envoyé une équipe. Elle vient d'échouer lamentablement. Maintenant que les managers et les financiers sont aux postes de direction, il n'y a plus de place pour la créativité artisanale d'autrefois. Vous n'ignorez pas que nous traversons une période plutôt agitée : les forces sont mobilisées par des OPA hostiles entrecroisées et des réductions mutuelles de personnel très spectaculaires. Dans une affaire comme celle qui nous occupe, je préfère recourir à la sous-traitance.

L'honorable sortit de la poche de son costume aux élégantes rayures une photo qu'il tendit à Guido :

– Il faut que vous vous occupiez de ce jeune homme.

– Il est mignon, apprécia Giorgio qui regardait par-dessus l'épaule de Guido.

– Il s'appelle Claude Varga, expliqua le vieil homme. Il faut qu'il meure sous la torture.

3

C : Elle crie si fort que je sursaute :

– Je ne travaille pour personne, je suis la sœur d'Annie !

Ça lui est sorti d'un coup, dès qu'elle a vu la lame de la hache à plat sur son ventre. Son visage menu est tout crispé sous la coiffure punk en déroute. Elle tire sur ses liens et ses petits seins bougent comme des bestioles dérangées dans leur sommeil. La lame d'acier a glissé de quelques centimètres, couchant sous elle quelques boucles noires à la lisière du pubis. La pupille de ses yeux noisette est dilatée par un fix de terreur. Ça ne m'excite pas du tout.

– La sœur… comment ça ? je demande. Annie ne m'a jamais dit qu'elle avait une sœur.

– Qu'est-ce que j'y peux ? Elle n'était pas très famille-famille. Mais c'était ma sœur, merde ! Ma cadette de deux ans.

Voilà qu'elle éclate en sanglots. Elle relève les genoux pour tirer sur les attaches de ses chevilles et la lame glisse sur son pubis, touche ses cuisses frêles. Je rattrape l'outil juste au moment où il allait lui entailler la peau à l'angle d'une hanche, et le garde à la main. Penché au-dessus d'elle, je me force à examiner ses traits. Le rimel a coulé, accentuant la clownerie de son maquillage. Je commence à me sentir con, dans mon numéro de psychokiller.

– Tu lui ressembles pas beaucoup.

– Pourquoi est-ce que tu crois que je suis déguisée en punk ? Pour que tu remarques pas la ressemblance ! Regarde dans ma veste, j'ai un agenda, entre la couverture en cuir et le carton, il y a ma carte d'identité.

Je pose la hache et fais ce qu'elle me dit. La préfecture de police de Paris lui a récemment décerné un document au nom d'Adèle Rainfroi. Oh ! les blagues que j'ai infligées à Annie, avec un nom pareil ! Et sur la photo, le nez emporte ma conviction. Petit nez doux et carré, nez de bébé boxeur prêt à affronter la vie. Annie.

Des quatre membres, elle tire, comme si elle voulait s'écarteler toute seule.

– Détache-moi, merde ! elle crie.

Elle va pas me faire une crise de nerfs ! Le lit grince, elle hurle et si nous étions au douzième étage d'un immeuble moite avec des cafards tombant des longues pales du ventilo, le voisin hispanophone en tricot de corps taché cognerait contre la cloison. Je m'approche, défais les cordes qui l'attachent à la tête du lit. Ses deux mains à peine dégagées, elle s'appuie sur l'une pour mieux me gifler de l'autre.

– Connard ! Sale con ! Pauvre merde ! Ça t'amuse de me faire peur, pauvre taré ! Idiot !

Le dernier terme me semble bien en retrait par rapport aux précédents. Avec la lame de la hache, je tranche les liens de ses pieds. Elle bondit à terre, rafle ses habits et se précipite vers la salle de bains. Je me mets en travers de son chemin, la prends aux épaules et reçois un coup de genou dans les couilles qui produit des larmes instantanées. La chambre tangue, je m'agrippe à mes bijoux, ce n'est pas une bonne prise, je tombe sur le cul. Derrière moi, j'entends la porte de la salle de bains qui claque.

Roulé en boule sur le sol, j'essaie de respirer plus lentement, de donner une direction à mes pensées, pour que ça diminue un peu, un tout petit peu mais je suffoque et ne peux penser que putain de bordel de merde la salope la salope la salope. Au bout de quelques secondes, quand même, je me traîne, toujours couché sur le côté, en direction du sac à dos que j'ai laissé tomber près du lit. Au moment où je lève la main pour la plonger dans le sac, la pointe d'une Weston briquée de frais apparaît dans mon champ de vision.

– Alors petit, on fait le parcours du combattant ?

Levant les yeux, j'aperçois le bas d'un pantalon d'alpaga au pli impeccable, un manteau de poil de chameau, une écharpe blanche et une tête glabre et luisante, du menton jusqu'au sommet du crâne qu'une main manucurée présentement caresse. L'autre tient une chapka. De Neuville est un grand frileux. Derrière lui, Le Cloarec.

Je plonge la main dans mon sac et en ressort la seringue, la cuillère, le sachet à demi vide... Au-dessus de moi, de Neuville émet un petit bruit dégoûté et la pointe de la Weston entre en collision avec ma main, éparpillant mon petit nécessaire.

– Tu ne vas pas faire tes saloperies devant nous !

– Foutez-moi la paix, merde, vous voyez pas que je suis en manque ? Si j'ai pas ma dose, je suis bon à rien.

– Et à quoi es-tu bon, quand tu es bon à quelque chose ? s'enquiert sa voix nasillarde de speaker des années cinquante.

– A vous parler de mon papa, tête de Neuville.

– Vous voulez que je l'arrange, monsieur ?

– Laissez, Le Cloarec, allez plutôt aider les autres en bas... et surveillez-les, qu'ils ne fassent rien passer à l'as.

Quand la porte se referme sur l'inspecteur, le député pousse un profond soupir et son visage descend jusqu'à moi. Il s'est accroupi sans effort, tennisman bronzé, espoir du troisième âge. Alex dit de lui qu'il est « arrivé à la force de ses abdominaux ».

– Tu me navres, Claude, tu sais, vraiment… Le fils de mon vieux camarade…

– Ah non ! Merde, vous allez pas me resservir vos bas morceaux d'éloquence.

– Comme tu veux mon petit, mais quand tu en auras marre de te traîner dans l'ordure, si tu veux te désintoxiquer, je connais une institution…

– C'est ça, le jour où je voudrai aller au goulag, je vous demanderais une recommandation. Mais je sors d'en prendre… Laissez-moi, maintenant, descendez, je me shoote et j'arrive tout de suite, plein de zèle et de servilité.

– Ecoute, juste un mot : je suis avec Gimenez. C'est lui qui m'a prévenu, pour la lettre. Où est-elle ?

– Mais c'est lui qui l'a, je la lui ai laissée dans une cabine de son sex-shop.

Il me dévisage un instant, se relève.

– Le fumier, dit-il en s'en allant.

Je ramasse mon attirail éparpillé et fais ma petite affaire. Je me redresse, la douleur évaporée et vais me coller contre la porte de la salle de bains. Evidemment, la poignée résiste.

– Adèle, tu as entendu ?

Pas de réponse.

– Oh, tu m'entends ?

Un silence, et enfin, un souffle :

– Oui.

– Ne bouge pas de là. Je vais m'en débarrasser. Mais il vaut mieux qu'ils te voient pas.

– D'accord.

A l'étage en dessous, c'est Attila débarquant au village. Quand j'arrive en haut du grand escalier, tonton Gimenez, une fesse sur l'accoudoir du fauteuil Louis XV réservé aux visiteurs d'Alex, feuillette un dossier pris sur une des piles à demi effondrées à ses pieds. Deux de ses hommes, gaillards velus à chaînettes d'or visibles sous le blouson coûteux, sont en train de retourner le coffre de bois médiéval au bas des marches. Les hautes portes du cabinet de travail sont entrouvertes, le cuir recouvrant leur rembourrage a été lacéré et à l'intérieur de la pièce, j'aperçois un troisième sicaire qui essaie de décrocher la tapisserie XVIe siècle derrière le bureau alexien.

Regard noir, beaux traits réguliers amollis par le pure malt hors d'âge, vulgaire comme une pub pour une demeure de standing sur la Côte d'Azur, Gimenez m'adresse un de ces sourires, tout émail dehors, qui font penser au carrelage luisant des chiottes de palace.

– Alors, fils, lance-t-il, à quoi tu joues ? Qu'est-ce que c'est, cette histoire de lettre ?

L'accent pied-noir est de retour, ce qui n'est pas bon signe.

– Quoi ? Qu'est-ce qu'il y a ? Tu n'as pas trouvé ma lettre ?

A peine ai-je atteint le bas de marches qu'il m'attrape par la joue, pinçant très fort. Bordel, mais qu'est-ce qu'ils ont tous aujourd'hui à vouloir me tripoter ?

– Dis-moi, Clo-Clo, tu chercherais pas à nous promener, des fois ? Tu ferais pas ce coup à ton vieux copain Jéjé, pas vrai ? Où elle est cette lettre, crouïa ?

– Mais je vous dis que je l'ai laissée dans la cabine.

– Viens un peu par ici.

Il me tire par la joue dans le bureau d'Alex. J'aperçois, à gauche, le dos de Neuville qui considère la bibliothèque, le nez levé.

– Il a des goûts très éclectiques, ce vieux bolcho, observe le député sans se retourner.

– Assieds-toi là, m'intime Gimenez en m'indiquant le siège Empire sur lequel Annie posait son adorable séant, face à l'écran d'un ordinateur de bureau.

Au moins, il m'a lâché la joue.

– Il collectionne les motions des congrès du Parti socialiste, ton père ? demande de Neuville.

– Oui, il dit que c'est un bon truc pour magouiller après dans les ministères. Mais qu'est-ce que vous cherchez ? Vous savez bien que la maison a déjà été perquisitionnée hier.

– Oui, mais la police ne fait pas toujours très bien son boulot. Alors, cette lettre ?

Ils se sont rapprochés. Gimenez, son gorille qui vient de faire tomber la tapisserie, de Neuville et Le Cloarec, que je n'avais pas encore remarqué. Ils sont debout, je suis assis et ils font cercle autour de moi, ambiance quai des Orfèvres. Je leur raconte ce que j'ai fait après avoir lu le courrier de mon papa dans une cabine de sex-shop, sans omettre l'épisode du boulevard de Sébastopol mais en passant sous silence l'intervention d'Adèle. Je leur dis que l'arrivée des flics m'a permis de m'enfuir et puis leur récite la lettre : je l'ai relue une dizaine de fois après l'avoir reçue et je la connais par cœur.

Quand j'ai fini, de Neuville soupire et s'assied derrière le bureau d'Alex.

– As-tu prévenu le juge d'instruction, au sujet de la lettre ?

– Non. Pas encore. Je ne l'ai que de ce matin.

– Tu ferais mieux de t'en abstenir jusqu'à nouvel ordre. Jusqu'à nouvel ordre de moi.

– Entendu.

Pour ce que j'en ai à foutre.

Tournant son visage de vieillard efficient et bronzé vers Gimenez, mon interlocuteur opine :

– J'incline à le croire. Il n'oserait pas aller contre nous. Vous avez une idée de ce qu'a pu devenir la lettre dans cette cabine ?

– Moi, j'ai du mal à avaler son histoire. Comme je vous l'ai dit, dès que ce petit camé m'a raccroché au nez, j'ai demandé à mon employé d'aller voir dans la cabine qu'il venait de quitter. Rien.

– Quelqu'un d'autre, dans une cabine voisine ? Mais qui ? Travaillant pour qui ? Et ces olibrius qui ont tenté de l'enlever ? Pour le compte de qui ? Que de mystères !

Il se passe une main lasse sur le visage. Quelle classe.

– Certainement des types qu'Alex a bananés comme nous, dit Gimenez. En tout cas, ajoute-t-il, hargneux, si on a voulu enlever le fiston, c'est qu'il sait quelque chose.

Je commence à en avoir marre qu'on parle de moi à la troisième personne :

– Je vous ai tout dit, maintenant foutez-moi la paix.

Mais de Neuville brusquement a froncé le sourcil, le regard fixé sur le combiné posé sur le bureau. Un des trois voyants rouges à côté du cadran clignote, signalant que l'une des lignes est utilisée.

– Vous avez un de vos hommes qui téléphone ? demande-t-il, glacial, à Gimenez.

– Non… Nom de Dieu !

Gimenez a bondi vers la porte et s'est élancé dans l'escalier, précédé par un de ses hommes.

– Tu nous a tout dit, disais-tu ? me balance de Neuville.

Je ne réponds pas. A l'étage au-dessus, on entend un cri étouffé, un piétinement, le bruit d'un meuble renversé. Une minute plus tard, Adèle apparaît sur le seuil, bras levés, un fort calibre pointé sur elle par le petit soldat de

Gimenez. Ce dernier ferme la marche, un mouchoir rougi plaqué contre le nez.

– La putain de sa race, râle-t-il, elle m'a foutu un coup de boule ! J'ai la cloison fragile, merde !

– Bonjour, mademoiselle, dit de Neuville. Qui êtes-vous ?

– Va te faire enculer, enfoiré !

Adèle a repris du poil de la bête mais le député a l'air d'apprécier modérément. Il se lève, s'approche de moi :

– Tu peux m'expliquer ? Qui est cette fille ?

– Ben, juste une copine.

– Comment s'appelle-t-elle ?

J'ouvre la bouche, mais elle est plus rapide que moi :

– Adèle Blansec.

De Neuville se tourne vers elle.

– Vous avez des papiers ?

– Et puis quoi encore ? Vous êtes de la police ?

– Elle est pas mal, ta pétasse, remarque le délicat Cloarec. Comment tu fais pour la baiser ? Avec une carotte ?

– Oh, fais-je, modeste, une toute petite, elle est pas capable de s'enfiler une botte de poireaux dans le fion, comme toi !

– Fais-le taire, dit le député sans se retourner.

Dans mon dos, je sens un rapide mouvement et me retrouve le nez sur la moquette. Le Cloarec a soulevé ma chaise par un pied, je suis tombé sur le côté. Il appuie la pointe de son brodequin sur ma pomme d'Adam. Ça devient monotone, je passe ma vie à plat ventre.

– Qu'est-ce que vous faites dans la vie ? interroge, paterne, de Neuville.

Court silence puis Gimenez beugle :

– Attendez, je vais lui en virer deux, vous allez voir comme elle va parler, elle va chanter, oui !

Je ne vois pas grand-chose, entre les pieds du bureau où repose l'ordinateur. Mais j'entends un petit cri d'Adèle et la voix de Neuville, coupante :

– Calmez-vous, Gimenez ! Vous feriez mieux de continuer à fouiller. Alors, mon petit, vous m'en dites un peu plus sur vous ? Vous êtes en plein dans une affaire très délicate, comprenez-vous, et il faut que je vérifie que vous êtes vraiment là par hasard… C'est bien le cas, non ? A qui téléphoniez-vous ?

– J'essayais d'appeler mon journal. *La Tribune du Médecin*, 23 avenue du Maine, 43 20 12 20. Vous êtes de la police ?

Sans répondre, de Neuville compose un numéro. Le Cloarec, au-dessus de moi, s'est mis à fouiller le tiroir du bureau d'Annie et jette les objets par terre après examen. Un paquet de chewing-gum sans sucre, entamé. Un carnet à spirale, neuf. Deux stylos feutres. Un briquet à essence. Un paquet de blondes. Un paquet de tampons.

– Allo, bonjour. Je voudrais Adèle Blansec. Ah, elle est absente ? Vous pouvez me dire si elle a appelé ? Non ? Elle n'a pas appelé ? Oui ? Vous ne pouvez pas me dire ? Mais pourquoi ? Ah, je vois.

Neuville raccroche. Je veux me relever mais Le Cloarec, comme sans y penser me donne un coup sur la tête avec la corbeille à papier qu'il est en train d'examiner. La femme de ménage l'a bourrée des papiers froissés et déchirés par les collègues de la PJ lors de la perquisition. Ils ont été quand même plus corrects que lui.

– Coucouche, me dit l'inspecteur.

– Pas très aimable, votre standardiste, observe le député à l'adresse d'Adèle.

– Non, mais de toute façon elle ne pouvait rien vous dire. Je n'ai pas eu le temps de lui parler. Quand j'ai entendu arriver vos zouaves, j'ai posé le combiné.

– C'est vrai, acquiesce Gimenez, il était posé.

J'entends Neuville repousser son fauteuil.

– Trop d'impondérables. Je n'aime pas cela. Et je ne peux pas me permettre de m'attarder.

J'esquisse de nouveau un geste pour me redresser.

– Reste où tu es, ordonne la voix de Neuville. Tu es à ta place dans les ordures.

Je m'assieds quand même, dos au mur, les bras enserrant mes genoux, la tête à la hauteur de la ceinture de Le Cloarec. J'aperçois Annie, pâle et résolue, très capitaine courageux. Le député se lève, vient s'appuyer au dossier de la chaise dont j'ai été éjecté. Il m'observe quelques secondes en silence, puis hoche la tête.

– Quand je pense à l'enfant charmant que tu étais… Je me souviens de ces vacances à Courchevel, avec ton père et ta mère, quand ma pauvre Claire était encore de ce monde… Elle t'adorait.

Je garde la bouche close pour ne pas vomir sur ses belles Weston.

– Si ce que tu as dit est vrai, poursuit-il du même ton désolé, où est la clé de la consigne qui se trouvait entre les deux tomes de Marx ?

– Vous n'allez pas me prendre ces cinquante bâtons ? Ils sont à moi.

– Un très faible acompte sur ce que nous doit Alex. Alors, où ?

La pointe du brodequin de Le Cloarec revient s'agiter devant ma pomme d'Adam.

– Tu ne vas pas te laisser racketter ? s'écrie Adèle. Ils n'ont pas le droit.

Il y a un bruit de gifle et la voix de Gimenez :

– Ah, ça fait du bien.

Je fais encore mine de me lever, mais Le Cloarec m'appuie sur le haut de la tête avec son poing et je reprends la position accroupie.

– Asseyez-vous, Mademoiselle, intime de Neuville. Et vous, lance-t-il au porte-flingue qui la menace, rangez votre artillerie. Il est temps de calmer le jeu.

Gimenez hausse les épaules :

– Fais ce qu'il dit.

L'autre glisse son calibre dans sa ceinture en croco. De Neuville se retourne vers moi :

– Alors, je t'ai posé une question.

– La police a embarqué la clé pendant la perquisition, dis-je.

– Tu mens, dit Neuville, j'ai vu les PV. J'ai vu aussi que ton appartement n'a pas été fouillé, parce que légalement, c'est ton domicile.

– Allez-vous-en, M. de Neuville, dit Gimenez, laissez-nous nous occuper de lui et de sa pisseuse.

– Tu entends ? Tu veux que je vous laisse seuls avec ces voyous ?

– Riton, dit Gimenez à l'adresse du type qui braquait Adèle tout à l'heure, montre à Clo-Clo comment se conduisent les youvois avec les dames.

Riton se penche sur le fauteuil, Adèle a un drôle de geste de protection : elle se cache le visage dans ses bras comme si brusquement elle allait s'appuyer sur un bureau et dormir. Le malfrat agrippe les cheveux punks d'une main et lève l'autre.

– Attendez, dit de Neuville.

– Alors ? grogne Le Cloarec en me filant un coup de latte dans la cheville.

Alors, je bats le briquet à essence qu'il a jeté par terre tout à l'heure et je l'allume au bas de son pantalon. C'est du tergal. Ça brûle bien : la flamme monte presque aussitôt jusqu'au genou.

L'inspecteur hurle, se penche en avant, se brûle les doigts, se jette par terre, roule sur lui-même et je m'élance, poings en avant, mais je perçois un mouvement général et on me fait un croc-en-jambes, je prends un coup de pied dans les reins, un autre dans l'épaule.

Un claquement sec, comme l'explosion d'un gros pétard.

– Stop, ça suffit, arrêtez, ou je pique une crise.

Adèle est debout, elle a à la main le flingue qu'elle a sorti du pantalon de son gardien. Ce faisant, elle a appuyé sur la gâchette et le coup est parti, vers l'extérieur : un peu plus bas que la braguette, le tissu a un énorme trou. Riton est livide, il tremble, on dirait qu'il va tomber dans les pommes. Adèle n'a pas l'air beaucoup mieux.

Un jour, je devais avoir dans les neuf ans, j'avais joué avec Jaspin, notre briard, dans la bibliothèque qui est de l'autre côté du palier. Je montais sur les fauteuils, sur le bureau, toujours plus haut, je lui disais : « Saute » et il se jetait sur moi. A un moment, j'ai grimpé sur le piano. En bondissant, Jaspin a foutu en l'air le sous-verre avec la photo de ma mère, les partitions sur leur support et le métronome. On était en train de contempler, fascinés, le métronome qui battait une mesure ample et irrégulière, couché sur le dos comme un naufragé agitant un bras de droite à gauche au milieu des bouts de verre et des partitions déchirées, quand Alex est entré. Il est resté sur le seuil, a seulement dit : « Tu me paieras ça », et il a tourné les talons. Le lendemain, il a fait piquer le chien et vous allez rire, c'est de ce jour que date ma résolution de le tuer.

C'est à ça que je pense en voyant le canon aller et venir, de droite à gauche, le canon de l'arme qu'Adèle tient à deux mains.

Ça sent le tissu et le cochon brûlés. Personne ne bouge ni ne dit rien, hormis Le Cloarec qui a éteint son incendie et se tord sur le tapis persan en geignant : « L'ordure, je le fumerai. »

– Bon, dit enfin de Neuville d'une voix légèrement altérée, calmez-vous, Mademoiselle, je crois que tout le monde a un peu perdu son sang-froid ici. Donnez-moi cette arme, un accident…

– N'approchez pas, crie-t-elle.

Elle le braque, elle a l'air hors d'elle.

– N'approchez pas. Ecoutez, je me fous complètement de vos magouilles. Je vais vous dire la vérité. Blansec, c'est mon nom de plume. Mon vrai nom, c'est Rainfroi. Je suis la sœur d'Annie. La collaboratrice de Varga. Vous saisissez ?

Neuville a un claquement de langue ennuyé.

– Je saisis surtout que la situation devient de moins en moins contrôlable.

Il m'adresse un regard noir.

– Et tu n'y es pas pour rien Claude… Bien, mademoiselle, de toute façon, vous allez rendre cette arme, nous discuterons plus calmement après.

– Rien du tout. C'est vous qui allez m'écouter. Je suis la sœur d'Annie et j'ai contacté Claude pour essayer de la retrouver. Et ce n'est pas à mon journal que j'ai téléphoné, c'est à un enquêteur privé que j'ai contacté. Pas n'importe lequel. Emile K. Krachevski. Il arrive.

– Quoi ? Petite conne ! s'emporte Neuville. Vous avez mis Krachevski dans cette histoire ?

– Parfaitement. Je veux savoir ce qu'est devenue ma sœur, c'est la seule chose qui compte pour moi.

– Mais on s'en fout de sa sœur ! se récrie Gimenez. Qu'est-ce que c'est que cette givrée ?

– Le Cloarec a besoin de soins, dit Neuville en montrant le flic qui s'est calmé et contemple sa jambe en grimaçant. Nous règlerons les questions d'argent avec

Claude en dehors de votre présence. Rendez son arme à ce monsieur et nous partons.

– Que dalle ! Barrez-vous avant que Krachevski arrive. Vous ne tenez pas à être mêlé à une sale histoire, n'est-ce-pas, M. le député ?

De Neuville se râcle la gorge.

– Pourquoi me donnez-vous ce titre ?

– Si vous ne vous voulez pas qu'on vous reconnaisse, faut pas laisser votre tronche traîner sur les affiches.

Le Cloarec s'est levé en s'appuyant des deux mains sur le bureau, comme un naufragé se hisse sur le pont du navire sauveteur. Ses brûlures n'ont pourtant pas l'air si graves. Quel douillet.

– Krachevski dans cette affaire, c'est la catastrophe, dit-il d'un air dolent.

– On lève le camp, et très vite, ordonne de Neuville et en passant à ma hauteur, il répète une phrase prononcée par mon père voilà bien des années :

« Tu me paieras ça. »

– Mais j'y suis pour rien, moi… croassé-je.

– Allez, les mecs, on s'arrache, lance Gimenez. T'en fais pas, Riton, on la retrouvera, cette petite pute. Toi, me lance-t-il, crois pas t'en tirer comme ça. On veut notre fric et on l'aura. T'as intérêt à nous prévenir si t'as du neuf.

Quand ils sont tous sortis, Adèle lève les bras en faisant le V de la victoire :

– On a gagné ! On a gagné !

Je la giflerais volontiers mais je me retiens.

4

Les bâtiments de la Cité des Sciences, cubes, sphères, losanges, rhombes, cônes, troncs de cône, flottaient dans une nébuleuse absinthe. Quittant cette lumière d'aquarium pour voltiger au ras du velours noir des eaux, une pie traversa le confluent de l'Ourcq et du Saint Denis pour remonter le long de la façade hideuse et compliquée d'un hôtel érigé de neuf. Au seizième étage, la lueur verte de la cité pénétrait dans la chambre d'Emile K. qui, arrivé depuis dix minutes, n'avait pas encore allumé. Comme il regardait sa montre, il ne remarqua pas l'oiseau.

La pie décrivit un cercle autour de la fenêtre, parut sur le point d'entrer dans la chambre puis d'un battement brusque des ailes, recula dans la nuit.

La montre qu'Emile K. avait posée sur le bois blanc de la tablette affichait 22 heures 15 à Paris, 1 heure 15 à Mogadiscio, 9 heures et quart à Nouméa. Sur l'un des deux lits de la chambre fonctionnelle et froide comme une salle d'opération, il s'étendit en saisissant au passage la télécommande du téléviseur placé devant la fenêtre. Il alluma l'appareil, coupa le son et la tête appuyée sur ses mains croisées, il demeura immobile pendant près d'une heure, les écouteurs du walkman sur la poitrine.

Puis il attrapa le téléphone et composa un numéro. A la deuxième sonnerie, un répondeur se déclencha :

« Société de Sécurité Emile Krachevski. Si vous voulez entrer en contact avec nous… »

Son index pressa deux touches et le message s'interrompit, cinq bips lui annoncèrent que depuis son dernier appel il y avait eu un nombre équivalent de messages et il perçut le crissement de la bande qui s'enroulait, bruit lointain et mélancolique comme celui du vaporetto sur la lagune ou de la 2CV perdue dans une campagne pluvieuse. Enfin la bande parla :

« Ici la société Polymère. Nous vous avons déjà laissé deux messages. Veuillez nous rappeler. »

« C'est Adèle. Je suis chez le fils Varga. Vite. J'ai besoin… »

« Ici maître Rapert. Je vous appelle pour un client du Moyen-Orient. Il faudrait que vous passiez à mon cabinet. Ce serait très intéressant financièrement. Un très gros contrat. Très très gros. A bientôt. »

« Salut, c'est Victor. Il faut absolument que je donne une réponse demain. Appelle-moi ce soir, même tard. »

« C'est encore moi, Adèle. Bon. Il n'y a plus de problème. On se verra demain au rendez-vous. »

Emile K. raccrocha, refit le même numéro, recommença l'opération, récouta la totalité des messages, raccrocha, refit une troisième fois le numéro, mais cette fois émit un code différent, pour ne repasser que le dernier message. Après l'avoir écouté, il raccrocha et resta un moment assis au bord du lit, les yeux dans le vide. Puis il composa un numéro. On décrocha aussitôt :

– Emile K. à l'appareil.

– Ah, enfin ! Il faut que je te voie. Demain quand tu veux.

– Demain, ce n'est pas possible. Je te rappellerai.

– T'en as pas marre de jouer les clandos ? Tu en fais un peu trop, non ? On pourrait se retrouver chez moi, devant un whisky !

– C'est pas le moment de discuter de ça. A bientôt.

Il raccrocha, jeta un coup d'œil à sa montre, alluma la lampe du bureau près de la fenêtre. Sur la surface de travail était posée une mallette dont il retira un ordinateur portable et des fiches qui lui servirent à taper un texte intitulé : « Evaluation des risques : enlèvement de dirigeants, attentats, pénétration des locaux et divers ». Une demi-heure plus tard, quand il eut terminé, il tapa une série d'ordres, la machine émit plusieurs notes prolongées et l'écran afficha : « codage terminé ». Puis il brancha son appareil sur la prise modem du téléphone, composa un numéro et tapota le clavier. Avec quelques grognements tristes, l'appareil expédia le contenu de la disquette. Emile K. la retira, la glissa dans une enveloppe matelassée, éteignit l'ordinateur, rabaissa l'écran, posa l'enveloppe par-dessus.

De nouveau il s'allongea tout habillé sur le lit, les yeux sur l'écran de la télévision allumée et muette. Cinq minutes plus tard, à minuit, le radio-réveil sur la tablette se mit en marche :

« Bonsoir. La prise d'otages du métro Bastille sur laquelle nous vous tenons informés de minute en minute vient de connaître un dénouement sanglant. Vers 23 heures 30, le GIGN est passé à l'action. Depuis le toit, quatre supergendarmes sont descendus en rappel. Mais avant qu'ils aient eu le temps de tirer des projectiles à gaz à travers les fenêtres, l'un des forcenés a réussi à abattre un des assaillants, le brigadier Gibon. Et à l'intérieur, les représentants de l'ordre ont découvert les corps des policiers qu'on croyait pris en otages. Ils avaient tous été massacrés par les assassins dès leur entrée dans les lieux. Une vive polémique a éclaté… »

Emile K. coupa. Il composa une fois de plus le numéro de sa S.A., pour récouter le dernier message : « C'est encore moi, il n'y a plus de problème, on se verra demain au rendez-vous », et demeura encore pensif un moment. Puis il éteignit toutes les lumières, et abaissant la petite boîte noire dans un geste de bénédiction, commanda à l'écran du téléviseur de s'éteindre. Dans la pièce seule la veilleuse de l'appareil troua le noir de sa tête d'épingle rouge. Il se déshabilla, se glissa entre les draps, inséra une cassette de chants du Burundi dans le walkman, mit les écouteurs, appuya sur la touche start, et les yeux grands ouverts entama sa nuit.

A : – Ce mec, tu vois, il est pas possible.

Escogriffe, à qui je viens de résumer ma pensée, s'agite sur son siège et se gratte le bras.

– Excuse-moi une seconde.

Il se lève, ramasse son sac à dos violet près du lit et passe dans la cuisine. Quelques minutes plus tard, il revient et me montre une seringue vide :

– Quand le sens s'absente, je me zape.

– Qu'est-ce que c'est ça, une blague de junkie ?

– Il y a un problème, là, tu vois, au niveau de la communication, quelque part, entre nous.

Il se fout de moi. Regard velouté, peau à caresse, tête à claque.

– Il me l'avait dit, Krachevski : « Pas la peine, demain, il recommence à se camer. »

– Formidable, un grand connaisseur de l'âme humaine. C'est pour ça que vous étiez à Château-Rouge ?

– Oui. Je l'ai embauché il y a trois jours, dès que j'ai su la disparition de ma sœur. Il a pensé que par toi, on pourrait peut-être remonter à ton père, et donc à Annie.

– Pas si malin que ça, ton limier.

– En quelques coups de fils, il a collecté un certain nombre de trucs sur toi.

– Par exemple ?

– Par exemple, que tu as publié un roman qui a eu un succès critique et qui s'est vendu à huit cents exemplaires. Qu'à part ça, on ne te connaît aucune source de revenu autre que les subsides de ton père. Que tu es connu dans le monde du Paris nocturne, que tu fréquentes épisodiquement, et qu'on t'y surnomme Escogriffe. Que ton père a fait pression sur tous les dealers chics pour qu'ils refusent de te fournir. Dans ces conditions, d'après Krachevski, il ne te restait plus qu'à t'adresser aux vendeurs de Château-Rouge, le fond du panier, ceux qui te refilent de la dope archicoupée, mélangée à des saloperies.

Il hausse les épaules et marmonne :

– Pas besoin d'être un as pour ramasser ce genre de renseignement.

– Mais ce Krachevski, c'est un cas. T'en as jamais entendu parler ?

– Moi, tu sais, ça fait des années que je n'écoute plus les infos. A part la météo marine. « Avis de vent frais, force 5, Humber, Dogger, Sandettie… »

Il bâille :

– C'est qui, alors, ce Kramachin ?

– C'était l'un des plus brillants éléments du Groupe d'intervention de la gendarmerie nationale. Un de ceux qui avaient la confiance du Président. On dit qu'il a réussi quelques coups fantastiques, contre des preneurs d'otages, dans la chasse aux terroristes, un peu partout dans le monde. Et puis, il y a six mois, il a été réformé. Il se promenait au camp de Satory avec un bandeau dans les cheveux, il disait qu'il était un Cheyenne. Il ne parlait plus que des Peaux-Rouges. On lui a passé cette lubie, jusqu'au jour où il a proposé à ses hommes, en guise d'entraînement, de s'enfoncer des broches dans les seins pour se suspendre aux agrets du gymnase, comme dans les cérémonies initiatiques des tribus de la Prairie.

– Et c'est ce givré que tu es allée voir pour retrouver ta sœur ?

– Il a ouvert une officine d'enquête, très très cotée. Depuis qu'il a quitté la gendarmerie, son comportement est redevenu à peu près normal.

Escogriffe rigole :

– A peu près ?

– Oui. Il est très parano. On ne le contacte jamais directement, on appelle un répondeur et c'est lui qui te rappelle. Il donne des rendez-vous dans des bistrots. Je le retrouve dans les bars à vin qui ont obtenu la « Coupe du meilleur bistrot ». Au téléphone il me dit seulement l'année du prix et je regarde dans le guide à quel bar ça correspond.

Claude dodeline de la tête, comme s'il allait s'endormir. J'ai un élan de rage contre lui. Quelle minable engeance, les toxicos.

– Oh, tu m'écoutes ?

Il lève sur moi un regard éteint. Tout de suite après le départ du député et de ses acolytes, je lui ai expliqué que j'avais bluffé à propos de Krachevski et que je ne devais le voir que le lendemain. Lui m'a exhibé triomphalement la clé de la consigne, qu'il avait dans la poche. Je n'ai pas eu de mal à le convaincre qu'il valait mieux filer. Gimenez, Le Cloarec, les gens qui avaient essayé de l'enlever boulevard de Sébastopol, cela faisait beaucoup de monde qui risquait de débouler. Il voulait aller chercher ses cinquante briques, mais je l'en ai dissuadé : les lieux risquaient d'être surveillés. Dans la boîte aux lettres de mon immeuble, 31, rue du Petit-Musc, il y avait un rapport d'enquête et une note de frais de la S.A. Emile K.

– On dit que sa parano est justifiée par sa connaissance de quelques secrets d'Etat… C'est un ami journaliste spécialiste des questions de justice et de police, qui m'a conseillé de m'adresser à lui.

– De toute façon, ton enquête est terminée, décrète Escogriffe.

Il me récite la lettre de son père.

– Cette devinette de la fin, je lui demande, ça veut dire quoi, à ton avis ? Qu'il y a un secret à découvrir à Château-Rouge ?

– Ou qu'il s'est foutu de moi. La deuxième hypothèse me paraît d'ailleurs la plus vraisemblable. Mais ce que je ne comprends pas, c'est pourquoi tu t'es mis en tête que ta sœur avait besoin de toi ? Elle s'ennuie sans doute pendant les séances de massage, mais à part ça, elle doit couler des jours heureux sous les cocotiers.

– C'est vrai que tu as couché avec ma sœur ?

Claude se rembrunit.

– Quel rapport ? T'es jalouse ?

– A part que tu l'attachais, il n'y avait rien de particulier dans votre façon de baiser ?

– Mais qu'est-ce que c'est que cette inquisition ? Ça t'excite ou quoi ?

– J'ai l'air excitée ?

Il me dévisage. Sensation déplaisante, comme si j'éprouvais physiquement sur ma peau la lueur froide de ses yeux aux pupilles rétrécies.

– Non, convient-il. Oui, il y avait quelque chose de particulier… Mais qui tenait à moi. J'ai fait un bout d'analyse, voilà deux ans, pour faire chier Alex qui ne supporte pas les psys. Sur le mur du mien, en face du divan, une affiche de l'Office du tourisme irlandais était encadrée. Elle représentait une série de portes pittoresques. En parlant au mur – le mur avait des oreilles et elles étaient à péage, j'ai expliqué que j'avais besoin, pour jouir, que la femme ne manifeste aucun plaisir et surtout qu'elle ne fasse aucun bruit. Sans doute parce que je n'ai jamais supporté les couinements et les cris d'Alex et de Fatima derrière la porte… conneries ! Donc Annie, attachée, restait inerte comme une pantoufle pendant que je la besognais, et c'est ça que j'aime.

Qu'il ait besoin de débiter cette dernière phrase sur un ton de défi m'attendrit et m'énerve à la fois.

– Elle ne risquait pas de manifester un quelconque plaisir, puisqu'elle est lesbienne et que le contact des mecs la débecte.

Les lèvres de Claude s'avancent comme celles d'un bébé qui va pleurer, elles tremblent, marquent une pause, forment un demi-sourire :

– C'est possible. Et alors ?

– Alors, l'idée qu'elle ait eu envie de s'enfuir avec ton père m'a parue, et me paraît toujours, complètement loufoque. La dernière fois qu'elle m'a parlé de lui, c'était il y a trois mois, au téléphone, elle m'a dit qu'elle ne supportait pas, physiquement, de l'avoir à moins d'un mètre d'elle.

Il ne dit rien pendant quelques secondes puis demande :

– Tu as quelque chose à boire ?

Du geste je lui indique la cantine sur laquelle il est assis :

– Sous tes fesses. Sers-toi.

Il retire le coussin, soulève le couvercle de la malle métallique et en retire une bouteille de vodka et un verre poussiéreux. Sans un mot, il remplit le verre, le boit cul sec. Il s'assied lourdement en tailleur sur le parquet, pose la bouteille entre ses jambes :

– Je suis vanné. Quelle journée.

Je jette un coup d'œil à ma montre :

– Une heure du matin. Moi aussi, je suis complètement cassée. Je vais prendre une douche. Pendant ce temps, tu peux t'installer un lit dans cette pièce avec le matelas en mousse qui est dans ma chambre. Il y a des couvertures et des oreillers dans cette valise.

D'un geste circulaire, je montre les bagages, les briques et le sac de ciment dans un coin, la bibliothèque confectionnée avec des bastaings et des parpaings, les plantes vertes regroupées contre la fenêtre, et la cheminée inachevée :

« Je n'ai pas fini d'emménager, mais on est plus tranquilles que dans ton château. On poursuivra cette discussion demain matin. »

– En ce qui me concerne, elle est close, rétorque-t-il. Demain je rentre chez moi, et oublie-moi.

Les derniers mots ont été à peine articulés. Il s'est laissé aller en arrière, sur un tapis plié en quatre, à côté de la cantine.

Avec une très belle vue sur les toits de Paris d'un côté, le génie de la Bastille de l'autre, mon appartement est composé de trois pièces minuscules, dont deux sous les combles, réparties deux d'un côté, une de l'autre, autour d'un couloir. La douche est dans la cuisine et je n'ai pas encore eu le temps de poser un rideau. Visage levé vers la pomme, j'en suis au rinçage, et je tourne le dos à la pièce quand j'entends :

– La vodka tiède, c'est dégueulasse.

Je sursaute, me retourne. L'air tout à fait réveillé, il est en train d'ouvrir le frigo. Il sort le bac à glaçon, le met sous l'eau chaude du robinet, ce qui a pour effet de glacer aussitôt le jet de la douche. Je pousse un cri, il arrête net, s'approche de moi et place la boîte encore embuée de froid sous l'eau qui dégouline de mes seins. Il a fait ça d'un air si tranquille… En penchant un peu la tête, il me dévisage.

– Qu'est-ce que tu veux ? me demande-t-il. Qu'est-ce que tu veux vraiment ?

A travers la vapeur et le ruissellement, je soutiens son regard.

– Je te l'ai dit : savoir ce qu'est devenue ma sœur.

Il prend un bol sur l'évier, y fait tomber les glaçons. J'arrêterais bien la douche mais tant qu'il est là, le jet me donne une dérisoire sensation de protection. Un cube de glace colle encore au croisillon de plastique. Escogriffe revient vers moi et tend la boîte métallique à bout de bras, vers l'eau qui dégouline de mon pubis. Je recule un peu les jambes, en gardant la tête sous le jet.

– Toi aussi tu es lesbienne ?

– Qu'est-ce que ça peut te foutre ? Arrête ce manège.

Il baisse les yeux, détache le glaçon et fait mine de me le coller entre les jambes. Ça, je le voyais venir. Mon pied droit part vers sa braguette mais je glisse, perds l'équilibre. Il se trempe les bras en me rattrapant, me lâche presque aussitôt, recule. Je coupe l'eau, saisis la sortie de bain, m'enveloppe et crie :

– C'est fini, tes conneries, espèce de malade ?

Il enlève son veston, presse les manches au-dessus de l'évier. Son regard croise le mien. Il est toujours aussi calme.

– Tu veux me baiser ? je lui demande du ton le plus neutre possible.

– Oui, répond-il en accrochant sa veste au dossier d'un siège de bar.

– Eh ben d'accord. Au moins avec toi, ça ne doit pas être fatiguant.

Je passe dans ma chambre, étale la serviette sur le lit et m'allonge sur le ventre comme pour une séance de bronzage. Il est resté dans la cuisine. Je l'appelle :

– Allez viens, je ne suis pas attachée, mais c'est tout comme. Tu peux compter sur moi, je resterai aussi muette et molle qu'une pantoufle.

Plus tard, il me demande si j'ai joui et j'éclate de rire :

– Toi, on peut dire que tu n'en rates pas une.

C : En me réveillant, j'ai un goût de mort dans la bouche. La vodka, sans doute. J'ouvre les yeux :

– Ne t'en va pas.

– Qu'est-ce que tu dis ? me demande Adèle en posant une tasse de café sur la table de nuit.

– Je disais : « Alors, heureuse ? »

Je m'installe à l'aise, oreiller dans le dos pour boire le jus.

– Tu plaisantes, répond-elle en tournant la cuillère dans sa propre tasse, mais tu aimerais bien savoir si j'ai fait semblant, cette nuit.

Elle a renoncé à la dégaine punk pour une coiffure d'écolière avec mèche dans l'œil et la mode étant au funèbre, son chandail tout simple est noir. Noir aussi le pantalon de laine qui moule le long élan de la cuisse, frêle ligne androgyne jusqu'à la rencontre exquise de la hanche, courbe qui annonce le moelleux abandon d'un cul sur lequel le discours de la forme n'est pas encore passé. Je sais bien que tôt ou tard, elle cédera. L'ennemi est déjà dans la place : j'ai vu au frigo hier soir du fromage blanc 0 % et des yaourts sans gras. Un de ces jours, elle ira dans une salle se faire un cul dur d'executive woman sous les aboiements disco d'une sous-off du corps, vieille aérobique ou jeune louve incassable et son fondement acquerra la fonctionnelle beauté d'un piège à rat.

Mais cette nuit, de cet ensemble indéfinissable qui n'est pas que son corps, ou son histoire, ou ses gestes et attitudes, qui est tout cela et qui est elle, j'ai volé une parcelle. Je l'ai tirée à tire-d'aile, je lui ai fait les poches de son intimité, trois doigts glissés dans son larfeuille de muqueuse, pas vu, pas pris, je l'ai élucidée : dans la douceur de l'enfantin popotin, j'ai baisé la bouche sombre de son animalité, j'ai goûté Adèle où elle se décompose… Une crampe comme un coup de barre en travers de l'estomac, je repose la tasse pleine.

– Tu devrais pas mettre des trucs aussi collants, je dis, ça fait trop ressortir ta culotte de cheval.

– Avec quelques grammes de sperme en moins, t'es toujours aussi con… Qu'est-ce que tu comptes faire ?

Je me gratte les bras. Une transpiration qui sent le vieux me vient au front.

– M'habiller et m'en aller.

– C'est pas ce que je veux dire… Qu'est-ce que tu comptes faire, pour ton père ?

Je jette mes jambes hors du lit et me hisse à la verticale. Duraille. Du regard, je fouille le bordel de la pièce.

– Qu'est-ce que t'as ? elle demande.

– C'est rien. Un peu mal au bide… Je sais que t'as caché ton jeu, cette nuit.

D'une main, je m'agrippe à l'encadrement de la porte tandis que je me penche pour ramasser mes chaussettes sur le seuil de la chambre.

– Ah bon ? Et à quoi tu as vu ça ?

– Des signes physiologiques qui ne trompent pas.

Tandis que je me relève, elle scrute mon visage pour voir si je plaisante. Je lui souris en essayant d'enfiler une chaussette sur un pied que j'ai posé sur le lit mais la tête me tourne et, avant d'avoir franchi le talon, j'abandonne pour me retenir des deux mains au chambranle de la porte. Je frissonne.

– Faut que j'y aille, je marmonne.

– Où ça ? Tu vas aller chercher une nouvelle dose, c'est ça ?

– T'occupe, je fais, en repartant à l'assaut de la chaussette.

– Tu crois pas que tu ferais mieux de prendre une douche avant de sortir ? Ça te remettrait d'aplomb.

– C'est une idée, ça.

Je me traîne à la cuisine. Par le vasistas qui donne directement sur le toit, j'aperçois un ciel aux couleurs pâles de pastilles Vichy, bleu pastel et rose clair. Le génie de la colonne de la Bastille, doré de frais, semble vouloir voler jusqu'à moi. Qu'il reste où il est, ce nul. Sous la douche, je reste longtemps le visage levé vers le jet à température idéale…

Une porte claque.

Je me précipite, trempé, hors du bac pour entendre la clé tourner dans la serrure.

– Qu'est-ce que tu fous ? je crie.

Elle m'a enfermé dans l'appartement. Je me sèche en me disant qu'elle va sans doute remonter. Je vais m'habiller en attendant. Et si elle tarde, je vais pas me gêner pour lui défoncer sa putain de porte. A la première chaussette, je recommence à frissonner. Quand je suis parvenu à mettre mon caleçon, je transpire par tous les pores. Putain, vite, faut que j'aille à Château-Rouge. Le téléphone sonne. Je décroche machinalement. C'est elle.

– Tu m'as enfermé ? A quoi tu joues ?

– Je vais revenir. Avec de quoi te calmer.

– Lâche-moi, tu veux ? Remonte tout de suite m'ouvrir.

– C'est moi qui vais te fournir ta dose, maintenant. Je ne veux pas que tu ailles te refoutre à la merci de Cloarec et compagnie. J'ai besoin de toi.

– C'est la meilleure. Et pour quoi faire ?

– Pour retrouver ma sœur.

– Va te faire mettre.

Je raccroche violemment, finis de m'habiller et vais examiner la porte. Merde, un vrai machin de coffre-fort. Du métal lisse, avec des verrous intégrés dans la masse. Je balance un fauteuil contre la chose, histoire de me passer les nerfs. Le siège perd un bras, rebondit sur moi. Je me laisse glisser au sol, dos au mur. Mal partout. La salope. Je me souviens que quand on a décarré de Château-Rouge, j'ai emporté la hache dans mon bagage. Je vais en donner un grand coup contre la porte, deux fois, trois, la porte est à peine éraflée et le manche est fendu. Si je frappe encore, il va me péter dans les mains.

Je fonce à la cuisine, fouille la pharmacie. Mon cœur bondit d'aise quand je découvre une plaque de néocodion que je m'envoie aussi sec avec une rasade de vodka. Et ça, c'est quoi ? Des calmants ? Connais pas cette marque. Allons-y.

Qu'est-ce que je peux faire ? Appeler au secours ? Il n'y a pas de voisin à l'étage et dans l'immeuble d'à côté, des ouvriers qui rénovent font un bordel de tous les diables en balançant des gravats dans un conduit de tubes de plastiques emboutés les uns aux autres jusqu'à une benne sur le trottoir. Et puis, si je rameute le quartier en gueulant par la fenêtre, je vais avoir affaire aux flics, ça fera des complications, et Le Cloarec risque de se ramener…

Je passe dans le minuscule salon. Il y a du ciment et des briques réfractaires près d'un trou dans le mur. Elle remet en service un vieux conduit pour se confectionner une cheminée. Comme ce sera pittoresque. J'enfonce ma tête dans l'âtre futur, le visage tourné vers le carré de ciel. Beaucoup trop étroit. J'ai très chaud tout à coup, la tête me tourne, je dois m'asseoir. Les saloperies que j'ai avalées. Affalé sur un coin de tapis, au milieu de ses bagages, je laisse les ondes de chaleur me parcourir. Je pars à la dérive. Le visage d'Annie se penche sur moi. Ses doigts d'aurore me passent la shooteuse. Annie me cligne de l'œil dans le dos d'Alex qui vitupère contre la social-démocratie et le culte du consensus. Elle au moins n'est pas dupe.

J'ai un brusque regain d'énergie et de clarté d'esprit. De mon sac à dos je tire mon agenda. Un jour qu'Annie, très exceptionnellement, avait passé quarante-huit heures chez sa mère, elle m'avait donné son numéro. Je le forme sur le cadran. A la première sonnerie on décroche et une voix angoissée me répond. La mère d'Annie me confirme que celle-ci a une sœur aînée qui s'appelle Adèle et me demande si j'ai des nouvelles de la cadette. Je réponds par la négative, repousse l'idée de lui demander si ses filles sont gouines et raccroche. Les nausées, de nouveau. Putain, c'est plus possible. Je retourne à la pharmacie, dégotte un somnifère. Deux, trois cachets et je m'allonge. Je ferme les yeux.

Un homme se penche sur moi. Ses sourcils broussailleux se rejoignent presque au-dessus du nez.

J'ouvre les yeux, les referme, dérive encore. Annie qui m'arrache un bouquin des mains. « On joue ? » Elle me montre le lit et pendant qu'elle se déshabille, je prépare les liens. Annie ? Non l'autre, comment elle s'appelle ?

– Salope !

Cette fois, mes yeux sont vraiment ouverts.

– Tiens, prends ça, pauvre mec.

Adèle me tend une ampoule de liquide.

– De la méthadone. J'ai une amie qui travaille à Fernand Widal. Elle va me fournir le temps qu'il faudra pour te désintoxiquer.

Je casse la pointe fine du flacon et avale le produit. Presque aussitôt, je suis bien. Ce qu'on appelle l'effet placebo.

– Qui te dit que j'ai envie de me désintoxiquer ?

Adèle enlève son blouson, le balance sur le fauteuil au bras cassé. J'ai tout à coup une bizarre sensation de déjà vu. Elle se campe devant moi :

– Ecoute-moi, taré. Si t'as envie de crever les veines pleines de saloperie, en léchant les bottes des dealers et des flics genre Cloarec, après tout, j'en ai rien à cirer. Mais moi, je sais que ma sœur a disparu et je crois pas une seconde qu'elle a suivi ton père de son plein gré. Je te propose un marché : on la cherche ensemble, et tant qu'on fait équipe, je te refile de la méthadone. Je ne peux pas courir le risque que t'ailles quémander ta dose à des Gimenez ou à des Cloarec. Si ça t'aide à te désintoxiquer, tant mieux pour toi… Et même, je vais te dire, si tu veux tremper ta nouille de temps à autre pour te soulager les nerfs, du moment que tu pues pas trop la vodka, O. K., j'ai rien contre…

– Dis-donc, ma chérie, tu serais pas en train de tomber amoureuse ?

Ma voix m'a semblé lointaine, comme si elle me parvenait en écho à travers une vitre qui me séparerait du reste du monde. La sensation de déjà vu persiste. Adèle n'a pas relevé :

– Tout ce que je veux, c'est une conversation avec Annie. Je sais qu'elle est dans un sale pétrin, et j'aimerais être sûre qu'elle en sortira vivante.

Elle a dit ça d'un air têtu, un pli au-dessus du nez, le menton un peu en avant et quand elle a l'air résolu, désolé c'est macho, mais elle est vraiment ravissante.

– Parce que maintenant, tu vas me dire que tu crains pour sa vie ? Où est-ce que tu vas chercher ces délires ?

– Dans ton courrier… Excuse, je l'ai lu, mais ce n'est pas moi qui l'ai ouvert.

Elle me tend une enveloppe dont le rabas a été hâtivement déchiré et en voyant l'écriture de l'adresse, j'ai un choc. Mes mains ont la tremblotte en dépliant la feuille glissée à l'intérieur.

Cher fiston, j'ai besoin de ton aide : ainsi commencerait la lettre d'un géniteur convaincu que le fait d'avoir contribué à fabriquer une vie lui donne des droits sur elle. Tu sais que ce n'est pas mon cas. Si je te demande de m'aider, c'est parce que tu y as tout intérêt. Les choses n'ont pas tourné comme je le voulais. Annie m'a faussé compagnie, et j'ai de bonnes raisons de croire qu'elle est toujours à Paris, ou du moins en France, avec une valise contenant ce que j'avais pris dans les coffres. Tant qu'Annie n'aura pas été retrouvée, et que je n'aurais pas récupéré la valise, je ne peux pas me montrer : trop de gens risquent de me demander des comptes. Il faut que tu retrouves Annie et que tu ramènes la valise à Château-Rouge. Sinon, tu auras de gros ennuis du côté de mes associés. Pour les faire patienter, je leur ai adressé photocopie de cette lettre. Courage, fiston !

Alexandre Varga

Là je suis soufflé.

– Le salaud ! Pour m'obliger à rattraper ses conneries, il me flanque dans les pattes de Neuville et compagnie. Mais d'où tu sors cette lettre ?

– C'est Cloarec qui me l'a donnée.

– Quoi ?

– J'ai fait un saut au Château-Rouge pour voir s'il y avait une surveillance. Cloarec était dans le café d'en face, avec deux autres sbires. Il m'a annoncé qu'il était officiellement associé à l'enquête.

– Là, c'est la complète !

– Et il m'a demandé de te transmettre le courrier qui venait d'arriver.

– Ils t'ont suivie ?... Je suis con, ils n'en ont pas besoin, suffit de demander ton adresse à ton boulot.

– Non, je viens d'emménager, comme tu vois, au boulot on ne connaît que mon ancienne adresse. Et ils ne m'ont pas suivie, j'en suis certaine, j'ai pris des sens interdits avec ma moto et j'ai fait un tas de manœuvres.

– Et le téléphone, l'EDF ?

– Tout est encore au nom du proprio.

Je hausse les épaules :

– S'ils veulent vraiment, ils nous retrouveront.

– C'est sûr, soupire-t-elle. Mais ça nous laisse un peu de temps. Manifestement, tu devrais le mettre à profit pour essayer de retrouver la trace d'Annie. Si elle est revenue à Paris, comme ton père le suggère, tu dois bien avoir une idée de ses points de chute...

Elle jette un coup d'œil à sa montre :

– J'ai rendez-vous avec Emile K. dans dix minutes à la Tartine, près d'ici. Tu viens avec moi ?

Je soupire :

– Oh, après tout, d'accord... Puisque tu tiens tellement à m'embarquer sur ton petit bateau. T'es un bon coup et il m'a l'air rigolo ce privé.

– Est-ce que tu as une idée de quelqu'un qu'Annie pourrait contacter si elle était à Paris ? s'enquiert-elle, imperturbable.

– Peut-être, je dis en m'apercevant que la sensation de déjà vu s'est effacée.

5

Les seins de la blonde pigeonnaient dans une corolle de taffetas blanc surpiqué, point d'orgue néo-classique d'un fourreau de toile écrue collant, très destroy, à grands carreaux noirs et blancs, en contrepoint ironique au boléro de suédine blanche, espagnolante, avec citation J.-P. Gautier dans les épaulettes hystériquement soulignées par un rembourrage très « place des Victoires », et une grosse fleur métallique, clin d'œil Rabanne en forme de pied de nez. Du Sentier revisité avec intelligence par un de ces nouveaux stylistes qui n'hésitent pas à chercher leur inspiration dans toutes les tribus planétaires et qui sont au prêtàp' ce que sont le hip hop jazzy ou la samba rockabilly à la musique : tendance carrément hors tendance !

La blonde effleura très vite d'une joue puis de l'autre les alentours de la bouche de Claude.

– Salut Esco ! Des copains à toi ? demanda-t-elle, en jetant un coup d'œil au grand gaillard en blouson de cuir, portant walkman – la tache ! – et à la brunette insignifiante qui les suivait.

Sans attendre la réponse, elle referma la porte derrière eux et replongea dans une conversation avec un petit gros à bretelles.

– En deux défilés, ce jeune Hollandais iconoclaste et surdoué défraye déjà les chroniques, assura-t-elle.

La salle, sorte de grand hall à piliers de béton, atelier de confection récemment vidé de ses travailleurs clandestins, faisait quatre mètres sous plafond. A l'une des extrémités, un écran gris pâle occupait tout un pan de mur. A l'opposé, une espèce de cabine de briques était collée au plafond et reliée au sol par un escalier métallique en colimaçon. Entre les deux, beaucoup de monde.

Quelques tailleurs-spencers presque sévères (marine-rouge) mais ravivés par un galon à damier adolescent, allant même jusqu'à s'afficher dans des contrastes de couleurs shocking (rose bonbon et vert laitue). On voyait aussi la tenue de soirée telle qu'en rêvent les riches Américaines. Autrement dit sexy (parfois même au ras du One Two Two) mais suffisamment couture pour que le mari ait des suées chéquiers : What A Paris ! Toujours la même base (un drapé moulant) sur laquelle on greffe des variations de manches, de volants et de froufrouteries. Certaines robes proposaient même une version « poufs à options » amovibles. C'est assez dire que chaque modèle criait le savoir-faire de l'atelier, comme un chef-d'œuvre de compagnon du tour de mode. Mais l'on apercevait aussi bien, sophistiquée, la transparence des manches de mousseline d'un T-shirt en viscose et soie que, clin d'œil à Hollywood, un turban insensé en velours frappé tabac jouant le rétro, version très moderne, à côté, let's dance !, d'un body en velours bien décolleté sur un mini-kilt en taffetas.

– Toute cette consommation, tout ce business ! disait le voisin de buffet d'Adèle. Le génie de l'Art risque de mourir, tué par les folies de l'argent. Je ne dis pas qu'il faut éliminer l'argent. L'argent peut faire du bien à l'Art, l'argent c'est le sang de l'art.

Claude avait du mal à suivre, les climats sonores, coolissimes, de la musique New Age, couvrant toute parole prononcée à moins de trois centimètres de l'oreille.

– Et puis, tout est devenu flou, hurla un journaliste d'*Actuel*.

– Donc séduisant, approuva un rédacteur de *Rolling-Stone*. Les rappers de la soul inventent le « Daisy Age », un âge d'or fleuri et rigolard. Positif, surtout.

Emile K. tournait le dos aux baies par lesquelles on découvrait, de l'autre côté de l'eau noire du bassin de la Villette, un ancien entrepôt semblable à celui où ils se trouvaient, et semblablement reconverti en ateliers d'artistes bien introduits auprès de la Ville de Paris. Son visage impassible était tourné vers la foule qui se pressait dans le loft. Papotages, bécotages, méli-mélo de looks, notoriétés s'affrontant un instant du regard comme deux chauffeurs de poids lourds sur l'autoroute, stratégies de carrière hésitant à s'accoupler, insignifiance résolue des pique-assiettes et des pochards mondains, rien dans cette splendide fête ne semblait accrocher le regard de l'enquêteur.

– Je trouve ça génial lançait un commissaire priseur en tenue de motard, il fait signer ses œuvres par les mécènes qui le sponsorisent et se moque au passage de la pub.

– Ses codes-barres sur une toile se vendent 30 000 francs opinait un agent de change en savourant l'impertinence de sa cravate.

– Une misère dans cette FIAC.

– Dommage, c'est tellement invendable que cela devrait valoir plus !

– Les technologies de l'image sont toujours du côté de la liberté, décrétait un critique de cinéma hétérosexuel.

– Rien à foutre, répondait un jeune cinéaste-culte à mèche.

– Ainsi, dans tes films, il suffit que quelqu'un regarde pour qu'un objet vienne à sa rencontre.
– Tout ça, c'est des conneries.
– Comme dit Lyotard, la réalité est à la charge du plaignant.
– Je m'en branle.

Ô viens, mon beau soleil, ô viens, ma nuit d'Espagne,
Arrive dans mes yeux qui seront morts demain,
Arrive devant ma porte, apporte moi ta main,
Mène-moi loin d'ici battre notre campagne
Le ciel peut s'éveiller, les étoiles fleurir
et des près l'herbe noire accueillir la rosée où le matin va boire

Claude fourra dans la poche de poitrine d'Emile K. les écouteurs du walkman qu'il avait un instant kidnappés et colla sa bouche à l'oreille de l'enquêteur. Celui-ci ne sursauta ni ne se crispa, masse de muscles impassible comme un bœuf de Kobé, tandis que Claude envoyait la suite de la chanson dans son canal auditif. Il chantait juste, mais barbouillé de deuxième degré :
– *Le clocher peut sonner, moi seul je vais mourir…* Comment un flic connaît-il « le condamné à mort » de Genet chanté par Marc Ogeret ?
– Ça vous intéresse vraiment ?
– Autant que de savoir si Adèle cherche vraiment sa sœur.
– C'est-à-dire pas beaucoup ?
Claude haussa les épaules.
– C'est un preneur d'otages qui m'a fait connaître la chanson française à textes, expliqua Emile K. Un comédien au chômage qui avait tué deux personnes en tirant au hasard dans la rue et menaçait de flinguer sa compagne.

Il l'avait ligotée à une chaise et lui collait un fusil à pompes sur la tempe.

A cet instant une musique de cirque, cuivres et grosse caisse, dévala sur la foule, l'écrasant d'un vacarme surmultiplié. Les néons suspendus au plafond s'éteignirent. L'écran à un bout de la pièce resta illuminé. Un projecteur manié par la blonde pigeonnante fit virevolter un pinceau lumineux, imitation d'un générique de cinéma, avant de se fixer à l'autre bout de la salle, sur le balcon de la cabine de briques, et l'on eut un aperçu étroit de son intérieur, coin de bureau et console de machine, par une porte qui venait de s'ouvrir sur le balcon. Un homme à chignon et barbe bien taillée, en costume trois-pièces, apparut sur le seuil, plissant les yeux dans le halo de lumière blanche.

La musique se tut et dans le silence brutal qui suivit, Claude murmura à l'oreille d'Emile K. :

– Voilà Garz, le dealer d'Annie.

– Les amis, lança celui qui venait d'être ainsi présenté, j'ai décidé de remettre l'art au service du peuple.

La salle rit.

– Attendez, reprit Garz, je suis sérieux. Quelle est la cause qui mérite qu'on se batte aujourd'hui pour elle ? La démocratie, bien sûr. Vous vous souvenez tous de l'opération « Faxez la liberté », qui a permis, grâce à une nouvelle technologie de répandre en Chine, au nez et à la barbe des bureaucrates, un faux *Quotidien du Peuple* défendant la démocratie et l'économie de marché. Eh bien, j'ai développé ce concept et je l'ai appliqué à l'art. Grâce aux photocopieurs Hopi, qui sponsorisent ce travail, je vais produire sous vos yeux six œuvres visuelles dénonçant le totalitarisme, qui seront visibles sur l'écran vidéo que vous avez sous les yeux et que, de ma cabine, je faxerai simultanément dans douze entreprises ou administrations en Chine, en Albanie et à Cuba. Des tirés à part signés seront plus tard vendus aux enchères et une partie des bénéfices reversée à des associations défendant les Droits de l'homme.

On applaudit. L'artiste battit en retraite dans sa cabine. Des roucoulements brésiliens emplirent les oreilles.

– Et qu'est-ce qui s'est passé avec votre preneur d'otages ? demanda Claude.

– Conformément aux instructions que j'avais reçues, pendant six heures, j'ai discuté avec lui dans son deux-pièces pourri, pour essayer de le dissuader de faire exploser la tête de sa compagne. La conversation était intéressante : la vie, l'amour, la mort. Ça ressemblait beaucoup aux paroles des chansons que nous écoutions. Je changeais les cassettes sur sa demande. La fille ne disait rien, elle pleurait sans arrêt. A un moment, il a dit : « De toute façon, on meurt toujours seul », et il a baissé le canon de son arme.

Applaudissements. Sur l'écran vidéo venait d'apparaître l'image d'un couple dansant place Tien Anmen, surmontée du slogan : « Pékins de tous les pays, unissons-nous ! ». Emile K. se mit en mouvement, glissant en douceur entre les looks assemblés. Claude suivit et, quand ils furent au pied de l'escalier en colimaçon, il demanda :

– Et c'est tout ? Votre comédien, il s'est rendu ?

– Je lui ai collé une balle dans la tête. Conformément aux instructions.

Emile K. posa une main sur l'épaule du jeune homme à veste de cuir sans manche qui gardait l'entrée de l'escalier et inclina la tête comme pour lui parler. Puis le pouce et l'index du privé refermèrent leur pince sur le trapèze culturiste du garçon qui grimaça de douleur et inclina instinctivement le torse sur le côté pour échapper à l'emprise des doigts. Emile K. passa. En quatre foulées, il fut dans la cabine.

– Il est déchiré, ce mec ! s'exclama le jeune homme.

– Absolument, opina Claude.

Un oh ! monta de la foule.

La tête de Garz était apparue sur l'écran, déformée, le nez plié sur le côté, la bouche tordue, comme si elle s'écrasait de face contre une vitre.

– Il a mis sa tête sur la photocopieuse couplée au fax, expliqua quelqu'un.

– Génial, répondit quelqu'un d'autre. Un nouveau concept de body-art.

Quelques instants plus tard, la tête apparut de nouveau, de profil cette fois. L'image était floue. On devinait que deux doigts agrippés aux narines tiraient le nez en arrière, le déformant violemment. Un grand silence s'était installé dans la salle.

– Un savant malaise, chuchota une voix.

– Oui, acquiesça une autre, c'est une claque pour le totalitarisme.

Le visage revint encore à deux reprises sur l'écran, d'abord avec une main tirant les cheveux, puis avec un crayon effilé pointé sur une oreille.

– Une illustration de la destruction des sens par la dictature, expliqua Claude à sa voisine, la blonde en taffetas qui s'était approchée, inquiète.

– Mais c'est pas ce qui était prévu, souffla-t-elle.

– Ne me dis pas qu'il improvise ? C'est géant !

Un instant plus tard, Emile K. descendait rapidement l'escalier. Il eut une moue de dégoût en apercevant une tache de sang sur sa main droite et la frotta vivement contre le mur de brique.

– J'ai quelques informations, allons-nous-en, annonça-t-il à Claude tandis que des applaudissements explosaient, saluant l'artiste qui venait d'apparaître au balcon, cravate défaite, regard éperdu, filet de sang coulant d'une narine.

Prenant au passage Adèle qui était restée près du buffet, ils sortirent dans la nuit froide et pure.

Ils marchèrent le long du bassin, en direction de Stalingrad. Derrière eux, touchant au pont-levant de la rue de Crimée se dressaient les entrepôts qu'ils venaient de quitter, assez semblables à ces immeubles abandonnés qu'on découvre au débouché du Grand Canal, châteaux d'industries ruinées suspendus entre le gris amer de la lagune et la grisaille poisseuse des rideaux de pluie dégringolant des cintres.

– Il m'a juré qu'il ne fournissait plus Annie depuis qu'elle avait une liaison avec un petit dealer de Belleville… Si elle est revenue à Paris, il y a des chances pour qu'elle l'ait contacté.

– Une liaison ? se récria Claude en jetant un coup d'œil à Adèle. Mais je croyais qu'elle était… non, bon, bof. Vous pensez qu'il vous a dit la vérité ?

– Je le crois. Je lui ai dit que si son tuyau était bidon, je reviendrais. J'ai l'adresse de ce type. J'y vais tout de suite.

– On vient avec vous ?

Emile K. s'arrêta et se retourna pour lui dire en face, visage fermé :

– Il n'en n'est pas question. C'est Mlle Rainfroi qui paie, c'est moi qui enquête. Annie est peut-être chez lui, mais qu'est-ce que vous croyez, qu'on va entrer de force, pour discuter avec elle ? Apparemment, elle a beaucoup de monde à ses trousses : De Neuville, Gimenez, sans doute les gens qui ont tenté de vous enlever. Sans parler de la police. Je vais y aller en douceur, et discrètement. Je n'ai pas envie que vous m'encombriez. Si elle est là-bas, Mlle Rainfroi tentera de la voir demain. Je vous rappelle à huit heures pour vous rendre compte.

– Il a raison, approuva Adèle.

Claude haussa les épaules. Emile K. héla un taxi qui débouchait de la rue de Flandres, à dix mètres de là. Dans l'air nocturne que le froid occupait de sa présence minérale, sa voix sèche résonna comme à l'intérieur d'une cathédrale et la voiture pila.

– On a mieux à faire, dit Adèle tandis que le taxi repartait avec le privé à bord. On va aller voir à son journal le confrère dont je t'ai parlé. Je lui ai téléphoné hier, il m'a dit qu'il travaillait tard cette nuit. C'est un type qui a le contact avec les services spéciaux français. Nous aussi, on va prendre un tax.

A : – Wei ! Yao yi liang che dao shi yi qu, rue de la Roquette, san shi ba hao… la Roquette…

La radio du taxi débite des messages en chinois, à moins que ce ne soit en vietnamien, entrecoupés des violentes éructations d'un signal électronique. Par-dessus quoi le chauffeur asiatique chantonne faux *Strangers in the night*. Escogriffe parle à mi-voix et je dois pencher la tête vers lui :

– La drogue est un analgésique. Quand t'es camé, t'as jamais mal. Quand t'arrêtes, tu t'aperçois que même en bonne santé, t'as toujours un peu mal quelque part.

– C'est dans la tête, je dis et il me balance un regard qui me rend folle de rage.

– San shi ba hao… la Roquette, insiste l'émetteur. San shi ba hao… zui hou yi ci hu ji bao.

Le chauffeur coupe et met Radio Montmartre :

Je suis fâchée avec mon cœur
Parce que j'ai l'impression tous les jours
Qu'il ne bat plus qu'à contre-cœur
Et qu'il est fâché avec l'amour

– Ça c'est Patachou, triomphe l'Asiate, c'est bien ça, Patachou.

– Ce qui me fait vraiment chier, avec les camés, c'est qu'ils sont pas capables de parler d'autre chose, je dis.

– A propos, chuchote Escogriffe, c'est pas l'heure de ma dose ?

Je jette un coup d'œil à ma montre et soupire :

– Il faut que tu tiennes encore un peu.

La masse qu'Emile K. venait de voler rue des Couronnes dans une baraque de chantier s'abattit sur la porte. Le verrou bondit jusque dans le lit de James et le dealer se dressa sur son séant, cherchant à tâtons son pistolet à grenaille trafiqué. Quand il le braqua, il se trouva nez à nez avec une espèce de moniteur de ski aux oreilles garnies d'écouteurs de walkman. Le type tenait à bout de bras une sorte de tube dont le bout rond frôlait presque le canon du pistolet.

– C'est quoi ton truc, mec ? ricana James. La guerre des étoiles ?

Le type déplaça imperceptiblement le tube, assez pour toucher le canon du pistolet. James hurla. Une décharge électrique, fort voltage, bas ampérage, lui traversait le corps. Quand elle s'arrêta, la crosse du flingue glissa de ses doigts gourds.

Une main le saisit à la nuque, tirant sur les cheveux. Il bascula en avant, prosterné sous la poigne, tandis qu'Emile K., de l'autre main, tirait le drap-housse du matelas et en quelques secondes, James se retrouva enfermé avec ses odeurs nocturnes dans une espèce de sac.

Soulevé, transporté, il entendit que son visiteur ouvrait la fenêtre. Quand il sentit que celui-ci le basculait dans le vide, il cria, mais la chute attendue ne vint pas. Son œil droit apercevait par l'entrebâillement du tissu le chantier de démolition sur lequel donnait sa fenêtre. Les néons d'un bar branché de la rue des Couronnes éclairaient en bleu et jaune les palissades taguées par SWAX, POET, ÆSXE, ÄÄPATIe et Ñîkea. Le cou lui faisait mal, car il avait la tête en bas, le visage de travers, le poids de son corps reposant sur la joue gauche. Il était suspendu à quinze mètres au-dessus du sol.

– Où est Annie ? lui demanda, au-dessus de lui, la voix d'Emile K.

– Je t'encule, enculé de ta mère, rétorqua James.

C : C'est peut-être l'effet du cru Fernand Widal qu'Adèle m'a fait déguster dans l'ascenseur, mais je lui trouve une bonne tête à Edmond Médard, quand il fait pivoter son siège et nous adresse un grand sourire. Son bureau occupe l'angle ouest de la salle Société. Par les fenêtres, se découvrent les toits de Paris jusqu'à la tache noire du Père-Lachaise et aux immeubles du périphérique. Il a personnalisé son coin avec une photo de mannequin nu dans un taxi new-yorkais et une autre d'un ennemi public liquidé dix ans plus tôt porte de Clignancourt. Un seul autre journaliste, à quelques tables de là, pianote à deux doigts, les yeux fixés sur l'écran. Une télé que personne ne regarde balance les couleurs criardes et les voix des doubleurs d'un feuilleton spatial. Il se lève :

– Allons boire un café, dit-il en prenant la veste posée sur son dossier.

De ses origines trotskistes, il a gardé le goût des cuirs service d'ordre, mais il nasille comme son patron, ancien mao entièrement répandu sur les ondes. Virile poignée de mains pour moi et trois bises pour Adèle (« Chez moi, c'est trois ! »). Dans l'ascenseur, il nous tend une dépêche d'agence :

– Ça peut vous intéresser.

Afp 25/10 23 h 45

Brignoles – Affaire Varga : découverte de la voiture du banquier disparu.

L'enquête sur l'affaire de la disparition du célèbre banquier qui aurait détourné des fonds importants, connaît de nouveaux rebondissements. La voiture de A. Varga, une Renault 600 SL, a été découverte sur une aire de l'autoroute Estérel-Côte d'Azur, près de la petite ville de Brignoles. Selon des sources proches de l'enquête, des traces de sang auraient été relevées sur les sièges. La gendarmerie, qui s'attend à être dessaisie de l'enquête au profit du SRPJ de Paris, se refuse à toute déclaration.

C'est peut-être la méthadone, je m'en fous.

– Oh, merde ! me souffle Adèle.

– Vous avez rien sur le temps qu'il fera demain ? je demande.

– Quoi ?

– Oui, vous trouvez pas que la météo est devenue dingue ? Avant hier, c'était l'été indien, et aujourd'hui on gèle. Moi, je sais plus comment m'habiller.

Médard rigole, incertain. Les yeux d'Adèle sont devenus noirs, noirs !

– Ah ! fait Médard, son visage s'éclairant soudain, je crois pas qu'il y ait de micros dans l'ascenseur, mais si ça peut vous rassurer, on parlera sur la terrasse.

Au dernier étage, pendant que Médard prend des cafés aux machines – sans sucre pour Adèle – ma petite copine me glisse :

– Si ton père a fait du mal à ma sœur, je te tue.

Elle est vraiment trop mignonne.

Sur la terrasse, dans le halo beige de la ville, sous le couvercle bleu de prusse de la nuit, il gèle à roustons fendre. Je suis d'humeur allègre et primesautière : je me perche à califourchon sur la rambarde.

– Eh là, qu'est-ce que tu fous ? se récrie Adèle.

– Je vais pas plus loin, de toute façon il y a une terrasse en contrebas.

Médard nous jette des coups d'œil inquiets.

– Vous voulez parler comme ça ?

– Donnez-moi mon café… merci. Je sais pas si je veux parler.

Le journaliste soupire et s'accoude à la barre.

– Vous voyez, le vieil immeuble en face ? demande-t-il. C'est dans une de ses pièces mansardées que s'est réunie la Ire Internationale. Paris a toujours été une grande capitale conspirative… J'ai lu une deuxième dépêche dont le contenu peut vous intéresser. Elle dit qu'une équipe de terroristes du Hezbollah a été arrêtée aujourd'hui en Espagne. Ils étaient en transit pour la France. Les spécialistes pensent que les réseaux terroristes intégristes sont en cours de restructuration et devraient redevenir rapidement opérationnels.

– J'aimerais bien savoir en quoi ça me concerne.

Médard se tourne vers moi avec un claquement de langue agacé :

– Ecoutez, je suis prêt à jouer cartes sur table avec vous, mais il faut que vous me renvoyiez l'ascenseur, alors, ne poussez pas le bouchon trop loin.

J'ouvre la bouche pour répondre mais Adèle pose une main sur ma cuisse. Voilà une sensation qui mérite bien que je laisse courir mon regard jusqu'à la tour Saint Jacques, et même, vu l'ampleur de la chose déclenchée en moi, vers Montparnasse.

– Si on te dit tout ce qu'on sait, tu mets l'embargo sur l'affaire jusqu'à ce que j'aie retrouvé Annie, exige-t-elle.

Et, sur un signe de tête de Médard, avant que j'aie eu le temps de dire ouf, elle a déjà commencé à lui exposer le contenu des deux lettres reçues d'Alex. Je veux protester, mais au lieu de quoi, je glousse. Décidément, la méthadone c'est mieux que ce que je croyais.

– Vraiment étrange, vous n'avez pas idée, me demande le journaliste, de ce qu'il y a dans cette valise que détiendrait Annie ?

Je secoue la tête.

– Bon, fait-il, je tiens parole. Je vous donne les informations que j'ai obtenues auprès de certains services. Mais motus, hein ? J'insiste pas sur les conséquences, mais… bon… Voilà, c'est vraiment énorme… Pendant que vous étiez au vert, votre père se serait trouvé la cheville ouvrière d'une rencontre entre les deux forces clandestines les plus dangereuses pour l'Occident : la mafia américano-sicilienne d'un côté, les réseaux terroristes islamistes de l'autre. Alexandre Varga aurait servi d'intermédiaire entre des intégristes musulmans, sans doute du Hezbollah, et la mafia qui cherche à prendre le marché dans la perspective de 1993. Vous ne vous êtes jamais demandé pourquoi le crack n'est pas encore répandu par ici alors que ce produit a atteint aux Etats-Unis le stade de la consommation de masse ? C'est qu'il y avait un accord entre les Colombiens du cartel et la vieille mafia américano-sicilienne. En échange d'un pacte de non-belligérance en Amérique, l'Europe restait chasse gardée de la vieille organisation sicilienne. Mais les choses bougent, et il semble que l'accord tombe à échéance l'année du grand marché unique européen…

Je bats des mains avec un joyeux enthousiasme.

– Super, le feuilleton ! Mais les intégristes, qu'est-ce qu'ils viennent faire là-dedans ?

Médard s'énerve :

– Dis-donc, ton copain, il m'a l'air complètement déchiré.

– Juste un peu défoncé, assure Adèle. Continue.

– Les intégristes, vous ne l'ignorez pas si vous lisez un peu les journaux, ils ont un moyen simple de financer leurs réseaux : le trafic de drogue. Parce qu'à partir du moment où t'as l'infrastructure qui permet de passer des armes et des explosifs, pourquoi ne pas en profiter pour introduire de la came ? C'est tout bénéfice : autonomie financière des réseaux plus aggravation du pourrissement de l'Occident…

– Mais ces histoires de Hezbollah, ça date, non ? demande Adèle, l'air pénétré.

– C'est vrai que les réseaux intégristes ont été mis en sommeil par l'Iran qui, depuis la fin de la guerre avec l'Irak, cherche à réintégrer le concert des nations raisonnables. Mais justement, depuis quelque temps, il semble que l'Irak ait entrepris de mettre la main sur les réseaux en question… Vous vous rendez compte ? L'Irak laïque utilisant les islamistes ? Il est vrai que les lieux saints chiites les plus importants sont en Irak. Mais… vous ne croyez pas qu'on pourrait continuer la discussion à l'intérieur ? Je suis gelé.

– On est bien là, je rétorque en réprimant le claquement de mes dents. Bon et alors ?

– Alors, voilà ce que mes sources ont bien voulu me dire : Dans la perspective d'une opération de dumping destinée à verrouiller leur position sur le marché européen, les Siciliens négociaient un gros contrat d'approvisionnement avec des Iraniens, des Libanais ou des Afghans, on sait pas trop, en tout cas des gens liés aux milieux intégristes. Mais Varga aurait joué un tour de cochon aux uns et aux autres. Il se serait barré avec ce que les deux parties avaient déposé dans les coffres de sa banque en attendant la fin des négociations. Du fric, de la drogue, des documents ? On en sait rien. Ou on n'a pas voulu me le dire.

– Mais c'est passionnant, m'écrié-je, secoué d'un frisson qui manque me faire basculer.

Adèle craque à son tour :

– Descends de là, putain !

Sans crier gare, Médard et elle m'agrippent par le veston, tirent pour me ramener sur la terrasse, je me débats. La barre glacée me bousille l'entre-jambe.

La porte donnant sur la terrasse s'ouvre et un noir en bleu lance :

– Qu'est-ce qui se passe, Edmond ? On te cherche partout. On a besoin de toi, en bas.

Le journaliste me lâche, j'en profite pour descendre calmement de mon perchoir.

– Bon, je reviens, annonce Médard. Feriez mieux de vous mettre au chaud.

Il balance son gobelet vide par-dessus bord et se dirige vers les portes vitrées. Adèle et moi on le suit, mais on s'arrête près des distributeurs. Je m'offre une soupe à la tomate et elle réitère dans l'espresso non sucré.

– Aucune confiance en lui, dis-je dès qu'il est parti.

Ma bonne humeur est retombée. Je me laisse aller sur un fauteuil métallique. Le poids de mes membres augmente à chaque instant.

– Pourquoi ?

– Je lis le journal de temps en temps, figure-toi. Je sais qui c'est ce type. Une étoile montante du journalisme d'investigation. Il a déjà eu je ne sais quel prix. Mais il ne faut pas être grand clerc pour voir d'où il tire ses infos exclusives. Ce type est à la botte des flics, et surtout de leur chef : ses révélations gênent toujours les adversaires politiques du ministre de l'Intérieur, y compris au sein du gouvernement.

– C'est ce que disent ses confrères jaloux. Moi je lui fais confiance.

J'ai à peine entendu cette dernière phrase avant de m'endormir en lâchant le gobelet de soupe. Tiédeur de l'abjection.

James faisait sa valise. Deux cents cassettes de rap, deux appareils photos, trois radio-cassettes, deux autoradios, trois radios-réveil, (dont un à l'heure de la Mecque pour son père), six walkmans, vingt mille francs en liquide, plus une enveloppe de mille balles pour les douaniers, huit paires de chaussures et douze costumes dégriffés. Il fonça aux chiottes, y vida sa provision personnelle d'herbe et de coke, tira la chasse avec une grimace, empoigna la valise et la tira sur ses roulettes jusqu'au seuil où battait la porte à demi détruite. Il transpirait déjà, et l'escalier était raide. Il jeta un coup d'œil à sa Rollex. Deux heures un quart. Il ferait peut-être mieux d'appeler un taxi ?

En relevant la tête, il sursauta. Un blaireau habillé pire que chez Tati, un tout petit mec avec des lunettes ray-ban mais ça risquait pas d'être des vraies, leva tant bien que mal vers l'ampoule nue du palier un papier froissé qu'il étreignait en même temps que la poignée d'une valise de carton. Son autre bras était occupé par un loden râpeux, vert autrichien.

– Parla italiano ? demanda-t-il timidement.

James ouvrit la bouche pour dire à ce bougnoul d'aller se faire foutre et se retrouva avec entre les dents l'énorme silencieux d'un HK P7 SD surgi de sous le loden. Le choc avait été si violent que tout son crâne en était ébranlé.

– Gét back, ordonna le type. In thé kitchén.

James recula, buta sur sa valise, tomba en arrière avec son bagage qui s'ouvrit en basculant – la putain de sa mère d'enfoiré de Black qui lui avait vendu – et son contenu dégorgea quelque peu sur la tomette grasse. L'autre s'approcha et James tendit la main pour lui agripper la cheville mais d'un coup sec de la pointe de sa chaussure, le type lui releva le menton et de nouveau lui enfonça brutalement le silencieux dans la bouche. En lui abîmant sérieusement deux incisives, cette fois. James essaya de déglutir son sang malgré le cylindre qui l'étouffait.

De la main qui avait lâché la valise de carton, l'homme lui fit signe de se relever doucement :

– Keep cool. Take it easy. No problém. Gét back. Back, back.

James parlait mal l'anglais, mais comme l'autre avait l'accent italien, il le comprenait bien. Il recula.

Dans la cuisine, le type lui montra d'un coup d'œil le réchaud à deux plaques chauffantes posé sur le frigo :

– Sit down !

James essaya de gargouiller quelque chose mais l'autre poussa le canon qui heurta le larynx. Avec un hoquet aigre, James avala l'odeur de graisse et de métal des armes bien entretenues. A reculons, il hissa ses fesses sur le réchaud et fit ce qu'on lui demandait. Le type était si petit qu'il fut obligé de tendre le bras quand James s'assit sur le réchaud, une plaque chauffante sous chaque fesse.

De sa main libre, l'Italien mit les boutons du réchaud à six. Le maximum.

– I have any questions for you, annonça-t-il.

A : Mais qu'est-ce que j'en ai à foutre de ce type ? Qu'est-ce que j'en ai à foutre de sa détresse existentielle ? Quelle dérision, il faut que je fasse un effort d'imagination pour me représenter les vraies souffrances, ces milliers de gens qu'on torture de par le monde, cette somme d'horreurs bien réelle, alors que la seule misère concrète que j'aie à me mettre sous la dent, c'est celle de ce camé. Je dois me rappeler des images de reportage télé pour obtenir une espèce d'abstraction de douleur en songeant aux mères de disparus, alors que j'ai la gorge serrée en voyant ce gosse de riche qui se contrefout de la disparition de son père…

Sur l'esplanade centrale du boulevard de Belleville, entre les barres métalliques dressées là pour le marché qui s'installerait dans quelques heures, Emile K. se préoccupait vaguement d'une énigme familière : pourquoi ne volait-on pas les dites barres ? Ni les bâches posées sur des traverses, de place en place ? A moins que la Ville de Paris les remplace régulièrement ?

Ses écouteurs étaient en place mais comme il n'avait pas envie d'entendre une nouvelle fois Marc Ogeret, il enclencha une autre cassette dans sa tête. Il lui arrivait de plus en plus souvent de n'emmener aucun enregistrement, car il lui suffisait de glisser dans ses oreilles les pastilles noires du baladeur pour écouter une des chansons rangées dans sa mémoire. A présent, c'était :

I prim di l'era on viv de sciora...
Dopo on mes te s'cepapvi i marron.
Te me sbattet a fà la puttana
su e giò per el Parco e i Bastion !
e ti intant te vee in gi 'me on papa
a mazzà con la streppa la gent.
Mi per ti s'eri men d'ona sibretta,
caragnavi et disevi mient...
E te me lasset, Gino,
Te see on brobrò, Gino,
A ti te piasen, Gino, domà i danee !
Ma 's'te gh'hee denter, Gino,
in quel crapon de merda ?
e fumom no in faccia el toscan, carogna ![1]

Il dédiait cette adaptation en dialecte milanais d'une chanson de l'*Opéra de Quat'sous* à une jeune fille tombée apparemment entre des mains aussi douteuses que celles du Johnny de Bertold Brecht. James lui avait expliqué qu'il avait cessé de fournir Annie depuis trois mois et qu'il l'avait revue seulement voilà

1. Les premiers jours c'était une vie de dame
Au bout d'un mois, je te cassais les couilles
Tu me bats pour que je fasse la putain
à travers le Parc et les bastions !
Et toi pendant ce temps tu vas te promener comme un pape
pour tuer les gens avec la drogue
Moi, pour toi, j'étais pire qu'une esclave,
je pleurais et je ne disais rien...
Et tu m'abandonnes, Gino,
tu es une crapule, Gino !
Gino, la seule chose qui te plaît, c'est l'argent !
Mais qu'est-ce que tu as là-dedans, Gino,
dans cette tronche de merde ?
Et ne me fume pas ton toscan au nez, charogne !

quelques jours, juste après sa disparition en compagnie de Varga.

– Elle venait t'acheter de la came ? avait demandé Emile K. au dealer, après qu'il l'eut remonté par un pied à l'intérieur de la pièce.

– Non, elle voulait m'en vendre.

– Qu'est-ce que tu racontes ? avait demandé le privé en relâchant l'étreinte de sa main sur la gorge de son interlocuteur.

– Je te jure mec. Mais j'ai refusé…

– Trop cher ?

– Non, cette saloperie là, je veux pas y toucher, tu vois. Vraiment trop hard. C'est de l'Angel Dust. Je sais pas si t'as une idée… Un truc qui rend dingue…

– Elle en prenait ?

– Non, je crois pas. Elle était nerveuse plutôt comme le junk qu'a pas eu sa dose.

– Il y en avait beaucoup, de la came ?

– Un gros paquet, oui. Je sais pas exactement, elle a pas voulu me dire. De toute façon, pour en acheter autant, il aurait fallu que je m'associe. Le gros bizness, c'est pas pour moi, tu vois. Moi je veux rester avec juste une petite affaire pépère.

– Tu as refusé, et elle est partie, c'est tout ?

– Ben oui…

– Tu mens, imbécile, et je vais m'énerver.

– Oh, coolos, man, écoute, je lui ai juste dit de faire gaffe, que si elle se lançait dans le deal, elle risquait de tomber sur des mecs vraiment hard, tu vois.

– Et qu'est-ce qu'elle a dit ?

– Elle a rigolé.

– C'est tout ?

– Ben… elle a dit qu'elle travaillait pas seule. Qu'elle était protégée par un mec bien plus hard que tous les petits dealers de merde dans mon genre.

– Sympa… Elle a dû aller proposer la marchandise à quelqu'un d'autre ?

– Sûrement.

– Tu as une idée ?

– Non, tu sais les dealers, c'est pas ce qui manque sur Paris.

– Crache les noms que tu connais.

Il avait craché. Emile K. avait noté dans les marges d'un journal gratuit, posé sur la table collante de la cuisine, qui proposait un canapé original demi-lune et la main d'une superbe blonde aimant la plongée et les winners. Puis le privé avait demandé :

– T'as été maqué avec elle, non ?

– Qu'est-ça peut te foutre… aïe ! Oui, oui. On était ensemble, à une époque. Après quand elle m'a jeté pour ce porc de Varga, je l'ai revue, parce qu'elle s'était remise à l'héro et je la fournissais. Je l'ai encore tirée quelquefois, quand elle avait pas de thune pour payer sa dose.

– Et c'était comment, la baise avec elle ?

– Dis-donc, tu serais pas un peu… m'étrangle pas, merde. Non, y'avait rien de spécial. Pas le super coup à chaque fois, mais la bonne petite baise, quoi. On prenait notre pied, qu'est-ce que tu veux que je te dise, merde !

– Si tu m'as raconté des craques, avait annoncé Emile K., je reviens et tu auras très mal. Tu jures d'avoir dit la vérité, rien que la vérité, toute la vérité ?

Le petit commerçant avait juré et le privé l'avait cru.

Pourtant Adèle avait dit qu'Annie n'aimait pas les hommes : c'était la raison principale de sa certitude que sa sœur n'avait pas disparu de son plein gré avec Varga. Conclusion ? Qu'il fallait plonger dans les marécages de la psychologie sororale ? Ou qu'Adèle lui jouait une entourloupe ? Pas de conclusion. Pour l'instant.

Elle lui avait raconté aussi qu'un sien ami journaliste pensait que le banquier avait été mêlé à une transaction entre mafiosis et intégristes. Ses informations sur les magouilles vargasiennes étaient-elles aussi douteuses que celles sur les mœurs de sa sœur ? Pour en avoir le cœur net, Emile K. s'en allait de ce pas consulter un expert.

A : Je suis en train d'essuyer avec un kleenex mouillé la tâche de soupe à la tomate sur le pantalon d'Escogriffe quand j'entends la voix d'Edmond.

– On vous dérange pas ?

Je me retourne en rougissant violemment. Mon confrère n'est pas seul. Immense pantalon retenu par des bretelles, bajoues, front luisant, respiration difficile, son compagnon a toute la panoplie de l'obèse de foire et même, il a l'air d'en rajouter : je suis sûre qu'il n'est pas obligé de marcher avec ce dandinement obscène, un sac en bandoulière battant sa hanche, un sourire béat sur les lèvres, comme s'il jouissait du malaise que son apparence provoque.

Je me tourne vers Escogriffe qui a ouvert les yeux et sourit au monstre comme à une apparition divine.

– Je vous présente le Signor Caronia, de la *Repubblica*, dit Edmond. Figurez-vous qu'il voulait me rencontrer parce qu'il cherchait à contacter le jeune Varga. Une coïncidence étonnante, non ? Mais je l'ai prévenu que j'avais l'exclusivité, s'empresse-t-il d'ajouter.

Il s'incline vers moi, me baise la main, puis serre celle de Claude.

– Je suis trop respectueux de la déontologie, dit-il d'une belle voix de basse, pour essayer de chaparder un scoop à un confrère. Je voulais seulement vous remettre ma carte. Quand l'embargo sera levé, j'aimerais vous interviewer.

Il nous tend un bristol à chacun.

Alberto Caronia
Giornalista

Un numéro de téléphone est griffonné au-dessous.

– Je loge à la représentation parisienne de l'Institut des œuvres de la Sainte-Croix, explique-t-il. Les bons pères m'hébergent quand je suis dans votre capitale. Madame, messieurs, à bientôt, j'espère.

Après une halte au distributeur pour prendre un paquet de caramels, le monstre s'en va.

– J'étais pas vraiment à l'aise avec lui dans l'ascenseur, dit Edmond avec un sourire gêné.

– Tu le connais ? demandé-je.

– Non, mais il m'a montré sa carte et une lettre du rédacteur en chef de son journal. Aucun problème… j'ai réfléchi à la petite énigme posée par votre père à la fin de sa lettre. PS : « la lettre volée », ça veut dire, si je connais bien le principe d'Edgar Poe, regarde ce que tu as sous le nez. C'est-à-dire, en l'occurrence, sur la lettre : le mot PS. Et il dit bien aussi, plus haut « parle à mon PS ». Est-ce que vous avez pensé au Parti socialiste ? D'après ce que je sais de votre père, dit-il à Claude, il ne le porte pas dans son cœur, mais il y avait sûrement des accointances, puisqu'il lui est arrivé de jouer les intermédiaires dans des contrats intéressant la Défense nationale. Ça ne pourrait pas être une façon détournée de vous conseiller de regarder de ce côté-là ?

Claude a l'air intéressé.

– Tiens, ça ne m'était pas venu à l'idée. C'est à creuser…

– Est-ce que vous pensez à quelqu'un en particulier ?

– Oui… Ecoutez, je préfère vérifier d'abord, et je vous promets qu'on vous tiendra au courant, si ça donne quelque chose.

Edmond hausse les épaules.

– Comme vous voulez. De mon côté, demain je vais à Brignoles voir si on ne peut pas tirer quelque chose des gendarmes. Et Krachevski, qu'est-ce qu'il fout ?

– Sur une autre piste.

Je lui raconte le début de la soirée.

– Je propose qu'on se revoie demain avec lui, et vous deux. Je serai de retour à Orly à 20 heures 30. Disons 22 heures chez moi. On boira un verre et on fera le point. Ça vous va ? J'ai un boulot à terminer, je vous laisse.

Il nous laisse.

Dans l'ascenseur, Claude essaie de m'embrasser.

– Ah non, merde, je lui dis. Je veux bien être ta pute, pas ta fiancée.

J'ai à peine fini ma phrase que l'ascenseur s'immobilise et que monsieur Alberto Caronia entre dans la cabine.

– Excusez-moi, articule-t-il avec une élocution brouillée de caramels. Je me suis trompé, je suis sorti au quatrième.

J'appuie sur le bouton rez-de-chaussée. Son souffle fort emplit la cabine. De son sac, il tire une boîte de panettone. Je sens que ça va mal.

6

Assis en tailleur sur un tapis qui sentait les pieds, dans une arrière-boutique crasseuse décorée de calligraphies du nom de Dieu, Emile K. récita en arabe classique :

C'est le recueillement, puis le silence ;
puis l'aphasie et la connaissance ;
puis la découverte, puis la mise à nu.

Le vieillard émacié assis en face de lui opina du chef. Son corps décharné semblait disparaître dans sa tunique blanche et la tache pâle du tissu se distinguait à peine dans la pénombre. La pièce n'était éclairée que par un fenestron donnant sur un couloir, où quelqu'un marchait. Emile K. poursuivit :

Et c'est l'argile puis le feu ;
puis la clarté et le froid ;
puis l'ombre, puis le soleil.

Les pas s'éloignaient et montaient dans l'escalier au bout du couloir. La minuterie s'éteignit. Le vieillard disparut. Emile K. continuait d'une voix monocorde :

Et c'est l'ivresse puis le dégrisement ;
puis le désir et l'approche ;
puis la jonction, puis la joie.

On ralluma. De nouveau la tache floue réapparut, dont seuls émergeaient l'éclat des yeux et les mains maigres aux veines saillantes, posées sur un fantôme de genoux.

Et c'est l'étreinte, puis la détente ;
puis la disparition et la séparation ;
puis l'union, puis la calcination.

Le vieil homme bougea légèrement.

Et c'est la transe...

Le vieil homme toussota. Emile K. décida d'abréger :

... Phases accessibles à ceux-là seuls
pour qui tout en ce bas monde
ne vaut pas un sou.

Le vieillard émacié poussa un soupir.

– C'est bien mon fils, qu'Allah tout puissant et miséricordieux te bénisse. Tu boiras bien un whisky ? J'ai du Glenlivet 10 ans d'âge.

Il se leva. Emile K. le suivit dans la boutique aux rayonnages chargés de cassettes audio de prêches et de musique sacrée, de vidéos de pélerinages, de brochures et de livres pieux en arabe, français, anglais, ouzbek, ourdou, farsi, kirghiz, malais, dihevi, berbère, bambara, turc, kurde, baoulé, bété, sénofo, moré, dioula, gourmantché, swahili, sara, baguirmi, bouala, fon, yorouba, pila-pila, sarkolé, dogon, touareg, ouolof, rohinga, pashtou, dari, haussa, tagalog... Le vieillard s'appuya au comptoir d'une main, ouvrit un tiroir de l'autre et en tira une bouteille et deux verres à moutarde.

– Des glaçons ? demanda-t-il en tendant la main vers un petit frigo de bureau entre deux piles de revues.

– Non, merci. Pas de whisky, non plus.

Le vieillard haussa les épaules et verre en main, s'installa avec un soupir d'aise sur un siège de voiture qui occupait presque tout l'espace laissé libre par l'entassement des divers supports de la parole sainte. Il posa la bouteille devant lui et d'un geste solennel, désigna un pouf :

– Assieds-toi, mon fils, et ne crois pas que la critique qui se dissimule sous ton austérité ostentatoire m'échappe. Mais j'espère que dans ton zèle de néophyte, tu ne ressembles pas à ceux qui se vautrent au ras du papier, sans jamais s'élever avec la Parole. Dans son infinie miséricorde Dieu pardonnera aux malheureux qui confondent la Loi avec la lettre, mais moi, qui n'ai pas encore franchi la limite de l'annihilation qui sépare la contemplation de l'extase, qui ne suis qu'un pélerin au début de la Voie, dans la faiblesse de mon âme, je souhaite aux bigots de s'étouffer en bouffant leur barbe crasseuse. Si j'avais choisi la voie du blâme, je provoquerais le scandale en affichant sur le boulevard de Belleville ce verset de la sourate des abeilles : « Vous retirez une boisson enivrante et un aliment excellent des fruits des palmiers et des vignes – il y a vraiment là un Signe pour un peuple qui comprend ! » Si je ne cherchais pas à ce que mon annihilation soit telle que je n'aie plus ni à nier ni à affirmer, j'affirmerais que la lettre du Coran proscrit peut-être le vin, mais pas le whisky.

Il but à petits coups chuintés, les yeux mi-clos, sans se presser et ne reposa le verre que lorsqu'il l'eut entièrement asséché. Emile K. gardait un silence pénétré de respect.

– Bon, que veux-tu savoir, mon fils ? Tu n'es pas venu affûter la fine pointe de ton âme, mais recueillir des informations auprès d'un indicateur.

– C'est vrai, Abou Ahmed. A propos des barbus, justement… Ils s'agitent beaucoup en ce moment ?

– Les imams se bagarrent entre eux.

– Le Hezbollah recrute ?

– Non, les Iraniens sont plutôt en perte de vitesse, et leurs protégés libanais aussi. Dans le racket des hommes pieux, il y a de nouvelles répartitions de territoires en cours, à leur détriment. Ce sont des guerres internes, qui ne devraient pas inquiéter les Français.

– Tu ne crois pas qu'une nouvelle vague d'attentats est proche ?

Tonton Ahmed se reversa du whisky.

– Non. Mais je suppose que tu n'attends pas de moi une analyse de la situation internationale. Tu veux savoir si, à ma connaissance, une nouvelle équipe est arrivée ? La réponse est non. Il y a un nouveau venu intéressant, mais je ne crois pas qu'il soit là pour commettre des attentats. Ce n'est pas sa spécialité…

Le vieil homme but encore, longuement, claqua la langue et se carra de nouveau dans le fauteuil.

– Qui est-ce ? demanda Emile K.

– Tu ne devrais pas t'attaquer à lui. Tu n'es plus au service d'un Etat, lui l'est encore. C'est un prestataire de service très recherché. En ce moment, il mène une enquête dans la communauté musulmane, sans trop se cacher. On sent qu'il ne craint pas d'ennuis avec les autorités locales. J'imagine que contre la promesse de ne pas toucher aux ressortissants français, il a eu le feu vert de ton gouvernement pour venir ici régler ses affaires. Pourquoi cette faveur ? Je n'en sais rien.

– Comment s'appelle-t-il ?

Le vieillard soupira, les yeux fixés sur son verre.

– Je ne crois pas que ça ait un rapport avec ce que tu cherches.

Emile K. fronça le sourcil et se pencha en avant pour mieux scruter son interlocuteur :

– Tu as peur ? demanda-t-il, étonné.

Ahmed leva les yeux et posa son regard dans le regard d'Emile K. Devant ces iris pâles qui le fixaient, le privé eut la sensation qu'on déposait doucement un poids sur sa poitrine.

– Oui, j'ai peur, dit le vieil homme d'une voix égale. Bien sûr, je n'ai pas peur de mourir : je ne suis pas à ce point indigne de la charge que Dieu m'a donnée. Je n'ai pas peur pour ma vie, mais pour mon âme. J'ai peur de ce que cet homme pourrait lui faire… Tant d'années passées à me détacher ne m'empêcheront pas de claquer des dents si je me représente *vraiment* ce qu'il pourrait me faire. Satan est ce qui se rapproche le plus de la substance du divin : c'est sa grimace, et ce qu'accomplit cet homme est donc l'œuvre diabolique par excellence, car il suit la Voie, mais à *rebours*. Lui aussi vise l'anéantissement du Moi, mais non pas la fusion de son Moi dans l'amour divin : l'anéantissement du Moi des autres dans leurs chairs concassées. Dans ton monde, les écrans répètent que tous les malheurs de l'homme ne sont qu'une maladie du désir et qu'avec la science et la démocratie, on finira bien par aboutir à cent pour cent de guérisons. Ne crois pas les porteurs de fausses bonnes nouvelles. Le Mal existe, Emile. J'ai peur, mais ce n'est pas une raison pour me taire. Il s'appelle Aziz Aboub.

Abou Ahmed se reversa un verre.

– Ce nom me dit quelque chose.

– C'est un médecin d'origine syrienne, qui a appris et amélioré les techniques du lavage de cerveaux mises au point par la CIA, et qui les a retournées contre elle. C'est lui qui a dirigé la torture et la destruction de la personnalité du chef d'antenne de la CIA à Beyrouth.

– Et qu'est-ce qu'il vient faire ici ?

– Je ne sais pas ce qu'il a fait depuis son arrivée. Je crois qu'il est là depuis deux semaines mais il n'a commencé à poser des questions que depuis quelques jours. Il a mis en mouvement plusieurs réseaux des communautés musulmanes pour essayer de trouver qui vend une drogue qui vient d'apparaître sur le marché. Une substance terrible qui rend les gens fous et pleins d'une force affreuse en même temps. Cette chose a déjà provoqué un massacre dans le métro…

– Je suis au courant. Où est-ce qu'on le trouve, cet Aboub ? Il habite à l'hôtel ?

– Je l'ignore. Je t'ai dit tout ce que je savais.

Abou Ahmed but. Emile K. se leva.

– Je te remercie. Je me soumets au Seigneur des mondes.

Par-dessus son verre, le vieil homme lança :

– Ne crois pas que je sois dupe. Tu voudrais n'être que le miroir, lisse et impénétrable que tu promènes chez les hommes, mais tu n'es pas que cela. Croyant avec les croyants, païen avec les païens, soldat au milieu des soldats ou semblable aux dépravés quand tu es parmi eux, tu oublies que le caméléon ne se réduit à sa peau que lorsqu'il est empaillé. Tu n'es pas empaillé et ton enquête ne porte pas sur la vérité des faits, mais sur la défaite de ta vérité.

Le privé émit un gloussement. Il n'aimait pas son rire qui lui semblait ridicule, aigu comme celui d'une fillette, en contraste avec son allure physique. Cependant, il n'y eut pas d'animosité dans sa voix, mais une tendresse aussi incongrue que son rire quand il répondit :

– Moi aussi je pourrais te dire que tu ne m'abuses pas. Tu n'es pas le charlatan alcoolique que tu voudrais faire croire.

Ahmed finit son verre. Puis Emile K. se pencha vers lui pour l'aider à se relever et il y eut une espèce d'étreinte.

– Ne t'approche pas trop près de cet Aboub.

– Merci pour tout, Abou.

Sur le seuil de la boutique, le privé s'immobilisa et tira de sa poche deux billets de cinq cents francs.

– Ah, j'allais oublier… Pour la confrérie.

Les doigts d'Ahmed plièrent l'argent en quatre et l'escamotèrent dans sa manche.

Sur le boulevard de Belleville, on déchargeait des cageots qui sentaient la coriandre. Un Tunisien tirait d'un carton de jolies mangues roses et les disposait sur son étal, doucement, comme s'il avait peur de les réveiller. Il faisait encore très froid.

Roccheté, canaja, ma perchè te fee inscù ?
Roccheté, canaja, Signor, mi dislengui per ti.
Roccheté, canaja, ma perchè propri mi ?
Ti te gh'hee minga cœur, canaja, e mi mœuri per ti ![2]

Si Annie s'était lancée dans le trafic de drogue à grande échelle, il était douteux qu'elle l'eût fait seule : elle connaissait les conditions du marché, et elle savait qu'elle avait besoin de protection. Mais si un Aziz Aboub la cherchait, alors, elle risquait bel et bien de mourir pour son maquereau. Etait-ce cela, le contenu de la valise dont

2. Maquereau, canaille, pourquoi fais-tu cela ?
Maquereau, canaille, mon Dieu, je me dessèche pour toi.
Maquereau, canaille, pourquoi à moi justement ?
Tu n'as pas de cœur, canaille, et je meurs pour toi !

parlait Varga dans sa deuxième lettre ? De la poussière d'ange ?

Fiche mentale : PCP (phencyclidine) : des doses modérées ont un effet anesthésiant et analgésique caractérisé par des troubles sensoriels. De fortes doses peuvent provoquer des convulsions et un coma mortel. La plupart des utilisateurs de « poussière d'ange » connaissent un état de grande confusion qui se traduit en particulier par un sentiment d'apesanteur et d'irréalité s'accompagnant d'hallucinations. Des idées de mort, un sentiment d'invincibilité, une insensibilité à la douleur résultent fréquemment de la prise de PCP. En raison de sa mauvaise réputation, on vend souvent cette drogue en la faisant passer pour une autre, plus à la mode : LSD autrefois, aujourd'hui ecstasy ou crack.

Qui était ce protecteur dont parlait Annie ? Varga ? Mais dans ce cas à quoi rimaient ses lettres ? Etait-ce cela que contenait la valise dont le banquier parlait dans sa deuxième lettre ? Annie avait-elle volé une valise de PCP à Varga pour le compte de quelqu'un d'autre ? Une valise pleine de ce produit, ça représenterait plusieurs milliards, et de quoi rendre dingue des millions de camés.

Emile K. n'arrivait pas à croire que James lui ait menti. Mais peut-être n'avait-il pas tout dit. Une seconde visite s'imposait.

En arrivant rue des Couronnes, le privé sentit l'odeur avant de remarquer l'eau noire qui dégoulinait dans le caniveau. Une odeur de charbon mouillé. Une foule de voisins en débraillé saut-du-lit se pressait devant l'immeuble de James. Quelques flics montaient la garde, mais les véhicules de police et de pompiers étaient repartis.

– Un incendie au dernier étage, dit quelqu'un.

– Un court-circuit du réchaud électrique, dit quelqu'un d'autre.

Un troisième parla du corps horriblement brûlé qu'on avait retrouvé au dernier et Emile K. s'en alla.

Le souffle de Guido emplissait la cabine. De grosses gouttes de sueur perlaient sur son front bombé et coulaient, bifurquant à la lisière des sourcils pour former un ruisselet sur l'arête du nez. L'obèse fit une grimace clownesque, leva un doigt en l'air, et avec les gestes exagérés d'un mime des rues essayant d'attirer l'attention du public, il ouvrit la boîte de panettone. Mal à l'aise, Adèle et Claude suivaient tous ses mouvements. Ensemble, ils poussèrent un cri en découvrant, à l'intérieur, sur la couche moelleuse d'un reste de brioche, un scorpion, noir et luisant, d'une quinzaine de centimètres de long. L'obèse mit la boîte sous le nez d'Adèle qui sursauta et recula :

– Vous êtes dingue, qu'est-ce que…

– Chut, fit l'Italien en portant son gros doigt à la bouche, un sourire idiot sur les lèvres, chut, il dort. C'est un Pandinus Imperator, ajouta-t-il sur le ton de la confidence.

Du coude, il appuya sur le bouton « arrêt » et la cabine s'immobilisa instantanément.

– Vous croyez sûrement, comme tout le monde, commença-t-il dans un chuchotis de confessionnal, que le grand remue-ménage de l'Est annonce une ère de paix et de démocratie et comme tout le monde vous serez surpris bientôt en voyant monter les dictatures et les guerres. Les conflits locaux seront nécessaires pour qu'on retrouve le sens de la haine. La détestation entre grandes puissances était devenue trop abstraite. Où trouver haine plus pure que celle du Serbe pour le Croate, et réciproquement ? Tandis qu'à l'Ouest, qui, malgré les grand-messes officielles, était encore prêt à mourir pour des abstractions comme les Droits de l'homme et autres foutaises ? Bientôt, l'exemple de l'Est aidant, grâce à cette injection de barbarie asiatique en Europe, nous saurons de nouveau ce que c'est que haïr. Nous saurons bien nous trouver un ennemi détestable non pour ce qu'il dit ou fait, mais pour ce qu'il *est*. L'Arabe devrait faire l'affaire. Dans vingt ans, nous serons mûrs pour la croisade atomique, et avec un peu de chance, c'est toute la planète qui y passera…

« Or, poursuivit-il en élevant le ton, savez-vous que les scorpions comptent au nombre des êtres vivants susceptibles de survivre à l'holocauste nucléaire ? Il y a aussi les cafards, les fourmis, les termites… Mais le scorpion est peut-être le plus apte. Il peut se passer de nourriture pendant des mois, voire des années, en se plongeant dans un état d'hibernation, comme il est en ce moment… Il peut se passer d'oxygène, de presque tout pour survivre… l'autarcie quasi parfaite. Il y a même des auteurs qui ont affirmé qu'il transformait directement la lumière solaire en énergie… Un animal vraiment sympathique. J'ai écrit un petit poème à sa gloire. Vous voulez l'entendre ? Il faut que je me concentre pour vous le dire en bon français.

– Ecoutez, non, on pourrait… commença Claude qui se demandait désespérément comment arracher ce carton sans réveiller le scorpion, dont la queue menaçait le visage d'Adèle.

– Chut ! fit encore Guido.

Il renversa légèrement la tête en arrière, ce qui fit saillir son double menton comme un goitre et les yeux mi-clos, avec la mine extatique d'un mongolien qui vient d'apercevoir la culotte de l'éducatrice, il commença :

– *Ô toi l'Impénétrable, entends dans ton sommeil !*
Quand les oiseaux seront tombés comme des pierres,
leurs ailes gelées en plein vol

Quand la fournaise aveugle aura arraché des cris à la terre, et que le corps du monde aura été caressé et griffé par la mort,

La sourde mort, serviette immaculée plaquée sur les pores de l'écosystème, douce équation résolue du côté des lettres grecques où les mathématiques cessent d'être opératoires,

La mort lyrique, space opera chant du cygne diamantifère, mouvements de foule sur grand écran, vermine grouillant dans les viscères du dernier métaphysicien mammifère,

Quand, grâce aux divins champignons hallucinogènes du bonheur nucléaire et aux petites bêtes qui mangent la moelle épinière,

Aux manipulations de croûte qui font jaillir le pus de la planète, aux gaz pleins de consonnes qui bloquent les poumons,

Aux lasers qui rasent plus près

Aux grêles corrosives qui incendient le métal, aux flammes en marées d'équinoxe, aux rideaux de fumée qui font disparaître le décor,

Aux pulvérisations de définitifs automnes

La surface de la terre aura été saupoudrée de silence en couche uniforme,

Quand même les pierres seront mortes,

Toi tu vivras,

Toi l'Impénétrable.

Guido éclata de rire et lâcha la boîte qui en heurtant le sol, se renversa sur le côté. La bête glissa sur le parquet de la cabine et sa queue se détacha. Quand Adèle et Claude relevèrent les yeux, l'obèse exhibait son .357 magnum.

– Il est naturalisé. Je parle du scorpion, bien sûr.

Il passa un bras autour du cou d'Adèle.

« Faites ce que je vous dis, ou je vous tue. Elle d'abord, toi ensuite. Remets la cabine en marche. »

Au bord de l'évanouissement, Claude appuya sur un bouton. Quand ils atteignirent le rez-de-chaussée, juste avant que la porte de l'ascenseur s'ouvre, Guido ordonna :

– Passe devant, jeune homme. Je vais rengainer. Mais si tu essaies d'alerter le gardien, je tire sur la demoiselle. Dans le ventre. Une mort affreusement longue et douloureuse.

Derrière le comptoir circulaire, l'unique employé présent à l'entrée du journal suivait *Star Trek* à la télévision.

Sur le trottoir, Guido, qui tenait toujours Adèle par le cou, annonça :

– C'est ici que nos chemins se séparent, je m'en vais vers la gauche avec la demoiselle. Toi, mon garçon, tu pars vers la droite, tu vas marcher, marcher, jusqu'à la valise que ton papa nous a volée. Je te rappelle demain à midi, dans la cabine téléphonique en face de l'entrée du Hollyday Inn, place de la République. J'ai pris le numéro. Si tu ne veux pas que je vide un chargeur dans les ovaires de ta dulcinée, je te conseille de récupérer la valise. Inutile d'insister pour que tu ne préviennes pas la police, n'est-ce-pas ? Ciao, bello.

Guido tenait toujours la jeune femme serrée contre lui, comme un amoureux possessif. Claude ne pouvait détacher son regard du visage cendreux d'Adèle et de son cou enserré dans la cangue de chair molle.

– Tu as compris ? gronda l'Italien. Demi-tour, en avant, marche !

Claude fit demi-tour et marcha.

La montre d'Emile K. affichait minuit à Toronto, 10 heures à Karachi, 1 h p.m. à Sidney, 6 h à Kinshasa et 5 à Paris. Il ne ferait jour que dans deux heures mais des dizaines de milliers de lampadaires mettaient dans le ciel une nébuleuse beige et à un léger coude de la rue du Chemin-Vert, le regard glissait le long de cette étroite voie pour aller buter tout là-bas, boulevard Richard-Lenoir, sur la façade obscure des immeubles derrière lesquels émergeaient deux clochers et une coupole, comme une silhouette de mosquée dans la brume parme de l'Hellespont.

L'enquêteur récapitulait. Varga voulait la valise que lui avait volée Annie. Aboub voulait ce que vendait Annie. Et Adèle, sa cliente, voulait… qu'est-ce qu'elle voulait retrouver exactement ? Annie ou la valise ? Emile K. n'aimait pas ça. Il devait affronter des gens sérieux, comme le prouvait le sort de James, et il voulait savoir pour qui réellement, il allait risquer sa peau. Non que la chose importât d'un point de vue éthique : travailler pour des Etats, des truands ou des particuliers, pour lui, c'était tout un. Mais il s'était fixé pour règle de toujours connaître la véritable identité de ses employeurs. D'abord parce qu'il n'aimait pas se faire manipuler, et ensuite parce que les gens possédaient souvent eux-mêmes le fin mot de l'énigme qu'ils venaient lui demander de résoudre.

Arrivé devant la place de la Bastille atteinte de furonculose architecturale, il se mit à courir. Rue Saint Antoine, une voiture de police ralentit mais les flics furent rassurés en voyant sa tenue et son air absorbé par la musique que diffusait, supposèrent-ils, son walkman. Ils avaient l'habitude de rencontrer des jogueurs à toute heure du jour et de la nuit.

Rue Saint Denis, Emile K. changea d'allure et prit le pas d'un travailleur qui se hâte. Il ne rencontra pas grand monde : des clodos, deux ou trois noctambules ahuris qui essayaient d'éviter le jet vicieux des arroseuses municipales, quelques supporters ivres morts aux couleurs d'une équipe du Midi, des gens qui rentraient chez eux, le regard brouillé anticipant un sommeil troublé d'aigreurs comme des bulles explosant à la surface d'un marécage. Il s'arrêta devant un sex-shop, le seul ouvert à cette heure, au coin du passage du Grand-Cerf. L'endroit était bondé de mâles qui ne voulaient pas encore dormir avant d'avoir défait les tensions de la nuit dans une éjaculation mercenaire. Toutes les portes des cabines à pièces avaient leur lumière rouge allumée. Le caissier vantait d'une voix éraillée les charmes de la demoiselle en piste. Emile K. lui demanda Wanda en cabine spéciale et avec un enthousiasme automatique le caissier essaya de lui vendre le salon privé à 400 francs puis, devant le refus obstiné de l'enquêteur, il l'invita à patienter quelques minutes après l'avoir délesté d'un billet de 200. Emile K. attendit en observant les amateurs de vidéos qui, avec des airs funèbres et des regards furtifs à leur voisin, choisissaient dans l'étal de cassettes celles qu'ils allaient se faire projeter. La manière dont les clients voisinaient lui rappelait les regards torves qu'échangeaient ces extrémistes dont il avait un jour filé un exemplaire jusque dans une librairie spécialisée du quartier : le situationniste tripotant les revues de son courant avec la même fébrilité que l'amoureux de Lolitas examinant la jaquette prometteuse d'une vidéo, l'obsédé des gros nénés prenant, devant les photos scatologiques qui faisaient saliver son vis-à-vis, l'air pincé d'un léniniste découvrant du coin de l'œil les choix anarchistes d'un autre militant.

– Vous pouvez y aller, dit le caissier. C'est à l'étage, cabine 6.

La cabine en question était sans dispositif de séparation, comme les parloirs des prisons d'aujourd'hui, qui sont aussi différentes des prisons d'autrefois que les HLM à bow-windows des années 80 le sont des HLM des années 60. Mais comme il n'y avait pas de maton pour veiller à ce que chacun reste à sa place, une alarme électronique se déclenchait si le voyeur essayait de glisser la main dans le cagibi où la jeune femme ôtait son peignoir.

– Tu viens souvent ici ?

– De temps en temps.

– Tu veux pas que j'utilise un gadget ? C'est sympa, tu sais.

– Non.

– Comme t'es mon dernier client, ça sera juste cent francs de supplément.

– Non.

– Tu sais comment ça se passe ? Tu peux te caresser si tu veux.

– Oui.

Elle écarta les jambes et commença de mimer la masturbation. Sa vulve rasée s'ouvrit, papillon nocturne et mauve. La jeune femme tira la langue pour se mouiller les doigts et le privé eut un début d'érection.

– Vous pouvez vous tourner, s'il-vous-plaît ?

– Bien sûr.

Elle s'exécuta et, à quatre pattes, creusa les reins, deux doigts opérant un va-et-vient mécanique entre les lèvres. Son anus se dilata et se resserra plusieurs fois. Emile K. songea que Wanda ressemblait à Adèle, du moins à ce qu'il imaginait du corps de sa cliente. Il tira un mouchoir en papier du distributeur et au bout de quelques secondes, il dit :

– Merci.

La fille se redressa et se retourna, enfilant son peignoir :

– Ça t'a plu ?

– Beaucoup, merci, tu es très belle.

En quittant le peep-show, l'homme tourna à droite dans le passage du Grand-Cerf et entra dans un café à l'enseigne de « la palombella de los tasistas » où, comme son nom l'indiquait, des chauffeurs de taxi se retrouvaient à la fin de leur nuit pour manger un churro brûlant avant de regagner leur banlieue. Emile K. commanda deux chocolats épais et sombres et deux cornets remplis de beignets, courts cylindres cannelés et cannellés, craquants de sucre. Lasse et douce, une belle Nantaise aux cheveux noirs lui disposa le tout sur un petit plateau graisseux vantant le Tio Pepe, qu'il emporta jusqu'à un box libre au fond de la salle. Il plaça les sous-tasses sur les tasses et attendit. Cinq minutes plus tard, Wanda se fraya un chemin dans la foule de consommateurs, de plus en plus nombreuse et bruyante. Bleu-de-Gêne et queue de cheval pour la simplicité, jaquette noire discrètement renforcée aux épaules et pincée à la taille pour un brin de sophistication austère, elle était parfaite en jeune femme moderne. Comme elle fouillait la salle du regard, il l'appela :

– Sophie !

Avec un soupir épuisée, elle s'assit face à lui.

– C'est gentil d'avoir commandé, dit-elle en retirant la sous-tasse pour humer le chocolat. Je n'en peux plus.

– Dure nuit ?

– On n'était que deux à se relayer sur la piste, et je me suis tapée seize cabines spéciales. En plus, il y a eu des incidents : un ivrogne qui a essayé de m'agripper et un type qui a voulu photographier ma copine. Heureusement qu'il y a des micros dans les cabines…

– Pourtant, tu étais encore très bien tout à l'heure. Vraiment émouvante.

Il avait dit cela d'une voix neutre mais Sophie posa sa tasse et ses yeux verts scrutèrent le visage impassible de son vis-à-vis. Elle rougit.

– Tu ne veux pas dire que tu t'es… vraiment ?

– Ça te gênerait ?

– Oui.

– Je pourrais te raconter que je suis resté de glace mais je ne sais pas si tu me croirais et peut-être qu'au fond, ça te vexerait. On est comme ça, nous les mâles de l'espèce : encore largement sous l'influence d'une sexualité-réflexe. De toute façon, dis-toi bien que le peep-show n'est que l'exagération de ce rapport de séduction obligatoire qui lie les femmes aux hommes et vice versa dans la vie moderne. A quoi servent les parures de la mode, sinon à vous livrer toujours plus aux regards ? De toute façon, tant que sera ça ou le tchador, je vous conseillerais quand même de choisir ça. Tu connais cette fille ?

Sophie baissa les yeux sur la photo d'Annie et avança les lèvres dans une moue renfrognée.

– Tu n'es pas le premier à me poser la question.

– Qui d'autre ?

– Deux types hier. Un, je le connaissais de vue, c'est un mac algérien, qui a plusieurs filles dans la rue plus haut. L'autre, il avait l'air d'un arabe aussi, mais Libanais.

– Tu sais faire la différence ?

– Evidemment. A la fac, j'ai des copains qui viennent du Maghreb et du Machrek.

– Et qu'est-ce que tu leur as dit ?

– Que je ne la connaissais pas.

– Et c'était vrai ?

– Non.

Elle se passa une main sur le visage :

– Tu peux me commander un café ? J'en peux plus.

– Entendu. Allez, détends-toi, on discute encore cinq minutes et après, tu pourras aller te coucher.

– Tu parles, j'ai un cours de chant à dix heures.

Emile K. se leva. Il dut faire la queue à la caisse. Au moment où il payait le café, dans la grande glace derrière le comptoir qu'il n'avait pas quittée un instant des yeux, il aperçut Sophie-Wanda qui se glissait vers la porte.

– Gardez la monnaie, dit-il en posant le café sur la caisse.

En quatre enjambées, il avait rattrapé la jeune femme au coin du passage et de la rue Dussoubs.

– Lâche-moi, supplia-t-elle en secouant le bras qu'il tenait fermement.

Le visage pâle et chiffonné, les lèvres gonflées par une moue annonciatrice des larmes, elle répétait :

– Lâche-moi, merde… lâche-moi ou je crie.

– Tu voudrais pas ameuter le quartier ? Ça risquerait de revenir à l'oreille de tes employeurs.

D'un coup, le barrage céda et elle sanglota contre lui. Il lui tapota le dos, chercha quoi dire, et dit :

– Calme-toi.

Elle pleura un moment en silence contre le torse d'Emile, le visage dans le survêtement qui sentait la sueur. Puis elle tira un mouchoir de son jean, se moucha et comment un si petit nez pouvait-il faire tant de bruit ?

– Bon ça va, dit-elle en lui prenant le bras. Excuse-moi, c'est la fatigue. Tu m'accompagnes au métro ?

Pour rejoindre la station Sentier, ils prirent quelques boyaux encore point trop charcutés du vieux ventre de Paris. Dans la paix médiévale des ruelles, Sophie expliqua :

– La première fois que j'ai vu Annie, c'était à une soirée très privée organisée par Gimenez. Il y avait du beau linge. Un juge à la cour d'appel, des avocats célèbres, un présentateur télé, un député… Ma copine Céline et moi, nous étions là pour offrir une attraction aux convives. Après qu'on a montré notre cul, mimé l'amour et la flagellation, on s'est rhabillées, et on s'est mêlées aux invités. On faisait ça à chaque fois, pour crâner. Les gens sont toujours gênés ou gênants, t'as les mecs qui croient qu'on est là pour partouzer, t'as ceux qui essaient lourdement d'avoir l'air naturel, t'as les intellos qui croient pouvoir te sauter en théorisant ton boulot – vieille spécialité des intellectuels dans leurs rapports avec les travailleurs, t'as les nanas qui t'agressent, celles qui cherchent ta complicité dans la haine des mecs, celles qui te plaignent, celles qui essaient de te ramener dans le droit chemin… La seule qui a été vraiment sympa, c'est Annie. On est devenues amies. Elle m'a parlé de son employeur, Varga. Elle l'aimait bien…

– Ah ? tiens…

– Oui, t'as sûrement entendu parler… un vieux mec très marrant, un charmeur, brillant et bon vivant. Je l'ai vu deux-trois fois et j'ai eu l'impression que malgré tout son cinéma, il y avait quelque chose de vrai chez lui… Il fascinait Annie. Pourtant, au départ, elle avait été placée auprès de lui par des gens qui étaient ses vrais employeurs.

– Gimenez et son ami député ?

– C'est ce que j'ai supposé. Je sais qu'ils ont des intérêts dans la banque de Varga. J'ai pensé qu'ils avaient placé Annie auprès de lui pour le surveiller, mais là-dessus, elle ne m'en a pas dit plus…

– Quoi d'autre ?

– Oh, tu sais, des papotages au bord de la piscine Deligny, quand on est abruties par le soleil. L'impression générale, c'est qu'elle avait de plus en plus d'affection pour Varga. Au point qu'elle a couché avec son fils pour lui faire plaisir… Figure-toi-ça : le papa qui s'inquiète pour la virilité de son fiston, et elle qui se dévoue… Elle l'aimait bien, aussi, le fils, mais elle disait qu'il était trop tordu pour elle. Et puis, il y a un an, elle a commencé à se droguer, on s'est engueulées à cause de ça, et on s'est plus revues.

Ils étaient arrivés devant le métro.

– … voilà, c'est tout.

– Pourquoi t'as essayé de t'enfuir ?

Sa queue de cheval balançant au rythme de sa démarche de danseuse, les pieds qui glissent, la taille bien droite, elle s'écarta de lui et s'agrippa les épaules en croisant les bras sur sa petite poitrine.

– Parce qu'il y a trois jours, Gimenez m'a convoquée dans son bureau et m'a dit que si je parlais d'Annie à qui que ce soit, il me ferait jouer dans un snuff movie. Tu sais ce que c'est ?

– Oui, les vidéos où l'on voit des filles punies par leurs macs et aussi des nanas violées et torturées à mort. Pour de bon. Une mode lancée par la mafia colombienne… Pourquoi m'as-tu tout raconté, alors ?

– Parce que j'ai l'esprit de contradiction.

Il la regarda une seconde, parut hésiter puis tira de sa poche une enveloppe qu'il lui tendit :

– Pour tes cours de chant.

Elle tendit la main :

– Merci, flicard.

Mais il ne lâchait pas l'enveloppe.

– Tu sais, Sophie, dit-il tout à trac, il y a d'excellentes universités à l'étranger. Quand tu voudras, j'ai des amis…

– Ouais, bon, allez, je m'arrache.

Il lâcha l'enveloppe et elle courut vers la bouche de la station Sentier. Dans le crépuscule de l'aube avant les premiers chants d'oiseau, le flicard marcha jusqu'à Réaumur-Sébastopol. Avant de descendre sous terre, il téléphona d'une cabine à un numéro en banlieue. L'appel réveilla un ancien gendarme habile à se déguiser en clochard.

L'homme se dressa dans son lit, écouta quelques minutes puis marmonna « entendu ».

– Encore ton capitaine ? bredouilla son épouse en se retournant dans le lit. Quand est-ce qu'il vient dîner à la maison, ton demi-dieu ?

– Bientôt, rendors-toi, il est très tôt.

Elle enfonça son visage dans l'oreiller. Il se leva et passa dans le living en emportant ses vêtements. Tout nu, il descendit au garage à l'entresol. Il y avait installé une douche pour les jours de bricolage et il pourrait s'y laver sans réveiller la maisonnée. Un quart d'heure plus tard, il remonta en s'essuyant, s'habilla, glissa son .357 magnum dans l'étui de ceinture et alla jeter un coup d'œil dans la chambre de sa femme. Cela faisait des mois qu'elle avait composé le menu qu'elle voulait servir au célèbre capitaine Krachevski.

« Si elle apprend qu'il m'a chargé de protéger une pute de peep-show, c'est de la mort-au-rat qu'elle mettra dans son cassoulet. »

Pendant ce temps, Emile K. avait téléphoné pour réserver une chambre au Concorde La Fayette. Dans le métro, il s'installa sur une banquette et calcula combien de temps il lui faudrait pour aller jusqu'à l'hôtel du canal de la Villette, ramasser ses bagages, régler sa note et s'installer dans ses nouveaux quartiers. Ce serait juste, pour téléphoner à l'heure dite à Adèle. Il en était ennuyé. Il ne pouvait faire accepter à ses clients d'être injoignable qu'en se montrant très ponctuel dans ses rendez-vous. En dépit des crampes de fatigue qui lui nouaient les jambes, il se mit à courir en sortant de la station Stalingrad. Sur le quai de la Loire, entre l'immeuble de Garz et l'hôtel où il avait ses quartiers, son regard fut capté par une pie qui voltigea un instant devant lui.

Dans l'ascenseur de l'hôtel, il eut un vrai coup de pompe, ce qui explique sans doute qu'il ne remarqua pas que le minuscule bout de scotch en haut de sa porte – vieux truc pourtant inusable – avait été mal recollé. Mais il avait à peine mis un pied à l'intérieur de sa chambre qu'il sentit que quelque chose clochait.

Trop tard : Un solide gaillard basané braquait sur sa tête le silencieux d'un .38 Smith & Wesson, tandis qu'un autre, plus trapu, surgissait du couloir derrière lui, pointant dans ses reins un CZ-75 tchécoslovaque muni lui aussi d'un réducteur de son. Le trapu le poussa en avant et claqua la porte derrière lui.

Installé dans le fauteuil près de la fenêtre, un beau Levantin au sourire triste se tourna vers Emile :

– Tu ne me chercherais pas si tu ne m'avais pas déjà trouvé, lui dit-il.

– Dr Aboub, je présume ? s'enquit Emile K. tandis que le trapu le palpait et le délestait de sa matraque électrique.

Le Levantin hocha du chef.

C : « Pour toutes zones avis de coup de vent à tempête prévu ou en cours. Viking, Utsire, Fladen, Fisher, Tyne, Dogger, German, Sandettie, mer devenant très forte à grosse, Manche Est, Manche Ouest, Mer d'Irlande, Nord Irlande, Cap Finistère… Sud Gascogne, grande houle de sud-ouest à ouest,… Ouest Portugal… Sud Sardaigne, Ouest Corse, avis de grand frais… »

Pour contenir l'angoisse, rien de tel que le bavardage de la radio : il ne prétend pas la dissoudre dans le sublime, comme la musique, ni l'anesthésier dans l'imbécilité comme la télé, mais seulement la garder à distance, sans l'exciter, en lui permettant même quelques coups de griffes de temps en temps. Mon angoisse ronronne, bercée par la météo marine.

Encore heureux qu'Adèle m'ait montré la cache dans les toilettes, là où elle laisse un double des clés… (Détail si charmant pour ces écrivains américains de l'entre-guerres qui tenaient bien l'alcool : les chiottes sont sur le palier.) Etendu sur la moquette de son appart, je contemple avec satisfaction la mixture revigorante que je me suis préparée : barbituriques, amphés, le tout lié à la vodka. Il me faut bien ça, pour tenir une heure, en attendant le coup de fil du privé. Gloup. J'ai avalé une fameuse gorgée de poison. C'est amer, mais une rasade de vodka pure aide à déglutir.

Marrant ce Krachevski. Faudra que je lui offre la cassette de Queneau chanté par Jean-Michel Piton.

Je crains pas ça tellement la mort de mes entrailles
et la mort de mon nez et celle de mes os…

Le visage blafard d'Adèle flotte sous mes paupières. Même ses lèvres se sont décolorées quand le monstre l'a serrée contre elle. Annie, où es-tu ? Sais-tu que ta sœur est dans les tentacules d'une espèce de poulpe à pattes parce qu'elle a essayé de te retrouver ? Tu dois être étendue sur le sable, à Corfou, à côté d'un bellâtre qui sent un peu l'ail mais dont les muscles dorés te changent des pattes poilues de papa. Ou alors, tu es entre les mains d'une fille qui te caresse à l'heure de la sieste, quand l'odeur de jasmin s'insinue dans la pénombre fraîche de la maison de pisé. Celle qui se penche sur toi, j'imagine son regard impérieux : sur sa poitrine flottent des lueurs nocturnes et blondes. La grande houle d'ouest… Le grand frais…

Je crains pas cette nuit je crains pas le silence
absolu ce doit être aussi lourd que le plomb
aussi sec que la lave aussi noir que le ciel
aussi sourd qu'un mendiant bêlant au coin d'un pont

Je vais me réveiller sous un gibet entre Adèle et Annie. Le pendu sera moi.

Dans mon champ de vision apparaît le visage d'un homme aux gros sourcils qui se penche vers moi.

Quand la sonnerie perce l'obscurité de ma conscience, mes mains serrent ma gorge. Je redresse le buste, tranché dans le vif par une crampe, et regarde autour de moi, incapable de me souvenir où je suis. Je décoasse, croche :

– Quoi ?

– Alors, tête de con ? hurle la voix de Cloarec. T'as pas fini de glander ? Mauvais fils ! Tu vas nous la retrouver, cette pétasse qui lui a piqué sa valise ? T'as jusqu'à demain. Après je viens te dénoyauter, mon chéri.

Il raccroche. Je regarde un moment l'appareil. Puis tout se met en place, doucement. Je jette un œil à la pendule au mur. Neuf heures. Krachevski n'a pas téléphoné. Adèle m'a dit qu'il est ultra-ponctuel.

Adèle, merde.

J'entends, sur la façade de l'immeuble d'à côté, le fracas des gravats qui se ruent dans les tubes encastrés les uns aux autres jusqu'à la benne sur le trottoir. C'est comme si chaque pierre tombait au fond de mon estomac. Je me précipite à la cuisine et dégueule dans l'évier.

Adèle, je n'ai pas envie de te perdre.

Si Krachevski n'a pas appelé maintenant, c'est qu'il lui est arrivé quelque chose. Ou qu'il s'est défilé.

Je me passe un gant mouillé sur le visage et mon regard se pose sur la hache qu'Adèle a rangée contre le frigo. Tous ces gens semblent persuadés que je sais où trouver Annie. Neuville et ses menaces civilisées, Cloarec qui me tanne, la grosse méduse qui veut bouloter la seule femme qui m'ait jamais ému (avec sa sœur)…

Pas de doute, il va falloir agir.

7

C : Le tranchant de ma main s'abat sur le poignet de l'homme en noir, il lâche le pistolet et je cours. Un autre homme en noir surgit, je me baisse juste à temps pour éviter le sabre, je me relève, cours toujours, me jette sur le côté pour éviter le coup de feu d'une espèce de sorcier SF surgi d'une porte dérobée, je cours encore, grimpe quatre à quatre un escalier au bout duquel m'attend un autre « sorcier » qui jette une grenade, que j'évite mais je n'ai pas vu un autre homme en noir qui tombe du plafond et décharge son pistolet dans ma tête qui explose.

– 2560, c'est pas mal, moi aussi je me fais toujours avoir au troisième étage. Le « Warrior », c'est dur !

Elle prononce « ouariore », en ajoutant, comme à la fin de la plupart des mots, un « e » assorti de l'accent tonique, marque distinctive d'une génération qui n'a trouvé que ce moyen de laisser sa marque quelque part. Je lâche le levier du jeu électronique.

– Tu me paies une partie ? elle demande.

Je pose une pièce de cinq francs dans sa main aux ongles violets et vais finir mon picon-bière de vieux schnock au comptoir. Le bar se remplit au rythme des arrivées de trains. De ma place, j'ai vue sur une sortie latérale de la gare Saint-Lazare. Comme il faut franchir quelques marches pour y accéder, je n'aperçois d'abord des voyageurs qui sortent que la partie inférieure de leur corps. Je peux m'amuser à deviner quelle tête aura le propriétaire de ce pantalon de flanelle et de ces chaussures sobrement élégantes : une touche de fantaisie dans la ceinture laisse présager… horreur, un collier de barbe, tête de chic type catho… Et cette taille un peu épaisse, ces jambes courtaudes, comment les associer à ce qui lui succède, visage de Madone jouissant doucement de l'agonie du Fils ?… Qu'est-ce que c'est que ces cuissardes ? Fais voir ta gueule, chérie… Quoi ? Oh, la vieille peau ! Mais quelle superbe dans le regard… Bas de cadre, haut de cadre : du cadre à malette, du cadre à serviette, du cadre à journal du matin, du cadre, du cadre, du cadre, néants à pattes… Doc Martens qui annoncent des tronches boutonneuses de skins fils à papas de la banlieue ouest… Foule de jambes en jeans et baskets, avec sac battant la cuisse : des troupes de permissionnaires qui vont venir étaler leur jeune virilité au comptoir avec des rots bruyants…

La fillette qui m'a tapé cinq balles jette des coups d'œil dans la glace devant elle. Comme elle est juste à gauche de la porte nos regards se croisent. Quel âge ? Treize ans, dix-sept ans ? Petite pute annexée au trottoir de la rue de Budapest toute proche ou lycéenne délurée ? Fugueuse affamée ou jeune fille de bonne famille qui attend son papa dans un rade crade pour le faire râler ? Allez savoir, quand l'autorité des marchands d'habits a remplacé celle des parents… La conne s'imagine peut-être que j'admire son petit cul en trompette, son dos de nageuse, son col dénudé jusqu'à la nuque, enjolivé d'une mèche échappée en virgule, jeton infiniment plus renversant que le fantasme-Dupont d'une jarretière griffant une lisière de peau nue, vision agaçante d'acidulée douceur qui fouette comme un whisky-sour…

– Tu me paies un Coca ?

Battement des cils longs et courbes comme deux nacelles posées au-dessus du vertige d'un visage que les bons produits de l'Europe laitière et des multinationales du cosmétique ont lissé jusqu'à la trame du concept de peau saine et belle. Mouvement des mains comme une échauffourée de piafs, bras relevés dans une pose antique à la gloire des jeunes poitrines, pour rajuster la morsure d'une pince plastique orange dans ses cheveux blonds. Mousse affairé dans les drisses du désir, mousse de duvet pubère gonflant ses voiles de soie au vent des envies vagues, frimousse parfumée à la frime de femme, entre écume publicitaire et embruns salés petite culotte.

– Tiens, lui dis-je en lui tendant dix balles, va jouer et laisse-moi, j'attends une dame.

D'un seul mouvement coulé, elle hausse les épaules, rafle le sou et me tourne le dos. Petit cul s'en retourne à son poste et glisse une pièce dans la fente. Une rafale de pluie arrose le trottoir et le vent secoue la porte de verre du troquet.

– Ça y est, voilà la tempête, annonce le bougnat en tournicotant un coin de torchon tirebouchonné dans un verre humide.

– Ça va secouer dur, opine un pochtron en s'agrippant au bastingage du comptoir.

Des paquets de pluie s'abattent sur la chaussée. Elles se croient tout permis, ces pisseuses. Jamais apprécié les écrits vains qui cherchent l'étincelle en frottant leur vieille couenne sur de la chair trop fraîche. L'obsession de la vierge est tolérable chez les bergers sardes et autres islamistes amateurs du premier sang, parce qu'elle figure dans un cirque mental rigolo, riche en acrobaties imaginaires et touchant à force d'obsessions péniformes. Mais ces jeunes filles en boutons, graciles nubiles effarouchées, genoux ronds à peine remis des écorchures enfantines, cuisses de poulette, tout en rougeurs et insolences, cette érotique de sortie des classes dont nous gratifient les lasses prostates et les têtes de nœud chauves qui incarnent à son zénith l'élan des Lettres en France… quelle plaie ! Le menu fretin qu'il m'est arrivé de tirer, comme tout le monde, dans les cours de récré, je l'ai toujours trouvé plein de rébarbatives arêtes, fastidieuses pudeurs, niaiseries serrées. Echangerais volontiers tout un bouquet de Lolitas contre une seule Dolorès, vraie mère de nos douleurs d'amour, une de ces créatures au cœur percé de tant de flèches, au cul si bien limé, aux molesses modelées sous l'aine de tant d'amants, au souffle parfumé de tant d'haleines mêlées, qu'en se glissant en elles, on la sent, la saveur de leurs ravissements passés, on baigne dans le halo de leurs orgasmes éteints, lumière encore vibrante de milliers d'étoiles mortes.

Ne pas confondre les femmes avec les péronelles : celles-ci comptent sur un échange démocratique des plaisirs dans la plus stricte égalité. Alors que les femmes… l'image m'émeut de tant de queues qui les ont prises, la tendresse m'étreint qu'elles se soient tant prodiguées, elles qui se donnent pour ne pas se laisser prendre.

C'est pourquoi j'essaie de les réduire à l'épure de leur jouissance, de leur interdire les manifestations les plus effrayantes de leur plaisir, de les contraindre au silence et à l'immobilité, en les attachant, en les…

La porte du bistrot s'ouvre sous la poussée d'une foldingue dégoulinant de pluie, qui porte trois sacs poubelles et deux cabas d'une main, six sacs de plastique bariolé de l'autre. Dans ses longs cheveux détrempés, les multiples neuds de rubans multicolores ont l'air de papillons noyés. A l'entrebâillement du pardessus à cœurs bleus et rouges, on aperçoit des vêtements en strates : gilets sans manches par-dessus une veste canari par-dessus une chemise cow-boy par-dessus un pull à col roulé…

– Manquait plus qu'un con, me vlà ! claironne-t-elle.

Evidemment, on la regarde. Je fonce sur elle :

– Je t'avais dit de passer devant le bistrot, pas d'entrer, marmonné-je.

Elle lève vers moi son visage de petite fille sans âge :

– Dis-donc, mon chéri, tu vois pas ce qui tombe ? Je suis trempée, j'ai besoin d'un fortifiant. Tu vas pas laisser ton Anne braire sous la pluie ?

Elle rigole, heureuse de son bon mot.

– Bon, viens, fais-je en haussant les épaules.

Ignorant l'amateuse de jeu vidéo, qui pouffe de mépris, j'entraîne Anne au fond de la salle, où on choisit une table tranquille. Après avoir disposé ses paquets en cercle autour d'elle, ma copine commande avec beaucoup de classe un viandox-vin blanc, s'essuie le nez et attaque :

– J'ai tes renseignements. La Comtesse a l'habitude de faire la manche chez les cathos intégristes et elle connaît bien l'Institut de la rue de Montreuil. Vers 10 heures, elle était en train de manger un reste de soupe à la cuisine – elle est très amie avec le petit personnel – quand un Italien au fort embompoint est venu fureter dans le frigo. Après avoir liquidé un bout de pot-au-feu, il a emporté un pot d'un kilo de crème de marron. Le cuisinier a raconté à la Comtesse que non content de bafrer comme un porc, ce type avait une jeune fille ce matin dans sa chambre. Mais le père abbé ferme les yeux. Apparemment, ce bonhomme et son acolyte, qui se disent journalistes…

– Ils sont deux ?

– Oui, l'autre est petit, avec de grosses lunettes. Tous les deux font ce qu'ils veulent dans l'Institut, et l'abbé file doux.

– Tu as eu des détails sur la jeune fille ?

– Non, mon amie n'a pas osé en demander davantage.

Je réfléchis un moment. Drôle d'endroit pour séquestrer quelqu'un. En même temps, si l'Institut est à leur disposition…

– Bon, fais-je, tu vas encore me rendre un petit service.

– A ta disposition, mon grand. Tu connais le tarif : cinq cents francs par jour plus les frais…

Je lui tends une clé carrée :

– Tu vas aller à la consigne de Saint Lazare récupérer un paquet pour moi. Jette un coup d'œil avant. Si tu aperçois des gens suspects, laisse tomber et reviens me prévenir.

Pour sourire, elle découvre ses cavités et ses caries.

– Après avoir fait un tour pour vérifier que je ne suis pas suivie ?

– Exactement.

– C'est aussi bien qu'à la télé, alors ?

Je hoche la tête.

– Vas-y, je garde tes sacs en otage.

– Ah non.

– Si.

Elle serre les cabas contre son cœur.

– J'emporte ceux-là. C'est mes petits. Et tu paies d'avance.

– D'ac, dis-je en tendant un billet.

Elle ressort. Mon regard croise dans la glace celui de la fillette au jeu vidéo. Son œil s'est fait terne. Visiblement, un type qui fréquente des cloches, ça la branche pas.

Dix minutes plus tard, ma copine revient et pose sur la table une grosse enveloppe de papier kraft.

– Voilà. Pas de tueurs dans l'ombre.

Je vais aux toilettes pour vérifier le contenu. Rien que des grosses coupures : dollars, francs suisses, marks, pesetas, et quelques milliers de francs français. Alex n'avait pas confiance dans la monnaie de son pays. Mais à vue de nez, il doit y avoir le compte. Cinquante briques. Merci papa.

Je retourne à la table, glisse mille balles à Anne.

– Pour tes frais.

Elle rayonne.

– Merci, fils. Qu'est-ce que tu bois ? C'est ma tournée.

– Un demi et je file.

– Patron, trois demis.

Je bois le mien très vite, mais avant que j'aie terminé, elle a déjà sifflé les deux siens et elle remet ça. Je connais la suite du programme. Dans peu de temps, elle va se mettre à gueuler : « Le Pen, Le pus, Le Pen, peine-à-jouir, Flics fascistes assassins, etc. » Ami sociologue, sache qu'elle est l'une des rares représentantes de la gauche chez les clodos, population qui a généralement le discours éthylique plutôt facho. Je pose un gros baiser sur ses verrues nasales.

– Salut, ma belle.

La guichetière du métro est une de ces petites dames charmantes qui rient en renversant la tête et bridant les yeux.

– Mon Dieu ! s'écrie-t-elle avec l'accent de la Provence, elle vous a drôlement gangassé, la tempête !

Effectivement, le temps que je franchisse les trente mètres entre le bistrot et la bouche métropolitaine, je me suis fait retourner le parapluie, truffer les cheveux de grêlons et éclabousser de boue par un poids-lourd. Je me secoue, heureux comme un gosse que les névroses familiales n'ont pas détruit au point de l'empêcher de jouir de l'eau et de la gadoue.

– Allez, passez gratisse, dit la dame en appuyant sur le bouton qui libère un portillon. C'est la consigne en cas de sinistre !

Elle rit encore. Je dois avoir une drôle d'allure.

Cette expression de francitan, « gangasser » a augmenté l'absurde sentiment d'allégresse provoqué par la pluie. Où l'ai-je déjà entendue ? Mais l'odeur de chien mouillée des usagers vient vite à bout de ma bonne humeur, d'autant que la rame tarde. Sacré Alex ! Les cinquante briques dans ma poche me ramènent à sa première lettre. Tout à fait son genre : de l'esbrouffe, de la littérature, des vraies vacheries. Quand même, il aurait pu ne pas me laisser de fric du tout. Et si ce fric, c'était sa dernière vacherie ?

Les copains à qui je parlais d'Alex : « Ton père, mais il est adorable, enfin ! » Et de m'expliquer qu'il était si généreux, si perspicace, si fin… Et de m'inviter, dans ce jargon de merde qu'on débagoule aujourd'hui dès qu'on parle des sentiments, à « prendre un peu plus de distance dans mes rapports avec lui ». Inévitablement, on mentionnait Œdipe avec un petit ricanement destiné à montrer qu'on « prenait ses distances » avec la psychanalyse de bazar, mais quand même, à vingt-cinq ans…

Comment leur dire que le verbe d'Alex, que ses discours émaillés de formules lapidaires, égayés de jeux de mots subtils et de plaisanteries gaillardes, traversés de fulminations terrifiantes qui se résorbaient en doux désirs de fraternités, ornés de citations littéraires et d'anecdotes croquées sur le vif avec un talent fou pour imiter les accents et saisir les expressions, scintillants de ces paradoxes qui convainquent d'autant plus qu'ils donnent à l'auditeur l'impression d'être intelligent, que cette puissance intellectuelle capable de turbiner toute une nuit sans faiblir, que cette faconde de marchand de tapis qui les éblouissait tous, que tout cela, il l'employait principalement à me faire chier ? A me démontrer que j'étais parano ?

Un jour où je discutais de l'épisode du chien dans la bibliothèque, il a prétendu que je reconstruisais le passé d'une manière odieuse, que Jaspin n'avait été piqué que bien plus tard, sur les conseils du vétérinaire, parce que la pauvre bête était paralysée et souffrait beaucoup, que d'ailleurs, après que j'eus affreusement saccagé la pièce préférée de l'auteur de mes jours, brisé le piano et des souvenirs de ma mère, le seul épisode notable avait été son malaise cardiaque et que c'était sans doute pour ça que j'inventais cette histoire de menaces qu'il n'avait jamais proférées, c'était parce que je me sentais coupable…

– Oh, ta gueule ! j'avais gueulé.

Il avait eu un pauvre sourire, son visage s'était crispé :

– Tu vois, avait-il dit dans un souffle, tu n'es pas le seul à être victime de ton inconscient. Je crois que je vais avoir… de nouveau… un malaise…

J'en rigole encore tout seul dans le métro. Le médecin du SAMU avait diagnostiqué « une crise d'angoisse ». J'avais raccompagné le praticien à l'accent pied noir jusqu'à sa voiture dont le gyrophare projetait des éclats de lumière dans les coins de la cour silencieuse (mais je sentais les voisins derrière les carreaux) et avec un rien de sévérité dans la voix, le bon docteur m'avait dit : « Epargnez-le, il n'est plus tout jeune, vous savez. »

Et dans quelle merde s'est-il fourré maintenant ?

Sa première lettre… Une fois encore, je me creuse la cervelle pour comprendre cette histoire de PS. Peut-être que le pisse-copie a raison : ça pourrait être une façon tordue, tout à fait alexienne, de me renvoyer au Parti socialiste. Alexandre Varga, ce vieux stal fier de l'être s'acoquinant avec les social-traîtres ? Bon, il en a fait d'autres.

Mais enfin, il aurait été assez con pour se mettre à dos la mafia, Gimenez, de Neuville, et *tutu quantu* comme on dit en Corse ? Tout ça pourquoi ? Par amour pour Annie ? Laissez-moi rire… L'infect sadique, quand je pense à la façon dont sa lettre m'annonce qu'il m'a piqué ma nana, je l'entends déjà m'expliquer qu'il a essayé de jouer au cynique parce qu'il ne savait comment m'annoncer la chose et qu'il était sûr que s'il avait essayé d'être tendre et compatissant je l'aurais horriblement mal pris, et j'aurais beaucoup moins bien supporté…

Qu'il aille se faire foutre, ce vieux con.

Et Annie, je comprends pas très bien ce qu'elle fait dans le tableau. Je ne l'aurais jamais imaginée sous les traits de la méchante acharnée à trahir, moi d'abord, Alex ensuite. A moins que ce ne soit qu'une comédie inventée par ce cher papa pour se protéger…

Qu'ils aillent se faire foutre, ce vieux con et sa complice. J'ai mieux à penser : Adèle, Adèle, Adèle.

La tempête a poursuivi sa route vers l'est et l'éclaircie fait rutiler le décor détrempé de la place de la Bastille. La sensation de déjà-vu revient. Zarbi. C'est pas une réminiscence, comme tout à l'heure, quand la guichetière a prononcé le mot « gangasser », mais une impression de rejouer la même scène. Je remonte la rue chébran de la Roquette jusqu'à un bar devant lequel s'alignent sous des bâches transparentes deux douzaines de motos chouchoutées d'accessoires poilus et de rutilances métalliques. A l'intérieur, décor country et clientèle mi-cuir, mi-anges de l'enfer. Je repère immédiatement Paulo : pas difficile, sa belle tête avec coquette queue de cheval est posée sur pas loin de deux quintaux de bidoche, muscles de percheron et graisse houblonneuse amoureusement mêlés. Dans sa main droite, le formidable de gueuze ressemble à un modeste bock. Son autre pogne caresse le cou de sa copine, une belle plante pas spécialement frêle, mais qui a l'air à côté de lui d'un Titi en phase terminale d'une grève de la faim contre la dictature de Gros Minet.

– Laupo, je dis, j'ai besoin de toi.

– Tiens, Esco ! s'exclame-t-il avec un sourire chaleureux. T'es à jeûn ? Peut-être que tu seras moins chiant que d'habitude ?

– Je suis sérieux.

Il se lève et on va causer près des bafles amplifiant les râles d'ados qui, sur une scène de quatre mètres carrés, appellent à l'insurrection en vers de mirliton.

– J'ai besoin de toi et deux autres types du service d'ordre.

– Pour quoi faire ?

– Tirer une copine des pattes de deux types.

– Des macs ?

Un romantique, Paulo. Il se voit déjà aider un copain amoureux d'une pute à s'installer dans une vie honnête de famille pavillonnaire.

– Beaucoup plus dangereux que ça.

– Tu m'expliques, je te dirai si c'est faisable. Mais d'abord, t'as du blé ?

– Cinq bâtons pour chacun de vous, ça ira ?

Le visage de Paulo s'éclaire d'un bon sourire et je sens l'étau qui me serre la poitrine se relâcher un peu.

Va y avoir un combat de gros.

Rapport sur le capitaine Emile Krachevski

Le Dr Aziz Aboub considéra le titre avec satisfaction. Le E majuscule un peu au-dessus de la ligne, le s à demi effacé, bien d'autres signes invisibles au premier coup d'œil : l'ensemble, qui sortait de sa vieille Remington portative à peine plus grande qu'une machine en plastique pour enfant, constituait une signature infalsifiable aux yeux des quatre ou cinq services secrets qui se partageaient le monde. Les rapports du médecin ne comportaient jamais ni date, ni paraphe, ni aucune mention insistant théâtralement sur la confidentialité du document. Cette présentation anonyme et anodine produisait toujours son petit effet inquiétant. Aboub ne l'ignorait pas.

Il frappait à deux doigts sur l'engin archaïque avec une régularité de métronome.

« Le capitaine Emile Krachevski est sans doute l'un des cas les plus curieux qu'il m'ait été donné d'étudier jusqu'à présent. Voici un résumé des trois séances d'interrogatoire au terme desquels il m'est apparu possible de poser un diagnostic général sur sa personnalité. »

« Première séance : après trois heures en caisson d'isolation sensorielle, injection par goutte à goutte de dix microgrammes du cocktail médicamenteux N° 7. Début de l'interrogatoire :

Interrogateur : – Qui êtes-vous ?
Krachevski : – Pour qui travaillez-vous ?
I : – Qui êtes-vous ?
K : – Que voulez-vous savoir ?
I : – Qui êtes-vous ?
K : – Vous êtes un homme ou une machine ?

(Ses yeux roulent dans leurs orbites comme s'il cherchait à repérer d'où vient la voix dans le vide blanc du caisson.)

I : – Qui êtes-vous ?
K : – Ta gueule.
I : – Qui êtes-vous ?
K : – ...
I : – Qui êtes-vous ?
K : – Raymond.
I : – Raymond comment ?
K : – Que... que dalle.

I : – Raymond comment ?
K : – Que... Queneau.
I : – Ce n'est pas votre nom. Qui êtes-vous ?
K : – Raymond Queneau.
I : – Qui êtes-vous ?
K : – Raymond.
I : – Qui êtes-vous ?
K : (chantant) : – Je crains pas ça tellement la mort de mes entrailles
Et la mort de mon nez et celle de mes os
Je crains pas ça tellement moi cette moustiquaille
Qu'on baptisa Raymond d'un père dit Queneau
I : Qui êtes-vous ?
K : ...
I : Qui êtes-vous ?
K : merde !
I : Qui êtes-vous ?

« Lorsqu'aux alentours du centième “qui êtes-vous”, il répond : “Emile Krachevski”, le véritable interrogatoire peut commencer. Celui-ci a fait apparaître que le sujet avait porté autrefois le pseudonyme de Raymond, par allusion à Raymond la Science, membre de la “Bande à Bonnot”, célèbre organisation combattante française du début du siècle. En recoupant les renseignements qui m'ont été communiqués avec les bribes d'information obtenues lors de cet interrogatoire, j'ai pu éclairer quelques zones d'ombres de la biographie d'Emile Krachevski. L'extrême rigidité psychologique du sujet, qui rend ses paroles difficilement exploitables, comme le caractère peu fiable de notre principale source (les Renseignements Généraux français sont bien connus pour leur tendance à la fabulation), nous obligent toutefois à mettre ce qui suit au conditionnel. »

« A la fin des années 70 Emile Krachevski, alors étudiant en droit, aurait fait partie de l'Avant-Garde. Ce groupe d'extrême gauche, à la différence de ses concurrents de l'époque, se refusait à apparaître publiquement. A l'instar du "superclan", première scission des Brigades rouges, ce groupe entendait préparer une "insurrection prolétarienne" en menant une activité ultra-clandestine sur deux axes : constitution d'une organisation militaire secrète et pénétration des institutions. C'est dans ce cadre que le sujet aurait été invité, en raison de ses capacités physiques et de ses connaissances techniques, à effectuer son service militaire dans les parachutistes. On lui aurait ensuite ordonné d'infiltrer le GIGN, unité spéciale de la gendarmerie qui, à l'époque, semblait devoir assumer un rôle de direction dans la lutte antiterroriste. Mais le groupe censé lui fournir des instructions secrètes pour la préparation du Grand Soir aurait coupé peu à peu les contacts avec lui. L'Avant-Garde aurait été déchirée par une crise interne, qui se traduisit par des règlements de compte (au moins deux morts), et aurait finalement prononcé son autodissolution. Un certain nombre de ses dirigeants auraient rejoint les anciens de la Gauche Prolétarienne dans les cabinets ministériels. Quelques militants seraient morts de surdose, trois d'entre eux auraient été abattus lors d'une attaque de banque. Cependant Krachevski a poursuivi une carrière militaire brillante (légion d'honneur et trois citations pour sa participation à de nombreuses interventions dangereuses) et il n'a jamais donné à ses supérieurs l'occasion de douter de sa loyauté. Puis il a manifesté des signes de dérangement mental (affaire de Satory) et il a été réformé. »

Aboub but une gorgée de café et reposa la tasse sur le bureau. Par une suite de pensées qui lui échappa aussitôt comme la chaîne retombant au fond du puits dès qu'on a hissé le seau sur la margelle, il avait tiré à lui l'image du père Ibrahim, son vieux professeur de lettres à Saint-Joseph du Liban qui lui trouvait des dons et l'incitait à écrire de la poésie.

En d'autres temps, Aboub aurait été un bon médecin du Chouf, érudit, grand connaisseur des civilisations anciennes et défenseur d'un islam modernisé. Mais l'époque exigeait de lui un engagement plus brutal et une intelligence plus fourbe. D'une certaine manière, le vieux jésuite pouvait être fier de lui. La rédaction de ce genre de rapport obéissait à des contraintes au moins aussi complexes que celles de la versification arabe, latine ou française. Il lui fallait retenir certaines informations et en livrer d'autres qu'il savait connues des destinataires de son rapport, afin de dissimuler l'identité de ces derniers à tout œil indiscret qui se poserait sur le document. Le docteur avait un employeur permanent qui le détachait souvent en mission d'assistance technique auprès de tel ou tel gouvernement, institution, groupe politique ou organisation occulte. Et il n'était pas rare que son second employeur l'invitât à travailler avec d'autres forces aux intérêts contradictoires à ceux du premier commanditaire. Ce jeu d'obédiences croisées et de fidélités multiples l'obligeait à se mouvoir dans un monde de missions qui en cachaient d'autres, de leurres, de demi-mots et de vérités mises au service du mensonge. Situation qui expliquait au moins en partie que la seule vérité fiable, à ses yeux, fût celle qu'arrachaient les molécules de synthèse qu'il mélangeait dans sa seringue. Le Dr Aboub termina sa tasse de café et se remit à frapper.

« Si l'on tient pour vraie l'hypothèse énoncée, quant à l'itinéraire de Krachevski, on imagine quelles perturbations psychologiques a dû subir un homme obligé d'assumer le masque d'un ennemi que, du moins à l'origine, il devait haïr et qui s'est trouvé peu à peu réduit à ce masque, ou plutôt contraint d'être ce masque, ou rien. S'il avait renoncé brusquement à sa carrière, on n'aurait pas manqué de s'interroger sur ses raisons. Comme dans ce type d'unité de pointe, on redoute toujours que les membres soient l'objet d'un chantage, une enquête aurait suivi sa démission, son passé risquait d'être découvert, et à quoi bon ? Le Grand Soir avait été annulé faute de combattants et il avait découvert qu'il aimait le risque, la dépense physique et une fraternité d'armes qui n'était pas loin de lui rappeler les meilleurs moments de son militantisme clandestin. Le machisme imbécile et le racisme affiché de certains de ses collègues lui étaient difficilement supportables mais il trouva auprès de quelques autres, amateurs de lectures et adeptes de la foi républicaine, le minimum de relations qui lui permit de ne pas sombrer. Il a donc assumé, on sait avec quel brio, le rôle de défenseur de l'ordre. Mais il est resté comme marqué d'un trouble quant à sa véritable identité. C'est dans cette fracture secrète qu'il faut sans doute chercher l'origine des dérangements mentaux qui l'ont mené aux confins de la shizophrénie. C'est là aussi qu'est la faille qu'il convient d'élargir pour obtenir les informations qui nous intéressent. »

« Deuxième interrogatoire, après six heures de caisson, injection de 50 microgrammes du cocktail n° 8 :

I : Qui êtes-vous ?

K : Qui êtes-vous ?

I : Qui êtes-vous ?

(Un moment, il ne répond plus à la question, puis quand le coktail médicamenteux commence à faire son effet :)

I : Qui êtes-vous ?

K : Little Wolf

I : Qui ça ?

K : Petit Renard, vous ne comprenez pas l'anglais ?

I : Qui êtes-vous ?

K : Rien ne vit longtemps
Excepté la terre et les montagnes

(puis il chante dans une langue inconnue de nous, sans doute du Cheyenne – voir plus loin – puis, plus tard :)

I : Qui êtes-vous ?

K : Abou Tahir.

I : Qui ?

K : Abou Tahir.

I : Qui êtes-vous ?

K : (Il psalmodie en arabe :) Ceux qui ne voient pas l'heure dernière y sont entraînés en hâte ; mais ceux qui croient l'attendent avec une crainte révérente ; car ils savent qu'elle est la Vérité.

I : Qui êtes-vous ?

K : Vous ne comprenez pas l'arabe ?

I : Qui êtes-vous ?

Commentaire : « Il convient d'expliciter les références du sujet. Raymond Queneau et d'autres poètes et chanteurs français Rive Gauche figuraient parmi les admirations du jeune comédien que Krachevski a dû abattre au terme d'une prise d'otages. Little Wolf est le nom d'un chef cheyenne qui a conduit une des dernières révoltes contre les Blancs avant de se rendre et de finir ses jours dans le whisky et l'amertume. Les paroles que cite le sujet "Rien ne vit, etc." sont celles de la chanson des morts des Cheyennes, ethnie à laquelle appartenait le chef des militants indiens auteurs en 1982 d'une spectaculaire prise d'otages à Détroit. Rappelons que Krachevski avait été dépêché sur place comme conseiller technique par le gouvernement français et que son rôle a été salué par le FBI (on se souvient que les militants se sont rendus après trois jours de négociation et que l'un d'eux a été abattu lors de la reddition dans des circonstances mal éclaircies). Abou Tahir était un des chefs de la dissidence qarmate, branche extrêmiste du chiisme qui, au troisième siècle de l'hégire, prôna une certaine forme de communauté des biens. C'est aussi le surnom que s'était donné l'un des meneurs de la prise d'otages de la Mecque (1980), que Krachevski, sous les ordres du capitaine Barril, a contribué à anéantir en utilisant des gaz mortels. On sait que les hommes du GIGN, pour pouvoir pénétrer dans la Mecque, avaient dû accomplir une cérémonie de conversion à l'islam, de sorte qu'ils peuvent être considérés aujourd'hui comme musulmans. »

« Ainsi Krachevski a adopté les goûts musicaux du comédien, se passionne pour la civilisation des Indiens d'Amérique et semble être le seul des membres de son unité envoyés à la Mecque à avoir pris au sérieux cette "conversion". Ces données incitent à conclure qu'il souffre d'une variante très particulière du syndrome de Stockholm : si cette pathologie affecte généralement les otages et les pousse à s'identifier à leurs ravisseurs, dans le cas Krachevski, celui qui s'identifie au preneur d'otages, c'est son adversaire direct, le policier. On reliera sans mal cette attitude à la faille identitaire qu'a provoquée son enrôlement dans les forces de l'ordre dans les conditions exposées plus haut. L'étonnant est la force avec laquelle il a intégré ces différentes personnalités, qui semblent cohabiter en lui et qu'on doit vaincre les unes après les autres pour parvenir au "véritable" Krachevski – en tout cas celui qui nous intéresse : l'enquêteur. On ne doit pas prendre trop au sérieux les fantasmes de mort que trahissent les différentes chansons qu'il entonne lorsqu'une de ses personnalités est révélée : il faut les prendre comme le requiem de chacun des "moi" secondaires ainsi vaincus. »

« Si je m'attarde à l'étude de ce cas, ce n'est pas pour attirer l'attention sur le péril particulier que constituerait Krachevski : en fait quand nous le relâcherons, conformément aux accords passés, c'est-à-dire quand il nous aura dit ce qu'il doit nous dire et que nous lui aurons fait ce que nous devons lui faire, il sera devenu définivitement inoffensif. Mais le cas Krachevski illustre parfaitement la nécessité de mieux maîtriser le background des personnels affectés aux tâches de sécurité, surtout à ce niveau. En recourant aux techniques que nous avons mises au point – évidemment, de manière moins directe et brutale – on s'éviterait bien des… »

L'interphone sur le bureau émit un bourdonnement et le médecin s'interrompit pour appuyer sur un bouton.

– Chef, il se passe quelque chose de bizarre. Les mouchards signalent une activité intense des muscles maxilaires, et l'évacuateur bucal rejette du sang.

Aboub bondit sur ses pieds :

– Imbécile ! hurla-t-il. Sors-le du caisson, vite, il est en train de se trancher la langue. Il se suicide !

Drôle de jardin. Quand on remontait l'avenue Gambetta, on le remarquait à peine. On avait tendance à le confondre avec le Père-Lachaise parce qu'il s'étirait entre le cimetière et l'avenue. Une fois passé le portillon bas qui résonnait en se refermant, on remontait un chemin de gravillons qui se hissait entre des pelouses abruptes comme des prairies de montagne et le regard était happé par des platanes, des robiniers, des frênes, des maronniers, des résineux dont les troncs épais s'élevaient longtemps avant de se répandre dans le ciel en larges deltas de ramures. Il y avait quelque chose de très ancien et de lourd dans ces arbres, comme si subsistait là, au flanc du champ des morts, un bout de forêt hercynienne. Après une guérite de bois ronde et verte, le chemin passait devant un monument aux fusillés de la Commune, pan de mur d'où émergaient des visages de combattants protégés par une allégorie dépoitraillée qui écartait les bras dans une pose IIIe République. On montait encore et les arbres étaient de plus en plus haut, jusqu'à une placette ronde. A droite, des bancs étaient disposés en demi-cercle. En face, de l'autre côté du chemin, deux vieux en sabots étaient assis au sommet de trois marches. Elle, vêtue d'un sarau, les mains croisées sur les genoux se laissait aller contre son mari avec un sourire triste de vieille. Lui, en gilet, avait passé un bras autour de l'épaule de sa compagne et tenait un poing fermé sur le genou, les jambes à demi écartées, en vrai pedzouille. Leur nez de pierre était cassé. Sur le socle était écrit : « le déclin ».

Guido félicita mentalement l'humoriste qui avait placé devant les bancs un bac à sable, pour coincer face à cette image déprimante de décrépitude les heureuses mamans pourvues de progéniture à occuper. Pour l'heure, il n'y avait qu'un couple d'amoureux. Guido montra du doigt le banc voisin :

– On s'assied là.

Derrière lui, Testa di Mosca tira d'un petit coup sec sur la chaîne des menottes qui le reliait à Adèle par-dessous le loden posé sur son bras. La jeune femme frissonna. Une humidité sournoise montait le long de ses jambes et pénétrait le pantalon de maille collante qu'elle avait mis pour aller à une soirée dans un atelier d'artiste du canal de la Villette, voilà si longtemps. Ils s'installèrent sur le banc, la jeune femme à l'air las entre les deux hommes.

– Huit heures vingt-cinq, il ne devrait pas tarder, dit le Gros en jetant un coup d'œil à sa montre.

Derrière eux, deux ouvriers en bleu, l'un en haut, l'autre en bas d'une échelle, travaillaient aux fixations d'une des herses récemment posées en haut du mur du cimetière à la suite d'un attentat contre la tombe d'Allan Kardec, fondateur du spiritisme. Sur le banc à droite de Guido, l'amoureuse, algue adolescente aux grands yeux liquides et doux, se lovait autour de l'amoureux, petit mec prognate et joli. Avec un enthousiasme de rongeur, Mon Amour prenait d'assaut la bouche de Mon Cœur.

Le Gros croisa les bras et suivit du regard les opérations. Nini suçotait la lèvre de Bibiche, tandis que Ma Belle Salope glissait sa main sous la chemise de Vilain-pervers-que-j'aime. Quand Chaton creusa les reins sous la paume de Doudoux, Guido s'approcha d'eux, se tourna, son prodigieux postérieur venant se placer à la hauteur de leurs visages éperdus et, posément, péta.

Un cri d'horreur sépara les amoureux, ils bondirent sur leurs pieds et en se masquant nez et bouche de la main, s'écartèrent de trois bons mètres avant de protester :

– Dégueulasse ! cria-t-elle.

– Ça va pas non ? ajouta le petit mec.

Mais son regard croisa celui de Guido et il entraîna son aimée.

Le Gros revint s'asseoir.

– Ça doit être les pois chiches du couscous royal, observa-t-il.

– A moins que ce soient les patates de la choucroute au champagne, ricana Tête de Mouche. Ou les haricots du chili con carne.

Guido se rassit, béat du souvenir des débauches de la nuit. Mais il se rembrunit en voyant Adèle qui souriait jaune.

– Ça vous amuse ? lui lança-t-il. Vous croyez peut-être que j'ignore les beautés de l'amour ? Dans votre petit entendement raboté par les niaiseries psychanalytiques, je mange « pour compenser », n'est-ce-pas ? Je suis boulimique par « manque affectif » ?

Il maniait certains mots avec la pincette de guillemets audibles.

« Détrompez-vous. Mes gonades et mes papilles vivent en bonne intelligence. Petit salé, feuille de rose, langue fourrée, à moi, il me plaît. Il me plaît d'entendre dans ma bedaine le bruit de marée que font les nourritures liquides quand je besogne une belle. Il me plaît de serrer contre mon giron bacchique un Ganymède mince et flexible, et de jouir de nos différences de proportion. Il me plaît de voir disparaître sous le surplomb de mon ventre le visage joufflu d'une gamine, ou les traits élégamment tirés d'une putana d'âge mûr et de grand standing. Il me plaît de sentir qu'au moment de répandre ma semence, mes sucs digestifs ruissellent, mon pilore s'exalte, mon transit s'accélère. Il… Tiens, voilà votre amoureux. »

Suant, soufflant, Claude venait d'apparaître au tournant du chemin, tirant derrière lui une valise rouge vif, un de ces bagages de plastique dur à roulettes et poignée intégrées. Cravate, costume, manteau, le tout Old England, il avait l'air d'un cadre supérieur en quête de son comptoir d'enregistrement. Il marqua une pause en apercevant le trio puis baissa les yeux pour résister à la tentation de les lever vers le haut du mur du Père-Lachaise. C'était lui qui avait exigé de fixer le lieu de rendez-vous en expliquant que la valise n'était pas loin de là, et qu'il ne voulait pas traverser Paris avec.

– Carino, votre sauveur, mademoiselle. Sapé comme un milord. Propre comme un sou neuf. Beau comme un camion. Approche, preux chevalier, approche… Viens dans le bac à sable, tu nous bâtiras des châteaux.

Tête baissée, Claude avançait comme si ce n'était pas à lui que l'apostrophe s'adressait. Il essayait de ne même pas penser aux deux hommes en bleu d'ouvrier qui venaient de descendre de leur échelle et s'approchaient des bancs en échangeant des plaisanteries. Il essayait de refouler la conviction qui n'avait cessé de croître depuis qu'il était entré dans le jardin : le coup était foireux. Ça tournerait mal, c'était sûr.

– Dans le bac, insista durement Testa di Mosca quand le jeune homme fut arrivé à leur hauteur.

Il avait fait glisser le Loden et dévoilé les menottes qui le reliaient à Adèle. Sa main droite écarta le pan de sa veste et Claude aperçut la crosse du .357. Il obéit, enjamba le muret qui séparait le sable des cailloux du chemin, lâcha la poignée latérale de la valise et la laissant posée à terre contre son mollet, il leva enfin la tête. Son regard croisa celui d'Adèle. Le fin visage paraissait flou derrière le voile grisâtre qui l'avait recouvert au moment où le gros Italien avait passé son bras autour de son cou.

– Dis-moi, mon mignon, demanda Guido, tu l'as ouverte, cette valise ?

– Non.

– Comment sais-tu que c'est la bonne ?

– C'est celle que m'a donnée Annie.

Testa di Mosca jeta un coup d'œil inquiet aux deux ouvriers qui s'étaient tus et approchaient toujours, mains dans les poches.

– Ouvre-la.

– Ouvre-la toi-même, répliqua Claude et d'un seul élan, dans l'absolue certitude que tout allait foirer, il agrippa la poignée, pivota sur lui-même et balança le bagage sur les cuisses de Guido.

De fait, tout foira. Mais pas tout de suite.

D'abord le Gros sursauta, son maigre collègue tira à demi son .357 et les deux ouvriers, encore à trois mètres de distance, braquèrent leurs P.38, chacun visant la tête d'un des Italiens.

– On ne bouge plus ! lança l'un des copains de Paulo qui avait lu des polars étatsuniens où *freeze !* était ainsi traduit.

– Claude, arrête, gémit Adèle en le voyant tirer sa hache de sous son pardessus.

Claude avait senti la confiance revenir en voyant que, comme prévu, Paulo avait surgi pour couvrir leur retraite. Il était en haut du mur du Père-Lachaise, son buste Obélix émergeant de derrière la herse. Il s'était fait un chignon pour l'occasion et dans ses grosses pattes, le fusil à pompe n'avait pas l'air sérieux.

– Porca Madonna ! rugit Guido en repoussant la valise. Maurizio !

– A plat-ventre, cria Adèle à l'adresse de Claude, tout en tirant brutalement sur la chaîne des menottes pour se coucher sur le côté.

En se jetant dans le sable, Claude lança un coup d'œil pardessus son épaule. Entre les deux têtes tristes des vieux de pierre avait surgi celle du truand à la Marlon Brando. Puis la bouche d'une Uzi se mit à cracher de gros pépins de mort. Les deux faux ouvriers reculèrent comme si une main invisible leur appuyait sur la poitrine, et leurs jambes les abandonnèrent. Le fusil à pompe de Paulo tonna, des chevrotines crépitèrent sur les têtes des vieillards. Le visage dans le sable, Claude entendit l'Uzi crépiter encore puis s'arrêter brusquement, dans un hurlement de Maurizio. Claude risqua un coup d'œil.

Paulo était en train de franchir la herse du mur en s'agrippant à l'échelle qu'avaient laissée ses copains.

Testa di Mosca tira dans sa direction. L'Enorme rugit, lâcha son fusil, vacilla, ses pieds manquèrent les barreaux, il tomba tête la première, côté jardin et se rattrapa à l'une des pointes en s'y arrachant un bout de pouce. Sous le poids, la longue poutre céda et dans un grand bruit de ferraille, toute la herse se détacha, Paulo tombant à un bout. Testa di Mosca tira encore.

Dans un rugissement continu, Paulo dévala la pelouse, brandissant la herse de cinq mètres de long, hérissée de pointes entrecroisées. A l'instant où la masse métallique s'abattait sur Testa di Mosca, la hache de Claude trancha la chaîne des menottes, manquant de peu l'auriculaire d'Adèle. L'Italien s'était écroulé, cassé en deux entre le dossier du banc et la herse sur laquelle Paulo, qui avait le côté plat tourné vers lui, sauta à pieds joints. Il y eut des bruits horribles quand les pointes pénètrèrent dans les poumons du tueur dont la nuque était déjà brisée.

Claude regarda le buste de Brando couché sur les cuisses de la vieille. La tête du truand avait éclaté sous l'effet d'une balle Devastator et son sang détrempait les sabots de pierre. Claude regarda Adèle qui se précipitait vers l'un des faux ouvriers et lui martelait le cœur à grands coups de poing, pendant que Paulo déchirait un morceau de sa chemise pour contenir le sang qui coulait entre les côtes de son autre copain. Claude regarda le banc vide où l'instant d'avant se trouvait Guido Caronia.

Il ne comprenait rien à ce que son œil enregistrait.

– Merde, dit Adèle, en apercevant de la matière cervicale sur le cou de celui qu'elle croyait pouvoir sauver par un massage cardiaque.

– Putain, dit Paulo en voyant le sang de son propre bras souiller le visage de l'ami qu'il essayait de panser.

Claude vomit en direction du corps de Testa di Mosca.

– Où… où est l'autre ? demanda-t-il.

– Sais pas. Il a morflé, répondit Paulo en se redressant, rassuré sur le sort de son copain.

Claude fit quelques pas, tenant sa hache devant lui, ridicule bûcheron en costume dandy.

– Où est-il, merde ? répéta-t-il.

Il crevait de trouille. Cette disparition était pire que tout le reste. Une sirène se fit entendre sur l'avenue Gambetta. Claude sentit une main sur son épaule et se retourna, brandissant la hache.

– Déconne pas, lança Paulo, de grosses larmes roulant sur ses joues. Cassons-nous. Riton est crevé, mais Çoisfran a pas grand-chose. Les keufs arrivent, ça ira pour lui. Nous on a pas intérêt à rester…

Il avait pris Claude par le cou et l'entraînait. Le pied du jeune homme heurta un .357 souillé de sang.

– Le calibre du gros ! s'exclama l'énorme.

– Dépêchez-vous, cria Adèle, au pied de l'échelle.

Claude se laissa faire et derrière la jeune femme, gravit les échelons. En haut du mur, juste avant de sauter dans le cimetière, il aperçut celui qu'il cherchait.

Guido Caronia se déplaçait en zigzag sur une pelouse, en direction d'une sortie, tandis que les policiers entraient par une autre. A sa démarche, on voyait bien qu'il était en état de choc. De fait, avant d'encaisser la rafale d'Uzi, Riton avait eu le temps d'appuyer sur la détente de son P.38 et la balle avait fracassé la mâchoire du Gros.

Dans le cimetière, les trois rescapés s'entre-regardèrent.

– Ecoute, Laupo, commença Claude, je pouvais pas…

– Dis rien, coupa Paulo. Y'a rien à dire.

Dans une sacoche décorée d'un aigle, il rangea le fusil à pompe qu'il avait ramassé dans l'herbe.

– Vous êtes blessé ? demanda Adèle.

– C'est rien. Des éclats de pierre et je me suis écorché sur les pointes.

Il se tourna vers Claude :

– Si tu veux donner un supplément à la copine de Riton, laisse une enveloppe chez Phiphy.

Une minute plus tard, il avait disparu entre les tombes. En passant par le crématorium, Adèle et Claude gagnèrent la sortie la plus proche, qui donnait sur l'avenue du Père-Lachaise. Ils marchèrent un moment en silence et, comme il y avait du mouvement et des uniformes autour de la bouche de métro, ils remontèrent la rue des Pyrénées.

Ils avaient bien parcouru deux cents mètres quand elle se campa devant lui :

– C'est complètement con, ce que t'as fait !

– Ah ben ça ! Je devais te laisser entre leurs pattes, peut-être ?

– T'avais qu'à chercher Annie ! Au lieu de jouer les durs, avec ton mammouth et ses petits copains ! Quelle bande de nuls, ceux-là ! Tes mercenaires, ils n'ont pas imaginé que Caronia aurait quelqu'un en couverture ? Et toi, si tu t'étais vu, tu tremblais comme une feuille, pauvre chou ! T'es pas fait pour l'action ! Fallait faire ce qu'on te demandait, merde !

– Mais j'en sais rien, moi, où elle est Annie ! Bordel ! Qu'est-ce que vous avez à croire tous que je sais où elle est ? Annie et sa valise ! J'en ai marre de ce refrain. Si t'es pas contente que je t'ai libérée, merde à la fin, lâche-moi les baskets, et bonjour chez vous !

Il s'était échauffé en parlant et les passants se retournaient.

– Oh arrête ! dit-elle plus doucement. J'ai eu la trouille pour toi aussi, pauvre nouille.

Elle eut un geste comme pour lui effleurer la joue de la main et il lui agrippa le poignet.

– Ecoute… commença-t-il.

– Oui ?

Son regard glissa sur le visage qui avait repris couleur humaine, le nez de bébé-boxeur, les yeux qui s'assombrissaient en le regardant, son regard prit la tagente et tomba sur les marches qui, dans le mur de la Poste devant laquelle ils étaient arrêtés, conduisait à l'un de ces petits placards qui abritent un distributeur de billets. Il lui prit la main.

– Viens.

– Quoi ? Où ?

La porte vitrée dont l'ouverture se commandait en glissant une carte de crédit dans la fente, avait été couverte d'affiches par d'actifs militants. Elles étaient imprimées recto verso. D'un côté, un poing symbole du PS pressait des travailleurs immigrés chargés de baluchons et d'enfants, avec ce slogan : « Les expulsions seront-elles le mur de la bonne conscience socialiste ? » et de l'autre, un long texte commençait ainsi : « Où va se loger l'infâmie ? Qui sont les plus dégueulasses ? Les gros bras du gouvernement, en uniforme, ou ceux des propriétaires, en civil, quand ils jettent les pauvres à la rue ? Les mafiosis RPR qui ont ouvert la chasse aux squatters ou la racaille PS qui l'approuve ?… » A l'intérieur, en plaquant Adèle contre la porte, en étreignant à deux mains ses fesses nues sous la maille, en la baisant à pleine bouche, Claude avait le texte sous les yeux, et noirs sur blanc les caractères dansaient dans sa tête. Quand elle le prit en elle, il ferma les yeux. « Nous allons trop loin ? » interrogeait l'affiche. « C'est justement où nous voulons aller ! »

Le Dr Aboub se rua hors du bureau, courut dans le couloir au sol couvert de tapis précieux, dévala les marches de pierre conduisant à la cave, saisit la poignée de la porte et ouvrit la bouche, langue tirée, les yeux écarquillés, incapable d'arracher sa main à l'étreinte de l'électricité.

Un grognement étranglé s'échappait de sa gorge. Pendant trois bonnes minutes, son corps fut secoué dans tous les sens, autour du point fixe de sa main puis il devint flasque et sous la poussée brutale de la porte, tomba en arrière. Sa tête rebondit sur le mur du couloir. Emile K. jaillit, le saisit à la gorge et serra. Il était nu, des aiguilles de goutte à goutte étaient encore plantées dans son bras, des pastilles auxquelles pendouillaient des fils de couleur étaient collées un peu partout sur son corps. Il relâcha la prise sur la gorge, fixa intensément le médecin, lui tira le bas de la paupière. L'œil était blanc. Emile K. cracha au visage d'Aboub l'énorme bout de joue qu'il avait mâché pour se faire saigner.

Puis il le palpa, et tira de l'étui de ceinture de l'homme un CZ-75, vérifia qu'il était chargé, revint dans la pièce. Il repoussa l'appareil à électrochocs qui avait servi à électrocuter le médecin à travers la porte. Pendant que la machine filait sur ses roulettes et cognait contre une table de gynécologue garnie de sangles et de menottes, Emile K. revint devant le grand basané qu'il avait étranglé, et, avec des gestes saccadés et maladroits, il lui ôta sa blouse blanche et l'enfila.

Secoué de frissons, l'enquêteur s'appuya un instant contre une espèce de gros cube blanc muni d'une trappe sur un côté et flanqué d'une console garnie de divers écrans. Il ferma les yeux puis tout à coup, sursauta, ôta sa main de la paroi et une expression de terreur passa sur son visage. Glissant le pistolet dans la poche de la blouse, il se précipita vers une vitrine et en tira une bonbonne d'alcool, des flacons de désinfectants et de produits divers, qu'il jeta au fur et à mesure contre le caisson. En explosant, ils répandirent des odeurs d'hôpital. Puis Emile K. se pencha sur le cadavre, le fouilla, en tira un briquet.

Au seuil de la pièce, il le règla au maximum, le lança vers les liquides inflammables et referma la porte. Sans un regard au corps du docteur, il se précipita dans l'escalier, où il s'évanouit.

Le bruit et la chaleur le réveillent. La porte a brûlé et la fournaise gronde. Il se redresse. Dans la fumée, il entend les hurlements des rebelles gazés dans les souterrains de la Grande Mosquée, le crépitement des fusils mitrailleurs de la garde bédouine, les hurlements des blessés qu'on achève à l'arme blanche. En haut des marches, il aperçoit la silhouette de Petit Renard qui ne veut pas finir dans le whisky et l'amertume de la défaite. « Ne tirez pas ! » crie la compagne du comédien. Il tire.

En haut des marches, il enjamba le corps du petit combattant perse râblé qu'il venait de tuer de deux balles dans la tête. Sur le perron de la villa, il eut un autre vertige, moins fort. Sa dernière victime devait être en train de bricoler la R25 quand elle avait aperçu la fumée : le capot du moteur était encore relevé. Il le rabaissa, se mit au volant. Les clés étaient au contact.

La voiture roula dans le jardin d'une villa cossue de la banlieue ouest et dix minutes plus tard, il était dans le tunnel de Saint Cloud.

Sur le périphérique, il dut s'arrêter quelques instants, sous un orage de grêle, arrière-garde de la tempête. Il ne savait plus où il était, ni qui il était.

Ça lui revint.

A une centaine de mètres de l'hôtel du canal de la Villette, un pont enjambait le canal St Denis, reliant le quai de la Gironde à la zone de la cité des sciences. Son unique pile se dressait sur un îlot envahi de broussailles, où l'on pouvait accéder par un escalier de fer mal défendu par un panneau d'interdiction et quelques barbelés. Au milieu des buissons, se dressait une espèce de minuscule blockhaus de ciment autrefois utilisée par les services des canaux. Pour y accéder, il fallait écarter des fourrés crasseux et repousser un matelas puant et détrempé. La serrure de la porte rouillée mais inébranlable avait été récemment changée par Emile K., après qu'il eut posé à l'intérieur une petite cantine métallique à verrou chiffré, qui contenait un pistolet-mitrailleur HK MP 5 K muni d'un silencieux, un fusil de tir de précision Steyr-Mannlicher SSG avec bi-pied et lunette de visée nocturne, un fusil lance-grenades Arwen 37, un fusil semi-automatique Beretta M 3 P, un fusil MAS FRF1, un revolver Smith & Wesson 60, un pistolet Mauser 9mm parabellum équipé d'un réducteur de son, un MR 73 .357 GIGN 3 ?, des pains de semtex, des détonateurs, des grenades, des munitions, des jumelles, etc. C'était très lourd.

Il dut faire de fréquentes haltes en traînant la cantine. Lorsqu'il eut enfin réussi à la hisser dans le coffre de la voiture, il lui resta assez de force pour se placer au volant.

– Il va falloir m'expliquer, murmura-t-il avant de s'évanouir de nouveau.

C : *C'est justement où nous voulons aller :* Adèle libérée m'a délivré de mon besoin de liens. J'ai percé le dragon de ma lance, brisé les fers de la belle et me suis pénétré d'elle dans le passage des Soupirs... La musique d'Adèle, d'amour et de douleur pénétrée... Un auditeur sans sexe croirait l'entendre crier de colère, de souffrance, d'émerveillement, d'exaspération, d'allégresse, de peur, tous sentiments qu'elle exprime de sa chair, ramdam d'émotions réveillées en sursaut à chaque étage de la tour du ravissement... Et ces exclamations inarticulées, comme si elle était saisie de surprise en découvrant de nouvelles pièces dans le château-rouge de sa jouissance... Feulements, grognements, rugissements, odeurs violentes, toute une ménagerie secoue la cage de son corps civilisé et je tremble agrippé aux barreaux… Son œil me sonde interloqué de sensations et sa bouche me retourne la question du désir, son cul se dérobe : ici ! où ? ici ! ici ! ici, c'est moi qui pose les questions ! où ? là ! ouh la ! chaud ! chaud ! tiède… froid… glacé… chaud !… brûlant ! brûlant !

La sonnerie du téléphone racle mes rêves jusqu'à l'os et mes yeux roulent dans leurs orbites. Je fixe le combiné. Je vais décrocher et la voix de Le Cloarec se faufilera dans ma tête et souillera mes songes. Non, c'était hier. Aujourd'hui, tout à l'heure, les jambes d'Adèle s'enroulaient autour des miennes.

– Je vais chercher des croissants m'a-t-elle chuchoté et son haleine de lait et de miel, de myrthe et de rose, ce souffle de cave l'été, gouleyant, long en bouche, avec beaucoup de corps, un parfum de mûre écrasée, une trace de sous-bois et de prune, cette brise de fin d'après-midi d'août m'a caressé les yeux, le nez et les lèvres. Puis elle est partie mais elle était encore là, dans mon sommeil.

Le téléphone sonne toujours. Je décroche.

J'entends une sorte de gargouillis que j'identifie finalement comme un rire au fond d'une gorge. Puis un marmonnement, comme de quelqu'un parlant entre ses dents serrées :

– Piccolo stronzo, je peux plus manger de croissants, ce serait pas juste que toi tu en bouffes.

Guido Caronia.

« On est revenus au point de départ. Sauf que tu as tué mon ami. Et ça, tu me le paieras. Maintenant écoute. »

La voix d'Adèle, étrangement calme :

– Claude, ils m'ont coincée en bas de chez moi. Il faut que tu retrouves Annie. Et la valise.

De nouveau la voix du Gros, grondant au fond de sa gorge, les mots qui s'articulent avec la langue seule :

– Tu as quarante-huit heures.

Fin de la communication.

8

Emile K. introduisit la carte de téléphone dans la fente et rabattit le clapet. En composant le numéro d'Adèle Rainfroi, il parcourut rapidement du regard la place Denfert-Rochereau ruisselante de lumière matinale. Une nouvelle nappe de tiédeur était arrivée dans le sillage de la tempête et s'attardait, cajolant les germes dans les sinus parisiens déjà éprouvés par le froid glacial de l'avant-veille. Habitué des tenues légères par basses températures, l'enquêteur avait un peu chaud dans son uniforme de cadre moyen, costume et pardessus. Sa joue qui saignait à l'intérieur de sa bouche lui faisait toujours mal et il éprouvait une sensation de faiblesse convalescente. Ses vertiges avaient disparu, mais il lui venait encore des bouffées d'images mentales associées à un fort sentiment de culpabilité.

Des coups frappés contre le pare-brise l'avaient réveillé vers une heure du matin. Ouvrant les yeux, il avait d'abord aperçu le haut du volant puis distingué l'origine du bruit. C'était une pie. Les ailes déployées, dans une grande agitation de plumes, elle se maintenait devant la vitre et y cognait du bec comme si elle voulait entrer. Il y avait une espèce de désespoir morne dans l'obstination avec laquelle elle essayait de franchir cet obstacle de verre. L'enquêteur avait suivi un moment ses efforts avant de mettre le contact et de démarrer. Au bout de quelques mètres, l'oiseau, au lieu de s'envoler, avait glissé sur le côté et disparu. Peut-être avait-il une aile cassée.

L'enquêteur avait de la chance de ne pas s'être fait contrôler par une patrouille de nuit. Sans papiers, nu sous une blouse blanche, endormi au volant d'une voiture à plaques diplomatiques, il aurait eu du mal à s'expliquer. Et il avait de sérieuses raisons pour éviter les explications avec la police de son pays.

Heureusement, il connaissait le vigile de la tour du XVe où il se rendit ensuite. L'homme ne fit aucune observation sur sa tenue et lui garda la cantine. Au dix-huitième, le privé donna un violent coup de pied dans la porte sur laquelle était fixée la plaque « Société de sécurité Emile Krachevski », et la serrure de mauvaise qualité sauta. Pour le bruit, rien à craindre : il n'y avait que des bureaux à l'étage. Il ramassa le courrier que la femme de ménage prenait chaque jour et déposait sur le bureau de la première pièce – il était assez abondant, car Emile K. n'était pas passé depuis une bonne semaine. Sans allumer, l'enquêteur traversa deux pièces au mobilier administratif sans âge avant de franchir une porte sur laquelle était marquée « direction ». Alors que les autres salles étaient bien entretenues, dans celle où il entra, une épaisse couche de poussière recouvrait un siège en bois pivotant et un bureau d'acajou sur lequel était posée une bouteille de bourbon vide et un ventilateur. Tout le mur du fond était occupé par une vue de la baie de San Francisco prise à travers les lamelles d'un store vénitien. Le mur de gauche, qui faisait face à une fenêtre et aux lumières de la ville, était occupé par un placard dont Emile K. fit coulisser un panneau. Il décrocha des vêtements suspendus à des cintres, ouvrit un tiroir, en tira des chemises et des sous-vêtements et s'habilla. Dans le mur du fond de la penderie était encastré un coffre-fort à chiffres. Il composa la combinaison. A l'intérieur, se trouvaient quelques liasses de billets qu'il empocha et un répondeur – le seul objet contenant des informations dans ces lieux où tous les classeurs ne renfermaient que des factures et des prospectus. Les archives de la société étaient déposées sous forme de disquettes dans le coffre d'un notaire. L'enquêteur écouta le répondeur – Victor qui insistait pour le voir en lui avouant qu'il s'agissait de lancer un jeu vidéo « Ouvéa : prenez la grotte ou perdez le pouvoir » auquel il voulait qu'Emile K. associe son nom, divers autres messages sans intérêt. Rien d'Adèle. Bizarre. Elle aurait dû s'inquiéter. Il referma le coffre, prit dans le placard une valise qu'il remplit avec quelques vêtements et puis appela un taxi.

Pendant toutes ces opérations, il avait lutté contre la déferlante des images – les costumes qui pesaient dans ses bras comme autant d'amis morts, la roulette de dentiste qu'il avait vu utiliser lors d'un interrogatoire dans un pays africain où il avait été détaché, la valise et le cercueil où il couchait ses amis morts, le regard de Georges qu'il avait essayé de remonter du fond de la mer au large d'Aspreto, le semtex qu'il enroulait dans ses chaussettes, belle comme un pétard qu'attend plus qu'une allumette, mortadèle ? mortadèle ? répétait-il avec une régularité de piston hargneux dans le taxi qui l'avait conduit à l'hôtel Pullman Saint Jacques…

Le lendemain, place Denfert-Rochereau, en entendant un homme répondre à l'autre bout du fil, il faillit raccrocher mais il reconnut à temps cette voix à l'élocution pâteuse.

– Adèle ? interrogea-t-il.

– Ils l'ont prise. Les Italiens…

– Taisez-vous, coupa l'enquêteur. Adèle vous a expliqué comment on se retrouvait ?

– Oui, je me rappelle.

– A midi au bicentenaire. Compris ?

– Oui.

Il raccrocha, marcha jusqu'au Luxembourg. Dans une librairie spécialisée de la rue Médicis, il dénicha une vieille carte postale de Konya adressée à un médecin de l'Eure-et-Loir. Il barra soigneusement le texte ancien (« Cher oncle, je vous écris de la patrie des derviches pour vous dire que les choses ont bien tourné… ») et entre les lignes caligraphia maladroitement en arabe : « Ton Souffle et Ton Chant m'ont servi de rempart contre le réducteur d'âme ». Puis il glissa la carte dans une enveloppe où il inscrivit : « Librairie Ahmed, 37, rue J.-P. Timbaud, 75011, Paris », posta le tout et s'en fut dormir dans un cinéma où l'on jouait un vieux film avec Bogart.

C'était le café des Envierges, établissement au pittoresque soigneusement conservé, qui avait obtenu la coupe du meilleur bistrot 1989. Claude s'était installé sous la frondaison somptueuse de l'énorme bouquet au bout du comptoir. Il en était à sa troisième manzanilla en s'étonnant de la gentillesse du patron – « chose rare », songeait-il, « en général, chez les glandeurs post-68 reconvertis dans le commerce pinardier, la lourdeur de la pensée s'est aggravée de hargne alcoolique en passant du dogmatisme politique au pédantisme œnologique », quand le téléphone sonna. Le néo-bougnat décrocha, écouta et lui demanda :

– Vous êtes Claude ?

Il hocha du chef et prit le combiné. C'était Krachevski :

– Je vous ai suivi depuis le Petit-Musc. Vous avez du monde à vos basques.

Claude sentit sa main qui serrait le combiné devenir moite.

– Je n'ai rien vu.

– C'est pas votre boulot. Ecoutez-moi bien. Vous payez, vous allez dans la cuisine – à droite au fond, et vous demandez à Nadine la clé de la cour. De là vous vous retrouvez dans un passage, la Villa Faucheur. Au fond, il y a un immeuble neuf, vous prenez le couloir, au bout se trouve une petite porte, vous la passez, vous êtes dans un autre couloir qui donne rue des Pyrénées, devant la bouche de métro. Prenez le métro.

– Et puis ?

– C'est tout. Pour la suite, vous verrez.

Nadine était en train de surveiller le réchauffement d'un veau aux olives dont le fumet bouleversa les glandes salivaires de Claude. De derrière leurs hublots embués, les yeux rieurs de la cuisinière considérèrent l'arrivant.

– Alors, jeune, on vit intensément ? lui demanda-t-elle en tendant la clé.

– Ça sent bon, éluda-t-il.

– Une autre fois, faudra venir goûter.

Il était encore tout ému de l'odeur succulente et du sourire nadinien quand il monta dans la rame. A la dernière seconde, quelqu'un sauta dans sa voiture. Au premier coup d'œil, il crut à un cadre quelconque, au second il reconnut K.

– Tiens, vous avez perdu votre walkman ?

– Oui. Allons au fond.

Ils s'assirent sur des strapontins, dos contre la paroi du wagon et l'enquêteur se fit raconter en détail ce qui s'était passé depuis qu'il avait quitté sa cliente près du canal de la Villette. Il n'interrompit Claude que deux fois.

– Et la hache ? demanda-t-il lorsque celui-ci en était à narrer leur fuite par le cimetière du Père-Lachaise.

– La… attendez. Bah, je l'ai laissée dans le jardin.
– Vous aviez des gants ?
– Non.
– Bon, fit le privé sans prendre garde à la mine soudain consternée de Claude. Poursuivez.

Un peu plus tard, comme Claude commençait à parler du coup de fil du gros Italien, il demanda :

– Attendez… Entre le moment où vous vous êtes retrouvés rue des Pyrénées et celui où vous avez été réveillé par le téléphone, vous avez fait quoi ?
– On s'est promenés, et on a baisé, principalement.
– Racontez.
– Vous seriez pas un peu voyeur ?
– Racontez votre itinéraire.
– Rue des Pyrénées, on a baisé dans une cabine de distributeur de billets puis on a marché jusqu'aux Buttes-Chaumont. Rebaise dans un fourré, on a été dérangés par un voyeur, on s'est taillés, on a pris le métro, c'est drôle, on est justement sortis ici…

Les deux hommes avaient émergé à Rambuteau et pris la rue Aubry.

« On est allés dans un petit hôtel, à côté, on y est resté deux heures puis on est repartis… »

– Ah bon ? Et de l'hôtel, vous êtes ressortis comment ?
– Par une porte de derrière, donnant dans une cour, qu'Adèle connaissait.
– Pour aller aux Buttes-Chaumont, vous avez pris d'abord par le passage des Soupirs ?
– Gagné. Et alors ?
– Ensuite, vous êtes passés par la rue de la Chine, la rue Mettra, la rue Fressart, c'est ça ?
– C'est bien possible. Quelle importance ?
– Vous ne remarquez rien, à propos de l'itinéraire que nous suivons en ce moment ?

– C'est le même que celui que nous avons pris, Adèle et moi. Qu'est-ce que ça veut dire ?

– Les rues que nous choisissons sont toutes à sens unique et nous les remontons à contre-sens de la circulation. Un comportement de base pour déjouer plus facilement les filatures.

– Alors, au lieu d'une longue dérive d'amants éperdus, nous avons suivi un itinéraire qu'elle calculait froidement, c'est ça que vous voulez dire ?

Emile K. ne répondit pas et ils marchèrent un moment en silence.

– Qui étaient ces gens qui me suivaient, d'après vous ? demanda enfin Claude.

– Ça pourrait être n'importe qui. La mafia, les flics, le Hezbollah… J'ai repéré deux hommes en voiture et un couple de faux amoureux. En général, la mafia n'utilise pas des femmes, mais de nos jours… Allons nous asseoir sur un banc.

Ils étaient arrivés place des Vosges. Ses vitres étincelant par moment au soleil avant de reprendre leur teinte fumée, un car de touristes haut comme un immeuble tournait lentement autour du square, silencieux et menaçant comme un insecte extra-terrestre.

– Et vous, demanda Claude, pourquoi avez-vous disparu vingt-quatre heures ?

– Je vous expliquerai plus tard. D'abord, vous devez prendre une décision, et vite. Allez-vous vous présenter à Lepetit ?

– Qui ça ?

– Le juge d'instruction chargé de l'affaire de votre père.

– Pas question. Comme vous me l'avez fait remarquer, j'ai laissé mes empreintes sur une hache dans un jardin où a eu lieu une tuerie, si je me pointe maintenant, je vais avoir les pires emmerdes. Avec un type comme Le Cloarec dans l'équipe policière, j'ai pas confiance. Il faut que je retrouve Annie... Je ne sais pas pourquoi ils sont persuadés que je peux le faire, mais tout le monde a l'air de le croire... J'ai quarante-huit heures pour la trouver, lui prendre la valise et l'échanger contre Adèle. Je n'ai plus le choix.

– Bon. Quant à moi, même si je m'interroge sur les véritables motivations de ma cliente, je travaille toujours pour Mlle Adèle Rainfroi qui m'a engagé pour retrouver sa sœur... Alors, allons-y. Pour commencer, essayons cette piste que vous a signalée le journaliste. Vous avez une idée d'un contact que votre père pouvait avoir dans les sphères dirigeantes du PS ?

Claude fronça le sourcil.

– Vous devez savoir que mon père ne portait pas ce parti dans son cœur... Je ne vois que Jean-Louis Davou. Alex m'a raconté qu'en 1981, il était venu voir mon père pour lui demander si dans ses relations d'extrême-gauche, il n'aurait pas de quoi constituer l'embryon d'une espèce de SAC de gauche pour contrer une tentative de putsch d'extrême-droite. Mon père l'a poliment éconduit, mais ces dernières années Davou lui a téléphoné à deux ou trois reprises, pour lui transmettre le point de vue du gouvernement dans des affaires délicates où mon père engageait sa banque.

– Davou ? Tiens... Ça vaut peut-être le coup d'essayer. Nous irons lui rendre visite plus tard. D'abord, nous allons voir autre chose.

Emile K. raconta brièvement sa visite à James et ses démêlés avec le Dr Aboub mais s'abstint de parler de son ami Abou Ahmed. Claude l'écoutait, les yeux écarquillés d'étonnement et de frousse.

– J'ai retenu quelques-uns des noms de dealers que m'avait donnés James, conclut le privé. Bien sûr, le Dr Aboub a mis la main sur ma liste, mais je lui ai pas laissé le temps de poursuivre l'enquête à ma place. Nous pourrions interroger ces gens. Vous aussi, vous devez avoir des idées sur les revendeurs auxquels Annie pourrait s'être adressée ?

– Avant que mon père leur interdise de m'approvisionner, j'avais toujours les mêmes fournisseurs, trois types en tout.

– On va y aller. Mais avant je veux vous faire un cadeau.

Ils marchèrent jusqu'au BHV où l'enquêteur fit l'acquisition d'une superbe hache « Bûcheron » à manche renforcé, qu'il offrit à Claude.

Les noms que livra ce dernier correspondaient à trois des cinq qu'Emile K. se rappelait. Ils se rendirent d'abord à Montreuil, chez un caméraman de télé fournisseur attitré des personnels de l'audiovisuel mais il était en tournage au Mexique depuis deux semaines. Sa compagne terrorisée leur avoua avoir vu dans une soirée des gens sniffer une poudre qui les avait rendus « hyperviolents ». Ayant elle-même pris d'autres substances, elle ne se souvenait pas très bien de ce qui s'était passé mais l'un des consommateurs avait joué à se planter un couteau dans la cuisse et depuis elle vivait recluse et mangeait bio en attendant le retour de son amant.

Un autre dealer occasionnel, ancien mao grand reporter dans un journal de droite, assura n'être au courant de rien. Comme il revenait de Berlin, la chose était plausible.

Un troisième, patron d'un salon de thé-galerie du Marais, était en train de mourir du sida.

Le quatrième s'appelait Topkrono, portait un blouson d'aviateur, une casquette de joueur de base-ball, des pantalons fuseaux noirs et des croquenots de chercheur d'embrouilles. Son métier était de les éviter puisqu'il était videur en chef dans une grande boîte à rap de la Défense. En voyant Esco et son compagnon, il fit la grimace mais accepta de boire un verre avec eux.

– J'ai vu ta maffa, dit-il sitôt son Coca éclusé. Elle est grave, dis-donc.

– Quoi ? où ça ? tu… l'as vue ? répéta Claude.

Puis il s'avisa que l'autre voulait parler d'Annie. Bêtement, il avait pensé à Adèle.

– Ici, je l'ai vue. Elle était complètement allumée, elle a essayé de me vendre de la poudre d'ange. Mais je connais cette merde, j'ai été aux States. Je lui ai interdit d'essayer de refiler ça dans mon secteur. Les kids sont déjà assez portés sur le baston. Je lui ai conseillé de vendre ça à Garz. Dans ce milieu de créatifs, ils sont assez tordus pour aimer. Elle a dû suivre mon conseil…

– Garz ? répéta l'enquêteur.

– Oui, dit Claude, l'artiste des télécopieurs. C'était quand ? demanda-t-il au gardien de l'ordre rap.

– Cinq, six jours, précisa Topkrono avant de se lever et d'ajouter : retrouve-la, ta meuf, et fais-lui un bon coup de pression, qu'elle arrête ses conneries. Et restez pas dans mon secteur, je veux pas d'embrouille.

– T'inquiète. On s'en va.

– Il s'est bien foutu de moi, ce Garz, observa Emile K. Quand il m'a renvoyé à James, il avait certainement déjà revu Annie.

– On va bien voir ce qu'il a à dire.

Il avait peu à dire. Il tenta d'abord de leur refuser l'entrée mais l'enquêteur fit sauter la chaîne de sûreté d'un coup de hache et l'artiste devint beaucoup plus coopératif. Annie était effectivement venue le voir quatre ou cinq jours plus tôt, il lui avait acheté un peu de poudre d'ange qu'il avait revendue aussitôt à une bande de sud-américains. Elle devait le recontacter pour lui vendre une quantité beaucoup plus grosse mais elle ne l'avait pas appelé. Il ignorait où elle pouvait se trouver, et promit de les avertir si elle les recontactait.

– J'y compte bien, dit Emile K. en lui balançant une baffe d'adieu.

Quand ils se retrouvèrent sur le quai du canal de la Villette, le soir tombait. Claude se souvint que l'avant-veille, ils s'étaient trouvés au même endroit, Adèle, l'enquêteur et lui, et par association d'idées, il songea à téléphoner au confrère de son amie pour savoir s'il avait découvert quelque chose du côté de Brignoles, où avait été retrouvée la voiture de son père.

Mais au journal, on lui répondit qu'Edmond Médard avait eu un grave accident sur l'autoroute près d'Aix-en-Provence et qu'il était à l'hôpital Saint-Charles à Marseille.

Une petite pluie tiède se mit à tomber :

– On dirait la mousson.

A : Des guillemets de crachin se referment sur la fenêtre. Tout à l'heure, c'est un oiseau noir à bout de queue blanche qui est venu battre des ailes et taper du bec contre la vitre. Si j'avais pu, je lui aurais ouvert. Mon organisation combat les traitements cruels, inhumains et dégradants, à l'exception des souffrances résultant des mesures nécessaires au maintien en détention du détenu légalement emprisonné. L'image de l'oiseau m'a fait un drôle d'effet de déjà vu, comme si j'avais lu ça quelque part ou qu'on me l'avait raconté.

Je ferme les yeux sur le visage d'Annie. Ruisselante, elle sort de la mer et le sourire qu'elle a dans ces moments-là, un sourire de tout le corps, efface les aigreurs accumulées à la contempler, ma petite sœur perverse, oisillon qui picore les durs désirs des hommes et s'envole au moindre mouvement. Annie la pute, sucette à l'Annie, Annie-oui-ni-non, Annidamour, Annilumeuse : quand moi, la bûcheuse empruntée, à peine au stade des émois furtifs, j'ai baissé les yeux sur ma cadette, l'imagination lycéenne avait déjà accroché quelques casseroles à son petit cul aussi prompt à se montrer qu'à se dérober. Des gosses de Troisième racontaient en roulant les yeux qu'elle était venue en cours de maths en jupe et sans culotte et qu'elle avait écarté les cuisses exprès au passage du prof. Le conseiller d'éducation principal la convoquait régulièrement dans son bureau et des bruits couraient. La prof d'histoire qui nous faisait faire des exposés sur les Droits de l'homme la considérait d'un œil soucieux et plein de psy. Moi, il a fallu que j'assure : consoler maman, convaincre l'institution scolaire de la garder, aller la chercher dans les caves pourries de la cité où elle traînait avec des spécimens du quart-monde, me faire traiter de cul-béni, et puis cahin-caha, dans les rivalités sororales classiques, on s'était faites adultes, et, sans trop savoir si on s'aimait, si on se détestait, si on se supportait, on était restées en contact.

Je ferme les yeux pour chasser cette image qui revient flotter devant mes yeux, celle d'un visage d'homme aux sourcils épais qui se penche au-dessus de moi.

Voilà maintenant qu'à presque trente ans, une fois encore je cherche à tirer ma sœur d'un guêpier, mais ce coup-ci, je ne comprends pas ce qui me prend de jouer à l'Annie. Moi qui n'aime pas qu'on dise « baiser » pour « faire l'amour », je me mets à jouer la pute avec Claude, et ça m'excite.

J'ouvre les yeux, je pense à lui et je pleure.

C : 7, rue Guynemer. Bel immeuble en pierre de taille, appartement en façade donnant sur le jardin du Luxembourg, 130 m^2 (évaluation) : j'imagine ce que les braves militants caritatifs du comité des mal-logés tireraient de cette description des pénates du conseiller présidentiel. D'autant que Jean-Louis Davou a ces lieux pour lui seul, puisqu'il a installé au-dessus de lui, dans un appartement jumeau, une concubine vedette du journalisme-télé et un enfant né, disent les mauvaises langues, principalement pour répondre aux soupçons lancés par la presse d'extrême-droite qui l'a surnommé « sherpette ».

Je jette un coup d'œil à ma montre. Cinq heures moins le quart.

– Il y a de la lumière, dis-je. Il est fidèle à sa légende.

Le personnage ne laisse rien ignorer des « horaires démentiels », auxquels il est contraint par « une curiosité boulimique », « une créativité bouillonnante » et son labeur de premier larbin de France. La presse impressionnée s'impose un minimum de six adjectifs par phrase pour parler des livres qu'il sort au rythme de un trois-quarts par an, « ouvrages » postillonnant de culture sous les hourras des folliculaires éblouis, pensée-clip mêlant en flashs Upanishad, Zoroastre et Manufrance, pour démontrer que « l'argent est le dernier rempart contre la barbarie et les ténèbres » ou que « la France manque d'une culture de l'espionnage ».

Emile K. tire d'un sac en plastique un casque de motocycliste de la police, place son visage devant la meurtière vitrée derrière laquelle une caméra veille. Il sonne. Trois coups longs et un coup bref. Quelques secondes plus tard, un bourdonnement entrouvre le portail. Nous le franchissons en silence et je lui jette un coup d'œil interrogatif.

– Quand j'étais en fonction, m'explique-t-il, j'ai fait mener une enquête sur la sécurité de chacun des membres officiels et officieux du gouvernement. Je connais les faiblesses de chaque dispositif. Son garde-du-corps ne vient qu'à six heures. Et vers cinq heures, un motard lui apporte les journaux du matin.

Au premier, une porte entrouverte met un triangle de clarté sur le palier. Nous entrons dans un vestibule décoré avec un goût garanti très sûr : sol en damier noir et blanc, tissu bleu nuit et petits maîtres du XVIIIe aux murs. La lumière vient d'un bureau dont la porte est également entrebaîllée. Emile K. la pousse et je suis.

La pièce est vaste, avec des bibliothèques où s'alignent les reliures dorées, des vitrines où s'exposent des instruments de navigation anciens et une collection de cartels. Elle est plongée dans la pénombre, hors le halo autour du bureau où des dossiers empilés voisinent avec des photos dans des cadres. Il y en a une bonne douzaine, et l'éclairage semble disposé pour les mettre en valeur : à une seule exception près, Jean-Louis Davou est sur chaque cliché. Avec son épouse et d'innombrables vedettes des arts, des armes et des sports. A la cérémonie des Césars, à un concert de SOS Racisme, à plusieurs finales ; il boit du champagne avec une starlette à grande bouche et température normale le matin, il vise l'objectif avec une arme compliquée en compagnie du chef du Bundeskriminalamnt, il serre des louches, il se tient sur des perrons, il porte des maroquins, à un sommet des Cinq, des Neuf, des Douze, des Etats africains, de la francophonie, il rebondit sur les hauteurs, partout chez lui sur les pics du pouvoir et de son spectacle, minuscule monsignore qui s'agite dans la grande ombre de son Dieu dont l'image solitaire trône, dédicacée, au centre de ces icônes. Il y a un fauteuil de cuir pivotant devant cet autel, mais ce n'est pas là que le maître de céans siège. Assis le dos bien droit sur un simple tabouret, devant une tablette où luit l'écran d'un ordinateur, Jean-Louis Davou nous tourne le dos. Il est complètement nu.

– Vous êtes en avance, Joseph, dit-il sans se retourner.

Puis il sent que quelque chose cloche, sa tête pivote et son sourire s'efface. Avec un cri étranglé, il bondit vers le siège du grand bureau et y rafle une robe de chambre dont il se drape.

Nous ne disons rien, il nous fait face, rougissant. Sa moustache de mousquetaire tremble. Il se redresse de toute sa petite taille :

– Qui êtes-vous ? Allez-vous-en !

– Vous ne me reconnaissez pas ? demande l'enquêteur qui le toise.

Le conseiller frissonne, resserre autour de ses épaules la robe de chambre, baisse un instant les yeux, les relève. Il a peur, mais il a du courage, ça se sent :

– Si, je vous reconnais, Krachevski. Qu'est-ce que vous voulez ? Dans quelle piètre aventure vous êtes…

– Pas de phrase, Davou. Nous n'avons pas beaucoup de temps avant l'arrivée de Joseph. Il y a de la magouille vraiment pourrie dans l'air. Et comme vous êtes le spécialiste des caries de la République, vous devez avoir au moins une idée de ce qui se trame. J'ai besoin de vos renseignements…

– Et pourquoi vous les donnerais-je, si tant est que je les aie ?

– Parce que vous avez besoin de moi.

– Moi, de vous ? Ah ! ah !

Il bombe le torse, il se joue un cinéma de puissant. Pour avoir fréquenté Alex, ses livres et ses militants – tiers-mondistes émancipateurs des bureaucraties locales, vieux stals drogués de mensonge, grands délirants du

« terrorisme » amoureux de leur image médiatique, et pour avoir lu les œuvres d'un Cioran rentier du néant roumain, je sais ce qu'a d'extravagant la vision d'un « achèvement paradisiaque de l'histoire », et que nous ne saurions nous passer des crocodiles politiciens aux lents machiavélismes, vieux singes connaisseurs des grimaces qui attirent la cacahuète du suffrage, requins qui glissent dans les flots de cash, vipères avaleuses de couleuvres, jeunes loups caniches pour leur maître et cabots pour tous. Il paraît que nous avons besoin de toute cette ménagerie du pouvoir pour nous persuader que nous le tenons à distance derrière ses barreaux. Cela n'empêche pas de le haïr.

Mais comment détester quelqu'un dont on vient de voir un grain de beauté sur l'omoplate gauche, et qu'il attend en tenue d'Eve un Adam de la brigade motocycliste ? Faudrait être de ces racornis plumitifs fachos qui espèrent nous dégoûter de la Gueuse en exhibant ses fonds de culotte, pour trouver matière à nourrir sa haine dans cette intimité surprise. Moi, quand je vois une de ces salopes à grande mâchoire qui causent devant un micro, spikrine faiseuse de rois d'un soir ou vache folle de la corrida politicarde, la seule idée qu'elles ont une chatte, une chatoune charmante, un con qui salive et qui baille, ça m'éteint l'ire. Encore heureux qu'on nous les montre pas sur leurs pots, ces vieillards qui nous gouvernent : je finirais par voter.

Sans l'ancre de sa hargne, mon esprit poursuit sur son erre, incapable d'accorder plus qu'une attention flottante au ping-pong de l'Emile et du Jean-Louis :

– Vous avez besoin de mon silence, lance l'enquêteur.

– Ah ! Oui, ces fameux secrets d'Etat que vous détenez ? Votre mythomanie a peut-être convaincu quelques gazettes, mais vous et moi nous savons à quoi nous en tenir là-dessus.

– Comme vous dites.

Ils se taisent un instant. Jean-Louis Davou baisse les yeux et brusquement abandonne sa superbe :

– Que voulez-vous savoir ? soupire-t-il.

– Vous reconnaissez le jeune homme qui m'accompagne ?

– Oui.

– Qu'est-ce que vous avez à voir dans l'affaire de son père ?

– Mais rien, rien du tout… Je n'ai vu Varga qu'une fois, et je ne lui ai parlé qu'à deux ou trois reprises au téléphone. Le gouvernement souffrait d'un déficit en termes d'images et je consultais les acteurs de la société civile, même les plus marginaux…

– Je ne vous parle pas de vous en tant que personne, s'énerve Emile K., mais des Services que vous nourrissez de vos géniales cogitations.

– Ah ça, non, je ne sais rien… Comment voulez-vous…

Et ils partent dans des explications codées, où il est question de « l'amiral », du « franc-mac' », de « la cellule », de « consultants », de « chefs de station »… Moi je pense à Adèle. Et dans cette pensée, il y a, d'abord, la terreur pure : Adèle, mon Adèle au cri lumineux, au sexe de glaïeul, aux yeux de tempêtes, sous l'éteignoir de graisse de l'Immonde… Caronia la charogne, – il faut qu'il ait vraiment une énergie terrifiante, pour revenir encore à la charge, la gueule cassée. Caronia cadavre gélatineux tripotant Adèle… Et puis quand je me raisonne, que je m'assure que pendant quarante-huit heures, il ne lui fera pas de mal, que d'ici là, on trouvera moyen de récupérer la valise d'Annie… Ben, il y a aussi que comme un con de collégien au retour des vacances-premier amour, je suis en manque d'Elle. Quand je suis trop malheureux, que je m'essaie à l'effacer temporairement de ma tête, la seule idée que je pourrais y réussir me rend encore plus malheureux. Je suis camé d'Adèle, ma chère douleur... Au fait, il me semble je n'ai pas pensé à la dope depuis vingt-quatre heures. Un manque chasse l'autre ? Trop moral, je me connais, il m'est déjà arrivé de tenir trois quatre jours... Mais c'est vrai que je ne pensais qu'à ça, alors que là...

– Puisque vous jouez au con avec moi, dit Emile K. d'une voix si glacée que je sursaute, je vous laisse. Toutefois, avant de prendre congé, je vais suivre votre exemple et donner dans l'emprunt littéraire. Mais au contraire de vous, je citerai mes sources.

Du sac où il avait remis son casque, il tire la hache qu'il m'a offerte et s'approche de l'ordinateur que Davou a laissé allumé. Le conseiller le suit du regard, pétrifié. La hache s'abat sur l'écran qui explose dans une débauche d'étincelles, de bruit et de fumée.

– Pennachioni ! s'exclame l'enquêteur.

– Vous êtes fou ! s'écrie Davou, les larmes aux yeux. Je n'avais pas fait de copie ! Deux jours de travail !

– Comme ça, vous pourrez dire à l'amiral que le tortionnaire à sa solde ne m'a pas enlevé ma pugnacité.

Il m'entraîne.

– Vous êtes un dangereux paranoïaque ! crie le conseiller dans son dos. Je vais m'occuper de vous. Personnellement.

Sur le seuil de la maison, nous tombons nez à nez avec un échalas de motard qui nous jette un coup d'œil soupçonneux avant d'appuyer sur la sonnette. Nous marchons un moment en silence.

– Qu'est-ce que ça signife, ce que vous lui avez dit en partant ? je demande.

– Les types qui m'ont drogué ont cherché à obtenir de moi des renseignements sur des opérations passées qui ne pouvaient intéresser que les services secrets d'un Etat ou d'un autre. Pour plusieurs dirigeants français, passés et présents, ma mémoire est un placard à cadavres. Je pense que l'équipe d'Aboub a eu l'autorisation d'intervenir à condition de m'éponger le cerveau de souvenirs gênants pour les hautes sphères.

Je scrute son visage. Il a l'air sérieux.

– Je me demande, dis-je, si Davou n'a pas raison. En ce qui concerne votre santé mentale.

Il ne répond pas tout de suite. Un pli soucieux barre son front.

– Moi aussi, je me demande, dit-il enfin.

Sous le crachin tiède, ils descendirent le boulevard Saint-Michel jusqu'à la place du même nom, où ils trouvèrent un café ouvert. Pré-clodos élimés mais encore propres, couples cafardeux de part et d'autre de leurs cafés-crème, poivrots au long cours, étudiants de quarante ans, intello anglophone en quête désespérée d'exotisme littéraire, insomniaques hagards et noctambules noués d'angoisse à l'idée de se coucher, la faune était au complet. Attablés dans un coin, les deux hommes se regardèrent un moment en silence par-dessus leurs express, puis Claude éclata :

– Que dalle. La tournée des dealers ne nous a rien donné, et notre visite à Davou n'a servi qu'à régler vos comptes personnels, au mieux. Et au pire, à nourrir votre paranoïa. Vous faites un drôle d'enquêteur.

– Inutile de faire monter la tension entre nous, rétorqua Krachevski. Je suis les pistes. Il n'y a rien d'autre à faire. A présent, il faut qu'on attrape le premier avion pour Marseille, qu'on reprenne les choses à partir du moment où votre père et sans doute Annie se sont arrêtés au bord de l'autoroute. Il faudrait d'abord que nous ayons une conversation avec Médard. Il a peut-être découvert quelque chose qui mène à votre géniteur et à sa complice.

– Mais ils sont à Paris !

– Vous en êtes sûr ? demanda Emile K. en faisant signe à un Pakistanais qui venait d'entrer, les bras chargés du journal gouvernemental du matin.

– Bien sûr que non, mais toutes les lettres de mon père étaient postées de Paris, et Annie était ici voilà quelques jours, d'après les témoignages…

– Moui… fit le privé en feuilletant le journal.

Claude attendit que l'autre veuille bien lever les yeux mais comme son interlocuteur tardait, il s'énerva :

– Bon, ça suffit comme ça. Je crois que je vais aller voir les flics. Je me démerderai avec l'histoire de la bagarre où j'ai laissé une hache. Il n'y a plus que la police qui puisse sauver Adèle.

– A votre place, je m'abstiendrais, dit Emile K.

Il lui tendait le journal. En première page, un gros titre annonçait : « DIVARGATIONS ? » Et un pavé expliquait : « Le banquier disparu nous écrit. Il accuse pêle-mêle son fils, sa secrétaire, la mafia et la DGSE. Si l'on ne peut prendre pour argent comptant ses déclarations, certaines d'entre elles sont confirmées par d'autres sources. (voir pages 30-31). »

Dans les pages en question, on lisait :

« Une lettre authentifiée par des empreintes

La lettre que nous publions est bien d'Alexandre Varga. Elle a été écrite à la main et accompagnée d'empreintes. Selon la PJ, l'une et les autres appartiennent bien au banquier disparu. En voici le texte intégral :

Cher organe central des cadres et des sadomasochistes français,

Si je me suis enfui, c'est parce que mon fils et ma secrétaire concoctaient de m'empoisonner avec la complicité de la DGSE et de la mafia. Je sais que l'affirmation paraîtra extravagante aux petites têtes de ta rédaction, pourtant habituées à avaler les plus extravagants mensonges quand ils tombent des bouches autorisées, mais c'est ainsi. Les spécialistes n'ignorent pas que les services spéciaux entretiennent toutes sortes de rapports avec la pègre. Claude Varga, la chair de ma chair, et ma collaboratrice, qui me doit tout, m'ont piqué un bagage contenant des documents fort compromettants pour les princes qui nous gouvernent. Je tiens à avertir ces derniers, ainsi que le public, que lesdits documents se trouvent très vraisemblablement entre les mains de ces nageurs de combat qui ont tant fait pour la renommée de la France outre-mer. Cela au cas où il m'arriverait malheur.

Je lance un appel solennel à mon fils par votre entremise : s'il a encore ces documents entre ses mains, qu'il les confie au plus vite au juge Lepetit chargé de l'affaire qui me concerne. Alors, seulement, je me livrerai. Et nous verrons bien s'il y a encore une justice en France.

Voilà, chère feuille recyclable. J'en dirai peut-être davantage dans un prochain numéro. Je t'embrasse sur tes bonnes joues de journal à la botte des canailles social-démocrates.

Alexandre Varga,
directeur de sociétés,
chevalier de la Légion d'Honneur »

Jean-Paul Sucre, de la rubrique Société, signait l'article attenant, qui commençait ainsi : « L'énormité des accusations laisse bien sûr perplexe. Toutefois, il convient de signaler que, selon des sources dignes de foi, Claude Varga aurait participé à la mystérieuse fusillade qui s'est déroulée dans un square du XXe arrondissement (voir notre édition d'hier). Cet incident s'est soldé par deux morts et un blessé. La police se refuse à fournir leurs identités mais selon les mêmes sources, les deux morts seraient des repris de justice italiens. Le troisième serait un comparse, membre du service d'ordre d'un groupe de rock français bien connu. Les empreintes de Claude Varga ont été retrouvées sur une hache abandonnée sur les lieux. Un mandat de recherche a d'ailleurs été émis à son encontre. Ce qui tend à prouver que les assertions d'Alexandre Varga ne sont pas dépourvues de tout fondement, c'est que le juge Lepetit, qui dirige l'enquête sur la disparition du banquier, a été également chargé de l'instruction de l'affaire du square Gambetta. » Le journaliste entrait ensuite dans le champ des hypothèses.

– Quelle salade, souffla Claude, sonné.

– Oui, fit le privé.

– Je comprends pas à quoi joue Alex. C'est n'importe quoi, sa lettre.

– Pas tout à fait. J'ai appris, d'un informateur fiable, que c'est Gimenez qui a présenté Annie à votre père.

– Je le savais, et alors ?

– Annie a raconté à cet informateur qu'on l'avait chargée de séduire Alexandre Varga. Sans que le « on » soit bien précisé d'ailleurs. La chose s'est faite, et puis votre père a demandé à Annie de s'occuper de vous. Il avait des inquiétudes quant à votre sexualité.

Claude digéra la nouvelle.

– Je reconnais là, ricana-t-il, le goût bien français pour les histoires de cocus… En tout cas si Gimenez a placé

Annie auprès de mon père, c'est peut-être simplement qu'il voulait surveiller de près sa gestion.

– Sauf que Gimenez est un de ces truands qui travaillent régulièrement avec la DGSE. Cela, je le sais de longue date.

– Alors, reprit-il après quelques secondes, au moment où, d'après Médard, la mafia et le Hezbollah allaient conclure un accord, mon père aurait arnaqué les deux parties mais ensuite Annie, qui travaillait pour la DGSE aurait volé à mon père ce qu'il venait de voler ? C'est quoi cette histoire de documents compromettants ? Une invention d'Alex ? Ce serait bien dans son style. Le scandale politique est son sport préféré. Des documents compromettants, ça fait mieux qu'un paquet de drogue... Mais si Annie travaillait pour la DGSE, elle a dû se placer sous sa protection, maintenant. Inutile de la chercher.

– Non, si c'était le cas, ni Neuville qui est un vieil ami du patron des Services, ni Le Cloarec qui est à la botte du député, ni Gimenez ne la chercheraient. Et elle ne se serait pas transformée en vendeuse de drogue. A mon avis, l'importance des gains possibles lui a tourné la tête et elle a décidé de faire cavalier seul. Ou elle s'est trouvée sous la coupe de quelqu'un d'autre.

Claude faisait la moue. Manifestement, il répugnait à imaginer Annie en dealer d'une saloperie aussi terrible que la poudre d'ange.

– Vous êtes convaincant, mais comment expliquez-vous que mon père s'en prenne à moi ?

– Ça je n'en sais rien. Peut-être cherche-t-il à faire pression pour que vous retrouviez Annie et que vous remettiez effectivement ce qu'elle a volé – documents ou drogue – à la justice. Peut-être cherche-t-il à vous faire emprisonner pour vous mettre à l'abri des tueurs.

– Ça ne change rien en tout cas à nos projets, non ? Il faut toujours que nous retrouvions Annie pour récupérer Adèle.

– Comme vous dites. Sauf qu'il vaut mieux ne pas prendre l'avion. Vous risquez de vous faire coincer aux contrôles de l'aéroport. Je vais louer une voiture.

L'honorable huma longuement le plat. Ce soir, il était bien incapable d'avaler quoi que ce fût, mais ces spaghettis au beurre parsemés de fins copeaux de truffe blanche étaient un vrai festin d'odeurs.

– Merci, Maria, mangez maintenant.

La servante s'exécuta et tout en suivant le mouvement de la fourchette qui enroulait les pâtes avant de les engouffrer dans la bouche jeune et saine, le vieillard se caressa machinalement l'entrejambe mais il était trop préoccupé pour obtenir une quelconque protubérance sous sa robe de chambre. Il avait été très ferme au téléphone, il avait dit que cette guerre des services devait cesser, sinon, il s'adresserait directement aux chefs de son interlocuteur et celui-ci avait perdu un peu de sa morgue de haut fonctionnaire. Ces Français ! Parce qu'ils servent un Etat digne de ce nom, ils sont d'une prétention insupportable. Pas une réunion internationale où l'un de ces cuistres pesants ne lui avait distillé une plaisanterie qu'il croyait subtile sur l'ingouvernabilité de l'Italie. Comme si nous avions besoin de ce lourd appareil de coercition voyante quand les réseaux, les clientèles, les relations réussissaient aussi efficacement, et bien plus discrètement, à maîtriser les pulsions du corps social ! Voilà bien trente ans que nous sommes discrédités, que tout un chacun nous suppose à juste raison corrompus et obsédés de pouvoir, et nous gouvernons toujours, à l'abri de ces mauvaises surprises électorales qui ailleurs, activent le turn-over de la classe dirigeante…

Maria lui mit sous le nez un verre de Brunello et il se fondit un instant dans les roboratives fragrances qui montaient du verre et des aisselles de la servante, puis sur un signe de lui, elle but et se retira. Entre les palmiers en pot, derrière la balustrade qui fermait la loggia, il apercevait le haut du toit du musée qui bordait l'un des côtés du Capitole.

Il n'avait que quelques pas à faire pour s'accouder à la rambarde et contempler la colline où était né l'Occident. Protégé du hourvari de la circulation par la vitre blindée, il suivrait les chemins balisés d'une méditation sur la politique, en laissant aller son esprit de la louve étrusque enfermée derrière la façade Renaissance jusqu'à la roche tarpéienne toute proche, lieu funeste dont les descendants de Romulus menaçaient les mauvais dirigeants, et que la civilisation de l'honorable s'était chargée de transformer en jardin de drague pédé. Mais depuis quelques temps l'autocontemplation de sa propre puissance entée sur celle des anciens ne l'amusait plus.

Quand cette affaire serait terminée, l'honorable irait se reposer sous les amandiers, dans sa propriété au pied de la noire pyramide de l'Etna. Le Français lui avait assuré que tout le monde partageait sa hâte d'en finir. A mots couverts, on s'était compris : il n'y aurait pas de survivant. Il fallait parfois recourir à la barbarie pour s'opposer à une barbarie plus grande encore. Car ce qui était en jeu, c'était rien moins que l'avenir de plusieurs gouvernements occidentaux – autant dire, dans une époque si précaire, que c'était la démocratie dans son ensemble qui était menacée.

L'honorable soupira. Il se préoccupait peu de la mort de l'autre mercenaire, mais il était désolé pour le coéquipier de Caronia, car c'était un être de valeur. Toutefois, il était certain que ce genre d'homme n'envisageait pas d'autre fin. Après tout, elle était plus enviable que celle qui l'attendait lui, condamné à claboter perclus de tuyaux, livré au sadisme humaniste des plus grands chirurgiens de son pays. Quoi de plus ridicule, quoi de plus hideux, quoi de plus effrayant, songea l'honorable, qu'un vieillard qui a peur de la mort ? Il eut un petit sanglot sec et appela :

– Maria !

La voiture qu'Emile K. avait louée était une Mercedes 500 SL, avec toute sorte de gadget, dont une radio-cassette quadriphonique. Mais d'un commun accord, ils s'abstinrent de mettre du bruit dans le silence cossu du véhicule.

– C'est drôle, remarqua Claude peu avant Lyon, on dirait que vous avez renoncé au walkman.

– Pour le moment, oui, opina l'enquêteur. Et vous vous avez renoncé à la drogue.

– Pour le moment, oui.

Sous les torchères de Feyzin, Claude se demanda une fois de plus à voix haute pourquoi tout le monde avait l'air persuadé qu'il savait où était Annie.

– Peut-être parce que vous le savez, dit Emile K.

Claude haussa les épaules.

A Valence, ils s'arrêtèrent dans une station service et comme ils prenaient du café à un distributeur, Claude entendit un échange entre deux joueurs de flippeur en provenance du midi :

– Arrête de boustiguer les boutons.

– Putain, t'es complètement empégué, laisse-moi jouer à ta place. Tu vas faire tilt.

– Arrête, fondu, c'est toi qui le gangasse, ce flipeu.

En regagnant la voiture, Claude avait l'air ailleurs. Plus tard, à la bifurcation de Salon, il dit à l'enquêteur :

– Prenez la direction Aix-en-Provence. Je crois que je sais où est Annie.

9

Si l'angoisse serre l'épigastre pour en expulser tout autre certitude que celle du malheur, la mélancolie insiste dans le rappel que le bonheur qui n'est pas là existe. Au cœur de la brume de pluie qui nimbait les restanques du Haut-Var, effaçait la limite entre la joue ronde des collines et les gifles de l'averse, suspendait dans un vide gris les nobles mas entr'aperçus et réduisait la route à un tunnel, Claude doucement balançait entre l'angoisse et la mélancolie. Le premier de ces sentiments était une vieille connaissance qui jouait les crampons depuis la disparition d'Adèle. Mais les délices opiacées de l'humeur noire, il les tirait à présent du rappel de quelques jours passés deux ans plus tôt dans ces parages en compagnie d'Annie.

Ils n'étaient pas encore amants et n'avaient pas encore l'héroïne pour maîtresse mais pratiquaient ce qu'ils appelaient l'éthylisme ferroviaire. Durant les loisirs que lui laissait Alexandre Varga – Annie en avait beaucoup et Claude soupçonnait à présent que ce n'était pas par hasard – ils montaient dans n'importe quel train pour foncer au bar et s'enivrer face aux forêts du Morvan, aux plaines de la Beauce ou aux banlieues de Mulhouse, descendant au hasard, et poursuivant leur ivresse méthodique au buffet de la gare avant de remonter dans le train suivant et ainsi de suite, le jeu consistant à ne jamais dessaoûler jusqu'au retour à Paris deux ou trois jours plus tard. Ils prenaient ou non leurs billets, les perdaient et payaient l'amende avec bonne humeur quand le contrôleur les coinçait. C'était l'époque où le père de Claude s'était enfermé dans une attitude méprisante et silencieuse à l'égard de son fils, et lui ouvrait sa bourse sans jamais discuter.

Après trois jours d'ivresse, ils étaient arrivés à Marseille, dans la hideur du petit matin gare Saint Charles. Le train était bondé de troufions qui criaient « la quille » et ils avaient bu avec eux, échangeant fraternellement leur provision de vodka contre les canettes kro de ces crétins grossiers, racistes et bruyants. Annie s'était fait énormément peloter, mais dans l'état où ils étaient, elle et lui s'en foutaient. Après un café-calva au buffet, ils avaient erré dans les bars du quartier de la porte d'Aix, se faisant expliquer mille fois où était la mer sans jamais en prendre le chemin. Lorsqu'ils eurent bu une douzaine de boukhas, ils s'assirent sur le capot d'une voiture. Autour d'eux, la foule devenait de plus en plus dense et la fatigue les écrasait là, sur le métal du moteur que le soleil du printemps tiédissait. Annie fit pipi entre deux pare-chocs et quelques travailleurs immigrés s'arrêtèrent pour goûter le spectacle en silence et sans agressivité.

Un coup de klaxon fit sursauter Claude. En se retournant, il s'aperçut que la voiture sur laquelle ils s'étaient appuyés était un taxi dont le chauffeur, après avoir ôté la housse noire de son enseigne, venait de s'installer au volant. Claude prit par le bras Annie qui se reculottait et ouvrit la portière arrière du véhicule.

– On y va, annonça-t-il.

Le conducteur, un rouquin moustachu aux yeux très bleus leur sourit dans le rétroviseur, découvrant d'infâmes chicots.

– Où ça, gari ?

– Ben, on va où vous allez, dit Claude en caressant les cheveux de son amie qui venait de s'affaler dans son giron et de s'endormir instantanément.

– C'est que je rentre chez moi, répondit l'autre, rigolant toujours, et chez moi, c'est loin.

– Tant mieux, alors, on va chez vous.

– Vous en tenez une bonne, hè ? Dites-moi où vous habitez, je verrai si je peux vous rapprocher.

– Non, on va chez vous. On a des sous, insista Claude en brandissant une liasse.

– Fan de putain, vous êtes testard, vous, hè ? J'habite à Varages, dans le Haut-Var. Vous comprenez ça ? J'ai fini ma semaine, je rentre pour le ouiquendeu. Et Varages c'est à plus de cent bornes.

– Alors, en route pour Ravage, acquiesça Claude.

Et il s'endormit.

Il fut réveillé par un arrêt de la voiture.

– On est à Massacre ? demanda-t-il.

– Non, à Saint Maximin. Je vais boire un coup. Vous venez ?

Claude baissa les yeux sur Annie qui, la tête sur la banquette, ronflait discrètement, la bouche entrouverte dans une moue à provoquer l'épectase.

– Oh, laissez la dormir, la petite. On va lui laisser une vitre baissée pour qu'elle ait pas trop chaud, comme à mes clebs.

Il lui cligna de l'œil et Claude s'aperçut que la banquette arrière était couverte de poils de chien.

– Vous vous en êtes rapugué partout, dit le chauffeur en lui époussetant affectueusement le dos. Dans la semaine, je mets une couverture, mais le ouiquendeu… Moi, c'est Romain, et vous ?

– Claude.

Ils s'en serrèrent cinq. Au comptoir, Romain commanda d'autorité deux momies mauresques. Après la sixième tournée, il glissa une pièce dans la roue crantée d'un distributeur de cacahuètes et en remplit une soucoupe.

– Moi j'offre à manger et toi à boire, d'accord, gari ?

Claude opina du chef. A Rians, ils mangèrent des noisettes et burent des perroquets. A Barjols, cacahuètes et tomates. A Draguignan, Annie enfin réveillée, en pleine forme, se joignit à eux pour se régaler d'olives et de pastaga nature. Romain faisait des détours de quarante bornes pour leur montrer, à cent mètres de la route, une passée de grives au centre d'un paysage toscan de vignobles plats et de collines bleues qui leur tournait la tête. Il freinait pile dans une gorge, et montrait du doigt sous les chênes-verts la terre retournée par le groin des sangliers.

– Quand je veux, j'arrête tout et je vis de la chasse ! répétait-il. Quand je veux !

Enfin, juste avant le panneau « Varages », il bifurqua sur un chemin de terre qui partait à l'assaut d'une pente.

– Attention, avait-il crié dans le rugissement de la première, j'ai plus beaucoup de suspension, vous allez être drôlement gangassés.

Quand le fracas du moteur s'arrêta, la soirée était d'une douceur à recommencer le monde.

De Neuville prit un filet de bœuf-salade et une Badoit, son interlocuteur le carré d'agneau et son gratin de cardons. Le député fut soulagé de ce que l'austérité de sa commande ne suscitât pas de commentaire de son vis-à-vis. Ils avaient franchi les premiers cercles des civilités et des souvenirs communs. Ni l'un ni l'autre n'était disposé à s'attarder dans le bavardage.

Mais par un accord tacite, ils attendirent d'être servis pour entrer dans le vif du sujet. Neuville feuilletait mentalement un album de photos sépias où des jeunes gens en d'incertains uniformes riaient, épaule contre épaule, le calot de travers sur la tête, la Sten à l'épaule ou barrant le ventre, manipulant les armes avec l'anarchique énergie des idéalistes en guerre.

– Moi aussi, j'ai aimé Varga, dit son interlocuteur quand le serveur du mess leur eut apporté les plats. Tu sais à quel point nous sommes restés proches, malgré les divergences politiques. Mais ces dernières années, il a fait vraiment n'importe quoi…

– Je n'en disconviens pas, répliqua le député. La question n'est pas là. J'ai toujours été convaincu que, à travers les errements des uns et les zigzags de la carrière des autres, nous étions restés fidèles à une éthique minimale. Pour résumer : celle qui nous a réunis contre le fascisme. Et Varga, malgré toutes ses conneries, n'y a jamais renoncé, à ce qu'il me semble.

– Je n'en suis pas si sûr…

De Neuville reposa sa fourchette à côté de l'assiette, bien alignée par rapport au couteau. Il n'arrivait pas à attaquer son plat tandis que son vis-à-vis mâchait avec une apparence de voracité tranquille.

– Bon, fit le député. Le problème, pour l'instant, ce n'est pas lui, mais nous.

– Qu'est-ce que tu veux dire ?

– Je sais comment vous comptez terminer cette affaire.

– Ah, tiens ? Tu en sais plus que moi, alors.

– Ne joue pas au con. Cloarec s'est trahi.

– J'ai toujours pensé que c'était un sombre abruti.

Il avait prononcé cette phrase sur un ton paisible mais le brusque arrêt de ses mandibules révélait une tension soudaine. De Neuville poursuivit.

– En tout cas, j'ai cru compendre que vous comptiez éliminer tous les témoins gênants.

L'autre rit brièvement :

– Comme ça a l'air mélo dans ta bouche !

– Tu ne démens pas ?

– Je ne confirme pas.

– Tu ne veux rien me dire ?

L'interlocuteur du député posa à son tour ses couverts.

– Roger, dit-il, je vais te prouver à quel point je t'ai gardé mon amitié. Je vais faire comme si cette conversation n'avait jamais eu lieu. Nous allons terminer tranquillement ce repas en devisant de choses et d'autres. Puis tu retourneras vaquer à tes affaires, moi aux miennes. L'affaire Varga sera bientôt close. Personne, ni toi, ni moi, ni l'autre service n'ont intérêt à la laisser traîner en longueur. Est-ce que tu saisis ce que je cherche à te faire comprendre ?

– Tu me menaces ?

– Oh, Roger !

– Oui, tu me menaces. Mais j'en ai autant à ton service. Si vous allez jusqu'au bout de votre plan, je déballe tout sur la place publique.

Ils s'entreregardèrent quelques secondes puis l'interlocuteur retourna à son plat.

– Tu ne feras pas cette bêtise, j'en suis certain, assura-t-il. Tu tiens trop au prestige de ton pays et à la solidité de ses institutions.

– C'est vous qui les mettez en danger, en les asservissant à la raison d'Etat.

– Dans un Etat de Droit, la raison d'Etat, c'est la raison du Droit.

De Neuville le considéra un instant puis ricana :

– Ma parole, tu parles sérieusement ! Tu fréquentes trop les intellos de la présidence. Tu as toujours été le plus obtus d'entre nous. C'est d'ailleurs pour cela que tu es à ce poste.

L'autre posa ses couverts en travers de son assiette.

– Décidément, cette conversation prend une tournure trop déplaisante. Je n'ai plus faim.

Il fit signe au garçon.

« J'espère que tu ne vas pas faire l'imbécile, poursuivit-il après avoir signé la note, on ne te le permettra pas. »

– A chacun de prendre ses responsabilités. Je n'ai jamais fui les miennes.

– Arrête tes conneries ! s'énerva l'interlocuteur. Tu n'es pas à la séance des questions du mercredi.

De Neuville se leva.

– Vous êtes prévenus.

– Mais enfin, Bon Dieu ! Qu'est-ce qui te prend ?

Le député se pencha vers lui :

– Vieux con ! cracha-t-il.

Et il s'en fut, droit comme un i, laissant l'autre bouche bée.

C : – Attention, prenez à gauche tout de suite après le virage, je dis en apercevant le panneau Varages.

Je suis surpris parce que je m'attendais à ce qu'on soit secoués mais le chemin a été goudronné et élargi. Il est même bordé d'une rangée de buissons de romarin taillés. Au deuxième tournant, je dis :

– Garons-nous et continuons à pied.

Emile K. bifurque dans un sentier à peine visible entre oléandres et arbousiers. Au bout de cinq cents mètres, il coupe le moteur. Nous sortons. La pluie tombe toujours, fine et tiède. L'enquêteur ferme les portières, ouvre le coffre à l'intérieur duquel il prend, dans une cantine, une série d'objets qu'il range dans un sac à dos vert. Il met le sac à l'épaule, referme cantine et coffre et nous revenons au chemin goudronné. Sans nous consulter, nous le longeons en restant sur le talus entre la forêt et la haie de romarin. Lui a un K-way, moi un imper mais je suis tête nue et l'eau me dégouline bientôt sur le crâne et dans les oreilles. Ce n'est pas désagréable. Au troisième virage, le chemin se hisse sur une espèce de talus : une ancienne voie de chemin de fer.

– Nous approchons, dis-je.

Au bout de dix minutes de marche, nous nous arrêtons. L'ancienne voie mène tout droit à l'entrée d'un tunnel qui perce une côte abrupte, couverte de buissons bas, à deux cents mètres de là.

– Merde, dis-je, il y a un portail. Ça, c'est nouveau.

En effet, deux vantaux métalliques flambant neuf bloquent complètement l'entrée. Nous approchons pour lire l'inscription, sur une plaque : « La Nouvelle Naissance. Propriété privée ».

– Si nous voulons approcher davantage, expliqué-je, il va falloir passer par la colline.

Emile K. opine du chef. Nous prenons sur la gauche, par la forêt et attaquons la pente.

Quand nous avons débouché du tunnel, deux ans plus tôt, Romain a coupé le moteur et la soirée était d'une douceur à recommencer le monde.

– Ça fait 1 800 balles, a dit le chauffeur en arrêtant le compteur. Mais pour vous, ça sera mille, annonça-t-il.

J'ai payé sans discuter. Devant nous, l'allée continuait jusqu'à la gare désaffectée, deux pièces réparties de part et d'autre des grandes portes vitrées de la salle des voyageurs. La stricte symétrie administrative était rompue par une série de baraques de tôle et de bois qui lui étaient adjointes : un poulailler, des hangars, un entrepôt de ferraille et de bois. Des chiens, une meute de bâtards de toute taille, accoururent avec des japements joyeux. Au bord de l'ancienne voie, des fauteuils approximatifs, aux pieds cassés ou à demi enfoncés dans le sable étaient disposés autour d'une table basse recouverte d'une épaisse couche de vieux magazines en piètre état – on aurait dit qu'avait échoué là, sur le bord du remblai, sous les eucalyptus droits comme des mâts, une salle d'attente de dentiste figée depuis dix ans dans l'instant consécutif à l'explosion d'une centrale. Du fond d'un des sièges, une femme vêtue d'un survêtement se leva et je pensai aussitôt à l'otarie du Jardin des plantes surgissant de son bassin. Massive, le cheveu rare et les traits écrasés, elle avait dans son œil cirrhotique une malice qui me plut tout de suite. En souriant, elle nous tendit la main :

– Bienvenue sur nos terres. Je n'ai ni pain ni sel à vous présenter mais peut-être accepterez-vous deux verres d'apéritif anisé…

– C'est Martine, ma concubine, dit Romain avec une pointe de fierté. Elle est directrice d'école.

– En congé maladie de longue durée, précisa-t-elle avec une mine de fausse modeste, comme si c'était un titre supplémentaire à notre admiration.

Nous nous installâmes autour de la table et Romain tira la bouteille de la glacière posée entre deux sièges. Martine était amatrice de littérature et elle se lança tout à trac dans une attaque en règle contre Hemingway, auteur surfait selon elle. Pour notre surprise, Romain lui donna la réplique, invoqua Gertrude Stein, bifurqua sur Miller.

Le jour déclinait dans la brume dorée du pastis. Les cheveux roux de notre hôte flamboyaient des derniers rayons d'un couchant mythologique. Sa compagne s'était assise à ses pieds et avait posé la tête sur ses genoux, monstre marin dompté par un dieu édenté. Les voix s'éloignaient dans ma tête et derrière nous, dans le maquis recouvrant les pentes de la vallée, je percevais distinctement des bruits de galopades, des froissements, des appels de bêtes.

Plus tard, Romain fit griller des merguez sur une fournaise à fondre des canons. Annie gesticulait, exaltée et volubile. Jamais je ne l'avais vue si belle. Comme on opposait Caillois à Breton, je contai l'anecdote des haricots sauteurs mais je m'aperçus que personne ne prêtait attention à moi. Peut-être n'avais-je pas parlé, après tout. Adossé à un tronc, les yeux grands ouverts, je rêvais debout.

Tout à coup, éclata entre Romain et Martine une dispute dont je ne pus saisir l'objet.

– Ta gueule, poufiasse ! hurla-t-il. Quand faut y aller, faut y aller.

Il y eut un grand silence et je m'aperçus que j'étais seul depuis plusieurs minutes. Du pied ferme de pochtron endurci, je me dirigeai vers la gare désaffectée et poussai la grande porte dont la moitié des carreaux étaient cassés. Je fis quelques pas sur le sol jonché de crottes de poules et j'aperçus Annie dans la lueur d'une lampe à pétrole. Elle était seule dans la salle, à quatre pattes sur une de ces vieilles balances qui servaient autrefois à peser les paquets SNCF dans la France rurale. Sa jupe était soigneusement pliée et disposée, ainsi que sa culotte, sur le cadran de la balance.

– Qu'est-ce que tu fous ? j'ai demandé.

Elle m'a jeté un coup d'œil par-dessus son épaule et a souri :

– J'attends Romain. Martine voulait pas passer à la casserole, mais Romain le prenait très mal. Alors je rends service à ma copine.

Il y a eu un bruit de chasse d'eau dans les toilettes de la gare et je suis sorti. Je me suis étendu dans l'herbe au pied d'un houx pour attendre le jour. Je crois que c'est à ce moment-là que je suis tombé amoureux d'Annie.

Un an plus tard, alors que nous venions de passer ensemble de la cocaïne à l'héroïne, elle s'est absentée quinze jours puis est revenue et m'a confié d'un air mystérieux qu'elle était retournée à Varages, que l'endroit avait bien changé, mais qu'elle y retournerait peut-être un jour.

– Définitivement, avait-elle ajouté.

Comme j'avais senti qu'elle voulait que je relève, je m'en étais abstenu. Ensuite, nous avions plongé, notre vie n'avait été qu'une suite de bains de jouvence dans le jus de pavot reliés par des égouts de plus en plus étroits, et j'avais oublié jusqu'à l'existence de Varages et du chemin qui y mène, où l'on est tant gangassé.

– Il y a un grillage, dit Emile K.

La pluie avait cessé peu après qu'ils eurent entamé l'ascension de la colline mais le sol et la végétation étaient suffisamment détrempés pour leur donner la sensation épuisante de progresser dans un milieu mi-solide mi-liquide, sans prise ni résistance. L'enquêteur, qui avait une bonne centaine de mètres d'avance, attendait Claude près de la clôture qu'il avait trouvée à quelques pas de l'autre côté de la crête. Ils considérèrent un moment les piquets de béton dont le sommet dépassait le faîte des chênes verts, les mailles étroites du treillis métallique et les deux sortes de panneaux accrochés de loin en loin : « Nouvelle Naissance. Propriété privée. Chasse interdite. » et « Attention. Pièges à Feu ». De l'autre côté, un sentier courait, parallèle au grillage.

– J'ai des pinces dans mon sac, dit Emile K. mais il vaudrait mieux qu'on entre sans laisser de traces d'effraction.

Claude hocha la tête, ménageant son souffle. Ils longèrent la clôture vers la droite, dans la direction de la crête qui devait se trouver en surplomb du tunnel. Le grillage s'interrompait au passage d'un torrent dont ils empruntèrent le lit mais il durent battre en retraite : des rouleaux de barbelés bloquaient le passage un peu plus loin. Ils reprirent leur marche.

– Il y a des rondes avec des chiens, dit l'enquêteur en montrant de l'autre côté, dans la boue du sentier, des traces de pas et de pattes. Je me demande bien ce que c'est que cet endroit.

– Moi aussi.

Un peu plus loin, sur une sorte de tertre, un pin parasol se dressait, solitaire.

– En grimpant sur cet arbre, on verra peut-être dans la vallée, avança Claude.

– Allons-y.

Dix minutes plus tard, ils étaient installés dans l'odorant giron du résineux. Emile K. tira de son sac deux paires de jumelles et en tendit une à Claude. Ils les braquèrent dans la même direction.

– Qu'est-ce que c'est que ça ?

– Merde, dit Claude, ils ont rasé la gare.

A la place, se dressait une espèce de tipi géant, constitué de huit troncs d'eucalyptus disposés en cercle et dont les sommets se rejoignaient à quinze mètres du sol. En fait, avec ses murs de bardeaux et son entrée encadrée de sculptures abstraites de bois peint, ses fenêtres aux volets orientables et la loggia qui courait sur tout le pourtour du troisième étage, le bâtiment ressemblait plutôt à un pavillon de foire internationale dont l'architecte aurait voulu montrer sa science des ressources naturelles. Des sentiers en partaient, qui zizaguaient à travers le fond de la vallée recouvert d'un étrange fouillis végétal. Les vignes que Romain laissait à l'abandon avaient été arrachées et dans les hautes herbes se dressaient sur des supports de bambou des plants de haricots, de tomate ou de luisantes aubergines, un bananier émergeait d'un buisson qui devait être de la verveine, des tiges de maïs apparaissaient de loin en loin et au bord d'un ruisseau, un abricotier avait des framboisiers dans son ombre. Çà et là des caravanes étaient à demi couvertes de végétation.

– J'ai entendu parler de ça, dit Claude. Ce sont des extrémistes de l'écologie. Ils prétendent avoir rompu avec l'agriculture et pratiquer seulement l'association des plantes. Il paraît que ça donne des bons résultats.

Dans la vallée détrempée, vêtus d'un simple short, les pieds dans la boue, des hommes et des femmes étaient éparpillés. Chacun, penché vers le sol, agenouillé dans la fange ou grimpé dans un arbre, s'affairait à une tâche solitaire, à mains nues ou avec de petits outils. Pas le moindre bruit de voix. On n'entendait que les appels des oiseaux s'ébrouant après la pluie.

– Je ne vois pas Annie.

– Taisez-vous, dit Emile K. en lui rabaissant ses jumelles.

Du doigt, il lui montra un peu plus bas, à l'extérieur de la propriété, deux hommes en treillis qui longeaient la clôture, fusil en bandoulière. Deux chiens de chasse couraient devant eux.

– Heureusement que le vent est pour nous, observa l'enquêteur avec une mine de trappeur aux abords d'un camp sioux.

Claude dut réprimer une envie de rire. Par moment, son compagnon lui paraissait complètement grotesque et il se demandait si certaines péripéties ne se déroulaient pas seulement dans la cervelle ébranlée de l'ex-supergendarme.

– Ce sont des chasseurs, souffla-t-il.

Emile K. haussa les épaules et les regarda s'éloigner le long du grillage. Quand ils eurent disparu, il braqua de nouveau ses jumelles sur le camp.

– Tiens, fit-il, c'est la fin de la journée, on dirait.

Toujours sans mot dire, hommes et femmes revenaient vers le bâtiment d'où d'autres sortaient, accompagnés d'enfants. Une jeune femme marqua un arrêt sur le seuil avant de sortir dans la lumière déclinante.

– Annie ! s'exclama Claude.

Derrière elle venait une femme dont le visage lui disait quelque chose, mais quoi ?

Tout un chacun se réunit en rang d'oignon sur une espèce d'estrade de bois, à quelques mètres du bâtiment. Ceux qui en sortaient étaient nus, les autres se débarrassèrent de leur short et un homme nettoya ses compagnons l'un après l'autre, côté pile et côté face, avec un tuyau d'arrosage. Sous le jet, chacun tour à tour baissait la tête, le caractère rituel de ces ablutions étant déductible du maniement compassé du tuyau. Quand ce fut fini, on s'entressuya et l'on rentra en bon ordre. Bientôt une rumeur de chant s'éleva de la bâtisse.

– Qu'est-ce qu'Annie fout avec ces bargeots ? se demanda Claude à haute voix.

– Comme la plupart des sectes, ils doivent offrir un mélange de chaleur communautaire et de coercition propre à séduire les paumées dans le genre de votre amie. Et comme la plupart des sectes, il leur faut trouver des moyens de financement externes. J'ai compté quinze hommes, autant de femmes, et huit enfants. S'ils se nourrissaient seulement avec ce qu'ils produisent, ils souffriraient de graves carences alimentaires ; Visiblement, ce n'est pas le cas. De là à penser que la revente de poudre d'ange sert à acheter du riz complet…

– Il n'y a qu'un pas que votre intelligence policière s'empresse de franchir. Gendarme un jour, gendarme toujours !

– Je vous aime bien, dit calmement Emile K., mais si vous me cherchez sur le terrain de mon passé, je vous balance en bas de l'arbre et je me tire. Peut-être même que je vous collerai une balle dans le genou avant de partir.

Claude se tint coi. Le soir tombait. Le fils Varga changea de position pour hisser sur la branche sa jambe gauche qui pendait dans le vide. Les deux hommes en treillis repassèrent, cette fois à l'intérieur de la clôture, toujours précédés de leurs chiens. Ils observaient attentivement la forêt au dehors. L'un d'eux avait sorti un walkie-talkie d'une de ses larges poches. Ce n'était pas des chasseurs mais Emile K. s'abstint de toute remarque.

– Pourquoi vous m'aimez bien ? s'enquit enfin Claude.

– Principalement parce que vous n'êtes à votre place nulle part, ni dans cet arbre ni ailleurs. J'ai lu beaucoup de récits de prison, des souvenirs de stalag et de goulag, des bouquins de détenus politiques objets des préoccupations démocratiques, des œuvres de taulards de droit commun que les médias ont érigés en vedettes pour mieux les assassiner. Ça faisait partie de mon boulot. Je me suis intéressé en particulier, pour des raisons évidentes, aux débuts de mutineries. J'ai été frappé de l'apparition récurente des mêmes types de personnages : il y a la grande gueule qui tout à coup s'effondre quand on passe aux choses sérieuses, le leader qui assume son rôle, l'intello qui parlemente avec le directeur, le gros bras, le désespéré, etc. Et il y a aussi le type inclassable, qui ne parle à personne, dont on se moque, qu'on pense un peu bradzingue. C'est un type qui en a gros sur la patate, comme tout le monde, mais lui, il n'a pas de rôle, il n'a nulle scène où monter pour dire ce qu'il a mis dans sa poche avec son mouchoir par-dessus. Dans une situation d'extrême tension, c'est lui qui, tout à coup, a un geste fou, qui prend tout le monde au dépourvu et fait tout basculer. Quand on m'envoyait rétablir l'ordre dans des établissements au bord de l'explosion, j'essayais toujours de repérer le bradzingue silencieux, parce que c'était un de ceux qu'il me fallait neutraliser en priorité. Vous faites souvent du bruit avec la bouche, mais vous ne me trompez pas : vous êtes un bradzingue silencieux. C'est pour ça que vous m'êtes sympathique.

C : Elle est tombée bien bas l'intelligence : il y a même des flics qui possèdent ce muscle, à présent.

C'est vrai que je ne suis nulle part à ma place, et particulièrement pas dans cet arbre. Alex, si la haine pouvait tuer, tu serais « neutralisé », pour citer un mot qui revient souvent dans « le Gendarme à Varages », cette pochade bon enfant qui déplaît aux critiques et fait courir les foules. J'aurais mieux fait de te pousser dans l'escalier après la mort de Jaspin. Je m'entends plaidant ma cause devant la cour d'assises pour mineurs, arrachant des larmes aux jurés avec le récit de la mort du pauvre Briard piqué à la fleur de l'âge comme un vulgaire délinquant nègre du Texas, dénonçant cet homme, mon père, qui a épousé une rescapée des salles de torture de la guerre d'Algérie pour le seul plaisir de se faire raconter les séances de bal chez Gégène.

Il faut bien reconnaître, mon cher géniteur, que tes trois lettres, dans leur savante et délicate gradation, tout en érudition maîtrisée et bonheurs d'écritures, sont l'apogée d'une œuvre foisonnante, parcourue d'un souffle puissant, fruit d'un talent protéiforme qui marquera notre époque. Ta première missive me donnait les éléments de la devinette, (« *parle à mon PS – PS : la lettre volée* »).

la deuxième orientait la recherche sur les bagages volés par Annie, et la troisième m'obligeait à les chercher. J'ai comme l'impression que c'est toi, le si brillant amateur de go, qui m'a repoussé peu à peu jusqu'en haut d'un arbre détrempé de la moyenne Provence.

En me récitant une fois de plus ta première lettre, il m'est venu une idée qui a manqué me décrocher de ma branche. Quel con je suis. « La lettre volée » : je ne m'étais pas rendu compte d'une évidence aussi aveuglante que dans le récit de Poe : c'est la lettre elle-même, la première que tu m'as écrite, qui a été volée, puisque je l'ai laissée collée sur l'écran et qu'aux dires de Gimenez, qui n'a aucune raison de mentir, cette lettre n'a pas été retrouvée. Il faut donc que tu aies prévu en rédigeant la lettre, qu'on me la volerait. Mais pourquoi ? Et comment ? Le comment est le moins difficile. Tu as imaginé sans mal quelle serait ma réaction en recevant ton mot : courir me confier à tes partenaires. Serait-il possible qu'au Sex-Shop tu te sois trouvé dans la cabine à côté de la mienne ? Mais pourquoi m'avoir volé cette lettre ? Parce qu'elle contiendrait une indication que tu ne voulais pas donner à tes ex-associés ? Et alors, laquelle ? A moins que tu aies cherché quelque chose en me volant ou me faisant voler la lettre ? Tout ça n'est que de la tordue hypothèse, bien dans ton style.

Claude éternua. Une demi-heure était passée, la nuit s'était installée et la lune était apparue, voilée de temps à autres de gros nuages noirs. L'enquêteur tira de son sac des jumelles nettement plus grosses que les deux autres.

– A balayage infra-rouge, pour la vision nocturne, expliqua-t-il. Un vieux système, mais efficace.

– Au fait, qu'est-ce qu'on attend ? demanda Claude.

– On surveille. Je réfléchis au moyen d'arriver jusqu'à Annie sans que les autres nous repèrent. Après ce sera à vous de vous débrouiller avec elle. Vous voulez jeter un coup d'œil ?

Il lui passa l'appareil. L'image qu'on obtenait n'était pas sans évoquer les bizarreries électroniques des clips vidéos. Dans la lueur infra-rouge qui soulignait les contours, le bâtiment ressemblait à une forme de vie.

Au bout d'une heure, les sectaires ressortirent sur l'estrade, vêtus de kimonos blancs. Ils se lancèrent dans une série de gestes autistiques.

– Du chi-gong, précisa Emile K., à qui Claude avait repassé les jumelles. Un travail sur les souffles du corps.

– Annie n'est pas avec eux.

Ils observaient encore l'exercice des adeptes de la Nouvelle Naissance quand un bruit dans les broussailles au-dessous d'eux les figea. On approchait.

– Claude ! appela quelqu'un au bas de l'arbre.

Varga junior manqua tomber de surprise. Il avait reconnu la voix : c'était elle.

– Claude ! insistait Annie.

Il lança un coup d'œil interrogateur à l'enquêteur qui se mit un doigt sur la bouche.

– Claude, je sais que tu es là. Dépêche-toi, je n'ai pas beaucoup de temps.

Emile K. tira doucement de son sac un Mauser 9 mm parabellum équipé d'un réducteur de son et fit signe à Claude de descendre. Celui-ci se laissa glisser le long du tronc, une branche cassa et il tomba aux pieds d'Annie.

Elle l'aida à se relever et l'embrassa sur les deux joues, en vieille copine. Elle était en treillis, avec à l'épaule un fusil finlandais équipé d'un viseur à intensification de luminosité et rayon laser.

– Qu'est-ce qui permet de repérer des jumelles à infrarouge ? lui demanda-t-elle.

– Ma langue au chat.

– Des jumelles à infra-rouges. J'ai aperçu la lueur de votre appareil, j'ai éteint le mien et je suis montée vous observer par derrière. Heureusement que je t'ai reconnu, parce qu'avec ça… dit-elle en tapotant la crosse du fusil. C'est qui, ton copain ?

– Un copain. Tu crois pas que c'est toi, qui a des explications à me donner ?

– Ça va pas, non ? Tu viens m'espionner et c'est moi qui devrais…

Un grésillement l'interrompit. Elle tira un émetteur portatif de sa poche, et parla aussitôt dans la boîte :

– Je rentre. Fausse alerte.

Elle rempocha l'appareil avec un regard de défi à Claude.

– Ecoute, dit ce dernier en contenant son énervement. Tes manigances, je m'en branle. Ton aventure genre, « j'ai trompé le fils avec le père auquel j'ai fait les poches, avant de trouver la paix chez des bouffeurs de racine », je m'en contre-branle. Au point où on en était… Le problème c'est qu'Adèle fait les frais de tes conneries.

– Adèle ? dit Annie, interloquée. Qu'est-ce qu'elle… Tu la connais ?

– Oui, elle te cherche figure-toi.

Sans hâte, Annie fit glisser la bride du fusil et le prit en main.

– Tu travailles pour elle ?

– Tu crois que tout le monde est comme toi, hein ? Que c'est pour le fric, que je suis là ? J'en ai rien à foutre de tes trafics.

– Qu'est-ce que tu veux ?

– Tu le sais bien, c'est dans la dernière lettre d'Alex.

– Quelle lettre ?

– Tu ne lis pas les journaux ?

– Ni journaux, ni télé, ni radio. Nous sommes coupés du monde, pour notre plus grand bonheur.

Claude la scruta. Elle avait un peu grossi, son visage respirait la santé et l'imbécile sérénité des mystiques. Il décida de la croire.

– Adèle est entre les mains de la mafia, et si on veut la revoir vivante…

Un nouveau grésillement fit sursauter Annie. Elle tira l'appareil et marmonna, la bouche collée contre lui :

– J'arrive.

Puis le rempochant, elle remit son arme à l'épaule et dit :

– Je comprends rien à tes histoires mais je ne peux plus m'attarder. Si je n'arrive pas, mes frères croiront qu'il m'est arrivé quelque chose et je ne veux pas les inquiéter. Demain à huit heures et demie, on va au village faire quelques courses. Attends-moi au café de la poste. Je trouverai un moment pour venir te parler.

C : Elle a dit : « Mes frères ! »

Ça se voyait déjà sur sa gueule, bon teint ne saurait mentir : elle a maintenant cette peau si particulière, autrefois exclusivité des jeunes filles aux chairs roses qu'on mettait à blanchir sous la cornette, chicons étiolés et forcés par Jésus, cette peau qu'on retrouve aujourd'hui sur la face des militantes d'ONG et des jéhovettes qui de porte en porte proposent aux chômeurs luxurieux et aux ménagères qui boivent en douce de la liqueur de cacao, un quart d'heure de direct avec Jérémie, Ezéchiel et les autres.

Annie Zazie semant la zizanie des sens, Annie l'anus anar, Annie nue l'abricot libre, mon Annie qui hait le possessif s'est supprimée en se fourrant dans la bouche une expression plus dégueulasses qu'une pine d'âne syphilitique : « mes frères ». Au centre du Capitaine, où j'ai fait ma désintoxe, il y avait un gourou, l'humiliation permanente, les coups et l'imbécilité hygiéniste, mais au moins on ne nous obligeait pas à prononcer de ces mots gluants de promiscuité louche et de patelinage. Depuis toujours la manie de rechercher l'illusion de fraternité m'ahurit. Qu'est-ce que c'est que ce crétin besoin d'être ensemble puisqu'il faut crever seul ? Le seul enseignement que j'ai tiré de l'« expérience de la drogue », comme disent ceux qui ne se sont jamais traînés aux pieds d'un dealer à trois heures du matin, la seule idée que j'ai rencontrée dans cette course au néant à travers la nullité, c'est, comme a dit une victime de mon gendarme préféré, qu'on meurt toujours seul.

Elle s'est empâtée Annie, boursouflée de riz complet et de salmigondis mystique, ou bien sont-ce ses traits qui paraissent grossiers maintenant qu'à son visage se superpose celui d'Adèle ? La chronologie s'y oppose, mais c'est ainsi : la cadette est le brouillon de l'aînée. La première s'ébroue dans ses lubies lubriques, la seconde met dans la débauche une passion, un sérieux…

Je jette un coup d'œil à l'autre zigoto qui s'est renversé sur son siège en position couchette. Est-ce qu'il dort ? A quoi rêve un mainteneur d'ordre quand on le débranche ? Après le départ d'Annie, nous avons quitté notre perchoir et sommes retournés à la Mercedes. « Nous y passerons la nuit », a dit Emile K. Je n'ai pas discuté, même si une chambre d'hôtel me paraissait aussi sûre qu'une bagnole garée en pleine campagne. Mais c'est lui le spécialiste.

Je ferme les yeux et aussitôt une pie se colle à mon visage en battant des ailes et cogne doucement contre mes paupières comme si elle voulait passer de l'autre côté. Je me réveille en criant. Le privé est penché sur moi.

– Qu'est-ce qui se passe ? vous gémissez depuis dix minutes.

– Sûrement pas, je viens de m'endormir. J'ai rêvé d'une pie…

Ses yeux se plissent tandis que j'essaie de rattraper mon souffle.

– L'occasion du jour : la rascasse à quatre-vingts francs le kilo, petite friture à trente francs, sardines à trente-cinq, merlu, pageot…

Un dynamique syndicat d'initiative avait sonorisé les rues du village et à huit heures vingt du matin, un spiqueur dynamique au dynamique accent du midi annonçait les prix du poissonnier installé ce jour place de l'église avant de passer le concerto d'Aranjuez. L'énumération résonnait dans des rues pentues, étroites et vides, où l'obscurité s'accrochait entre les façades rénovées par des Marseillais ou cimentées par des gens du cru. L'unique café ouvrait.

Emile K. et Claude marchaient vers lui les jambes raides, avec dans le pas et le geste l'incertitude souffreteuse des gueules de bois. Ils dépassèrent une camionnette garée en face du bistrot, et l'enquêteur murmura :

– Peut-être un sous-marin… Un véhicule spécialement équipé pour les planques, précisa-t-il en réponse à un regard interrogateur de Claude.

Celui-ci haussa les épaules et ils s'assirent à une table de formica. Le patron à tête de bouledogue leur servit en baîllant un café tout particulièrement dégueulasse. Cinq minutes passèrent. Des hommes armés jusqu'aux dents, vêtus de tenues léopard, vinrent en troupe serrée et indisciplinée boire un coup avant de partir à la chasse. Puis les lieux retombèrent dans l'apathie. Le patron lisait les pages locales de *Var-Matin*. Un concours de triplettes était prévu pour dimanche prochain avec de superbes lots (un mouton pour les premiers et six bouteilles de la coopérative pour les seconds) et le départ à la retraite de notre receveur estimé de tous avait été célébré par un vin d'honneur.

– La voilà je crois, dit Emile K.

Un J7 se hissait sur la place, passait devant la fontaine et allait se garer un peu plus loin, devant la caisse d'épargne. Deux femmes et un homme en sortirent. Tandis que ses compagnons entraient dans l'établissement, une des femmes se dirigea vers le café. C'était Annie.

Elle portait le même treillis que la veille et sa mine était passablement renfrognée. Avant de s'asseoir, elle commanda un Vittel. Le patron la servit, tout sucre, tout miel. Visiblement la Nouvelle Naissance était appréciée des commerçants. Emile K. fut présenté comme un « ami » et Annie s'en contenta.

– Je déteste venir en ville, attaqua-t-elle.

– Faut t'en prendre à Alex, rétorqua Claude.

– Qu'est-ce que tu racontes ?

– C'est lui qui a manigancé tout ça, non ? J'imagine qu'il va bientôt téléphoner pour me dire : « Bravo, fiston, et maintenant, rendez-vous à la case départ ».

– Tu es toujours aussi givré, soupira Annie en baissant les yeux sur son verre. Tu te trompes complètement sur ton père. Il s'est toujours beaucoup inquiété de toi. Il ne savait pas comment te parler, tu prenais toujours de travers ce qu'il te disait. Les derniers temps, il consultait même un analyste…

– Alors là, tu me feras tout avaler sauf ça !

– Pourtant, c'est comme ça… Il voyait Duchemin, le disciple de Lacan… Mais qu'est-ce que tu sais, et qu'est-ce que tu veux savoir ? demanda-t-elle avec une résolution soudaine. Nous n'avons pas beaucoup de temps.

– Je sais pas mal de chose, par exemple que tu étais en service commandé auprès de mon père. Je veux savoir ce qui s'est passé, et où est la valise de came. Je dois l'échanger contre Adèle.

Aux mots « service commandé », elle avait pâli. Elle jeta un regard circulaire sur le bar vide. Le patron s'était retiré à la cuisine.

– Je ne crois pas que ce soit la came qu'ils tiennent le plus à récupérer, dit-elle.

– Qui ça, « ils » ?

– Ceux que tu appelles la mafia. Ils te réclament la valise, non ?

– Si. Alors ?

– Alors, disons que deux parties se sont rencontrées, qui voulaient passer un accord très important pour l'avenir. Chacune a apporté quelque chose en gage de sa bonne volonté. Les uns ont mis sur la table un gros paquet d'une drogue nouvelle, les autres une cassette vidéo. Ton père a été horrifié en voyant quelle came on apportait. Ça faisait longtemps qu'il avait envie de se retirer de toutes ces magouilles, mais il m'a dit que ce qui l'a fait craquer c'était d'apprendre quel était le produit en question, et qu'il avait pensé « si Claude touche à ça, il est foutu ». Il m'a tout raconté un soir et proposé de partir avec lui. Nous avions vingt-quatre heures devant nous, jusqu'à l'heure prévue pour la rencontre suivante. J'ai dit d'accord… Le temps d'aller prendre des affaires.

– Et de prévenir tes employeurs.

– Non, c'est pas vrai. Tu le sais bien. Je ne serais pas là… Moi aussi je voulais tout laisser tomber. Mais pas pour partir avec lui. J'avais depuis longtemps envie d'arrêter la dope et d'entrer à la Nouvelle Naissance. J'y étais retournée plusieurs fois sans en parler à personne. Je savais que les frères avaient un gros besoin d'argent.

Avec ton père, on s'est donnés rendez-vous au Zeyer, place Clichy. Quand je l'ai retrouvé, il était fou de joie, comme un gamin qui fait l'école buissonière… Je crois que, enfin, qu'il était assez amoureux de moi. Tu sais, il m'avait demandé de « m'occuper de toi », mais il était jaloux, parce qu'il voyait bien que c'était une « mission » qui ne me déplaisait pas…

– Merci beaucoup, ricana Claude. Et alors, tu lui as piqué sa valise ?

– Et sa voiture. Il est allé aux toilettes, ou téléphoner, je ne sais plus. J'ai sorti la cassette de la valise, et je la lui ai glissée dans sa serviette parce que je savais qu'avec elle, il aurait de quoi tenir la dragée haute aux autres.

– Qu'est-ce qu'il y a, dans cette cassette ?

– Je ne sais pas exactement. C'est un document très compromettant pour des gouvernements européens. Ceux que tu appelles la mafia…

– Ce n'est pas la mafia ?

– Si, si… Si tu veux… Ils comptaient s'en servir comme moyen de pression pour que les gouvernements leur laissent les coudées franches.

– Et la came, tu l'as ici ?

– Non, on m'aurait jamais reçue. Pour faire une arrivée discrète, j'ai abandonné la bagnole sur l'autoroute, et j'ai fait le reste du chemin en stop. J'ai dit à mes frères que Varga avait pris ce fric à des traficants et qu'il me l'avait donné. Depuis ils me protègent. C'est pour ça qu'il y des rondes, maintenant. Avant, la grille servait seulement à empêcher les chasseurs de passer.

– Alors, tu n'es pas au courant, pour la lettre ?

– Quelle lettre ?

– Celle qui a été publiée dans la presse.

– Je t'ai dit qu'on était coupés du monde. Le seul qui lit les journaux, pour nous éviter des mauvaises surprises en cas de campagne contre nous, c'est Jean, le fondateur de la communauté.

– Bon, c'est peut-être vrai. Je m'en fous. Où elle est, alors, la came ?

– Ben, je l'ai vendue.

– A qui ?

– A Garz. C'est le seul qui a été capable de trouver cinquante bâtons dans les 24 heures. Les autres dealers m'ont demandé d'attendre, mais j'étais pressée.

– A Garz ? C'est lui qui a toute la came ?

– Oui, toute. Il m'a dit qu'il comptait la vendre peu à peu. Tâter le marché d'abord, créer une clientèle, puis faire un gros coup de fric.

Claude et Emile K. échangèrent un regard.

– Le fumier, dit Claude.

– Mais je suis sûr que ce n'est pas la came qu'ils veulent, en échange d'Adèle. Ce qui les intéresse surtout, c'est la cassette.

– Et où elle est, cette cassette ?

– Je te l'ai dit, je l'ai laissée à ton père.

– Et où il est, mon père ?

– J'en sais rien, moi, il doit se planquer quelque part.

– Mais…

– M. Claude Varga ? demanda le bistrotier depuis son comptoir.

Claude, pétrifié, lança un coup d'œil au privé. Celui-ci hocha la tête.

– C'est moi, dit le jeune homme.

– Téléphone pour vous. Dans la cuisine.

Claude fit mine de se lever, mais Emile K. le retint par le bras :

– Attendez.

D'un bond, il gagna le seuil de la porte, se plaqua à côté du chambranle et jeta un coup d'œil au dehors. La camionnette s'était rapprochée du café mais on ne voyait pas âme qui vive. Il alla ensuite au comptoir, jeta un coup d'œil dans la cuisine.

– Vous pouvez y aller.

Passant devant le cafetier qui les regardait faire, ébahi, Claude alla prendre le téléphone dans une cuisine qui sentait le poivron et l'oignon cuits. Avant même d'entendre la voix inarticulée, il reconnut le souffle profond de bête très vieille. Guido Caronia.

– Sono io, bello mio. Alors, tu sais où est la valise ?

– C'est la drogue que vous voulez ?

– Je veux la valise, avec tout ce qu'elle contenait, tu comprends ?

– Je… je crois.

– Tu as intérêt à être sûr. Je viens demain soir avec ta putain rue du Petit-Musc. A huit heures. Il faut que tu y sois, avec la valise, tu comprends ? Sinon, je m'amuserai avec elle, longtemps, tu comprends ? Avant de m'occuper de toi, tu comprends ?

– Arrêtez de répéter « tu comprends ? ». Je serai là.

Caronia raccrocha. Claude, blafard, regagna la salle. Emile K. s'était hissé sur un tabouret au comptoir. Il avait posé son sac vert sur le zinc et une main glissée à l'intérieur, il regardait au dehors. Le cafetier plongeait le nez dans *Var-Matin* en leur jetant des regards furtifs. Annie tremblait comme une feuille.

– Ils savent que je suis là, dit-elle d'une voix écrasée par la peur. Ils ont dû vous suivre. Il faut que je m'en aille.

Elle ne bougeait pas. Pour briser le silence insupportable, Claude posa une question qu'il espérait anodine :

– Est-ce que tu sais pourquoi Adèle était persuadée que je savais où tu te trouvais ?

La rapidité avec laquelle les yeux de sa camarade de jeux pouvaient déborder de larmes avait toujours été pour

Claude un sujet d'étonnement. De la paume, elle s'essuya les joues :

– Ça doit être parce que je lui ai dit souvent qu'un jour je ferais un gros coup et que je m'enfuierais avec toi.

– Première nouvelle.

– Je ne te l'ai jamais dit. Tu ne l'aurais pas entendu. Il faut que j'y aille.

Elle ne bougeait toujours pas. L'homme et la femme qu'elle avait laissés devant la caisse d'épargne entrèrent. Claude reconnut la femme : c'était celle dont le visage lui avait rappelé quelque chose cette nuit.

– Martine ! s'exclama-t-il.

Ils s'approchèrent de leur table et Martine sourit au jeune homme. Elle avait beaucoup maigri, et retrouvé des cheveux.

– Ça fait un bail, hé petit ?

– Tu… tu es dans cette secte, toi aussi ?

– Ce n'est pas une secte et ce n'est pas étonnant que je sois là : le terrain m'appartient, figure-toi.

Annie s'était levée et réfugiée contre l'homme, un grand gaillard aux cheveux bouclés et au visage vieux cuir. Il lui avait passé un bras autour de l'épaule, dans un geste de possession tranquille.

– C'est vous Jean, le gourou ? lui demanda Claude.

L'homme rit, d'un grand rire clair.

– C'est moi Jean, mais il n'y a pas de gourou chez nous. Nous sommes tous frères et égaux.

– Mon œil… Je peux parler encore un peu avec elle ?

– Mais demandez-lui directement, rétorqua Jean en s'écartant d'Annie.

Mais elle se reblottit contre lui.

– Je t'ai tout dit, Claude. J'ai fait ce que j'ai pu pour aider Adèle. Il faut qu'on rentre. Vite, dit-elle à l'homme.

– On y va.

Annie adressa un sourire crispé à Claude qui contempla ce visage tendu par l'inquiétude, et dans la certitude qu'il ne le reverrait plus, il aurait voulu retenir quelque chose de l'éclat triste des yeux, du dessin du nez de bébé boxeur, du pli des lèvres rendu amer par les larmes contenues mais avant même qu'elle lui eût tourné le dos, elle n'était déjà plus qu'une ébauche de souvenir.

Martine l'embrassa sur les joues.

Claude les suivit du regard. Ils passèrent devant la camionnette, et marchèrent jusqu'à leur J7, plus haut dans la rue. Quand ils furent partis, Claude se retourna vers le comptoir où Emile K. bavardait avec le patron, tout en jetant des coups d'œil au dehors.

– Oh, y sont braves, ces zippis, disait le bistrotier. Et vous savez, y z'en ont, des picaillons. Comme ils veulent pas qu'on entre chez eux, y zont versé un gros dédommagement à la société de chasse.

– Vous savez ce qu'est devenu Romain, le mari de Martine ?

– Oh, vous le connaissiez, le pauvre ? Vous savez pas ? Il est décédé ya deux ans, dans un accident de voiture. Il buvait pas que de l'eau, hé ? C'est après sa mort que sa femme, elle s'est mise avec l'autre, là, de la Nouvelle Naissance. Mais y paraît qu'y sont polygames comme les Arabes.

Revenu en terrain connu, le bistrotier se détendait.

– On y va, dit Emile K. en réglant l'addition.

Ils passèrent devant la camionnette en silence.

– Attendez qu'on ait passé le coin de la rue pour parler, souffla le privé. Ils ont peut-être un micro directionnel.

Un peu plus tard, dans la voiture, les deux hommes échangèrent leurs impressions.

– Si on arrive à coincer cette ordure de Garz, conclut Claude, je pourrai au moins donner la drogue à Caronia pour le calmer.

– Oui… A mon avis, ça ne suffira pas mais enfin, cela ne me regarde plus.

– Comment ça ?

– J'étais payé par Mlle Rainfroi pour retrouver sa sœur. C'est fait. Je vous remercie de m'avoir aidé à accomplir ma tâche. Je suis d'ailleurs prêt à vous reverser une partie de mes émoluments. Je vais vous conduire à l'aéroport de Marignane pour que vous puissiez rentrer au plus vite à Paris et essayer de remettre la main sur la drogue. Mais je vous conseillerai plutôt, comme l'exige ma déontologie, de vous adresser à la police et de tout lui raconter.

– Vous délirez, ou quoi ? se récria Claude d'une voix qui ripait.

– Cela devient trop dangereux pour vous. Annie a trahi son service. Même si à mon avis elle n'était qu'une contractuelle, ce sont des choses qu'ils ne pardonnent pas.

– Putain, merde, qu'est-ce que c'est que ces histoires ? Vous êtes bien parano, hein ? Moi, je pense que ses employeurs, c'était Gimenez, un point c'est tout. Et ce con de truand ne va pas venir la chercher jusque dans ce trou.

Emile K. ne répondit pas. La Mercedes prenait les virages avec une élégance discrète. La journée s'annonçait ensoleillée.

– Vous vous dégonflez, hein ? insista Claude.

– Vous croyez vraiment ce que vous dites ?

– Bien sûr… A mon avis, ces histoires de délire indien, c'est du bidon. Si on vous a viré du GIGN, c'est parce que vous êtes devenu trouillard.

– Ne soyez pas ridicule. Ce n'est pas avec cette tactique enfantine que vous me ferez changer d'avis. Je vous demandais si vous croyez vraiment ce que vous dites, quand vous prétendez que Gimenez est le seul employeur d'Annie, et qu'on n'a pas pu nous suivre ici.

Claude ne répondit pas toute suite.

– Non, dit-il enfin. Je ne suis pas sérieux. Si ce que vous m'avez dit de Gimenez est vrai, Annie a dû être placée auprès de mon père par la DGSE, et elle a dû renseigner ce service sur la transaction entre la mafia et le Hezbollah. Mais que je suis con ! Pourquoi est-ce que je ne lui ai pas demandé des explications là-dessus ?

– Elle ne vous en aurait pas données. Elle a trop peur.

– Enfin, merde, on est…

– Quoi ? Qu'est-ce que vous vouliez dire ?

– Je sais pas, moi, on est… après tout, ils ne sont pas…

– On est en démocratie, ils ne sont pas au-dessus des lois, c'est ça que vous vouliez dire ?

Claude ricana.

– Vous avez encore raison. Je suis nul. Comment je vais faire si vous me laissez tomber ? demanda-t-il sans attendre de réponse.

De fait, il n'en eut pas. Des poids lourds, des autobus rendaient la circulation difficile sur les petites routes en lacets. Claude mit la radio. Gérard Manset chanta :

La mer n'a pas cessé de descendre
Après le goût du sel goût de cendre

Quand ils débouchèrent sur l'autoroute, il était dix heures.

« C'est l'heure du journal, » annonça dans le poste une voix féminine rayonnante d'optimisme.

– Oh, merde, grogna Emile K.

Un long camion à plateau qui transportait un rouleau compresseur venait de surgir d'une aire de stationnement, les contraignant à ralentir. Le privé déboîta, amorça une manœuvre de dépassement, mais le camion prit la voie de gauche pour doubler une R25 qui se traînait, et la Mercedes le suivit. Le poids lourd peinait.

« Nouveau méfait des sectes, tonitrua le journaliste mâle. Après que le gourou de la Nouvelle Naissance et deux de ses disciples ont été retrouvés morts par overdose dans une camionnette de la secte, la gendarmerie a opéré une descente dans le domaine de cette étrange communauté. »

– Oh, Annie… dit Claude.

« Des armes et un équipement sophistiqué de surveillance ont été saisis. »

– Garez-vous ! Vite, sur le bas-côté ! hurla-t-il.

– Quoi, qu'est-ce que vous voulez faire ? Ça ne servirait à rien de retourner…

– C'est pas ça ! cria Claude, le chauffeur du poids lourd, devant nous, c'est un des hommes de Gimenez ! J'ai vu sa tête dans le rétro !

A cet instant, le privé jeta un coup d'œil à la Renault 25 qui se maintenait à leur hauteur et les empêchait de se rabattre sur la droite.

Le conducteur parlait dans un micro.

Emile K. donna un grand coup de volant à gauche et la Mercedes grimpa sur le terre-plein central, Claude vit venir à lui les buissons de lauriers-roses qui fouettèrent le pare-brise et disparurent sous le capot. La voiture rugit, bondit, retomba le museau en avant. Avant de heurter du crâne la boîte à gants, Varga junior vit confusément que le rouleau compresseur avait glissé du plateau et s'était renversé sur la chaussée, là où une minute plus tôt se trouvait la Mercedes.

Quand Claude rouvrit les yeux, trois secondes plus tard, la portière de son côté était ouverte. En s'extirpant de la voiture, il s'aperçut qu'il avait du sang sur un côté du visage. Mais il n'avait pas mal. Dehors, le mistral soufflait, secouant les pins sur les collines qui bordaient l'autoroute, et dans le ciel des chevaux de nuages s'étiraient. Claude plissa les yeux. Un peu plus loin, le camion à plateau s'était arrêté sur le bas-côté, la R25 à quelques mètres devant lui.

Le chauffeur du poids lourd descendait de son habitacle. On ne voyait pas celui de la voiture. Il y avait beaucoup d'air, de lumière et d'espace et Claude eut le tournis.

– Couchez-vous, dit dans son dos la voix d'Emile K.

Il se retourna. Le privé était debout derrière la voiture, dont le coffre était ouvert, et il tenait à la main une espèce d'engin à tubes.

– Couchez-vous, je vous dis.

Claude s'accroupit dans le laurier-rose aux fleurs blanches. Derrière lui, il perçut un claquement sec puis, comme il était tourné vers le camion, il vit un objet noir qui, en bout de trajet courbe tombait sur la cabine. Dans la seconde suivante, un fracas emplit la vallée, le poids lourd fut fixé dans une explosion qui ne laissa plus que le dessin de la carcasse au milieu d'un excès blanc de flammes, et l'incendie s'éleva, s'élargit, gagna la R25. Un hullulement horrible retentit. Un homme en flamme courut dans la pinède, des buissons s'embrasant dans ses pas, puis les frondaisons s'illuminèrent, des pommes de pins éclatèrent, sifflant dans les airs comme des balles qui allaient répandre la fournaise. Le mistral attisait. La forêt crépita, pressée de se noircir.

Le moteur de la Mercedes ronfla.

Claude regardait stupidement Emile K. qui lui faisait signe de monter.

– Il serait temps de m'évanouir, se dit-il en tâtant avec précaution son crâne qui commençait à lui faire affreusement mal.

Mais il ne s'évanouissait pas et contemplait, au-dessus des pins dont le parasol encore intact couvrait des sous-bois rougeoyants, l'envolée de pies innombrables chassées par la flamme. La tâche blanche de leur queue, l'éventail de leurs ailes s'élevait avec la fumée.

Claude ferma les yeux, les rouvrit. Il n'y avait pas de pies.

« C'est le choc. Va falloir consulter un psychiatre », songea-t-il. « Un psy », répéta-t-il mentalement.

Il ferma de nouveau les yeux, sentit la poigne du privé sur son bras et se laissa tirer à l'intérieur de la voiture.

– Evidemment, dit-il à haute voix, la lettre envolée !

10

C : Qu'y a-t-il de plus ridicule qu'un jet d'eau sous la pluie ? Un fils de vingt-cinq ans qui règle ses comptes avec son papa ? Un toxico qui dit qu'il arrête ? Une toxico qui a vraiment arrêté et qui meurt d'overdose ? Un père qui contrôle les performances sexuelles de son fiston ? Une militante d'Amnesty International ? Les tourments métaphysiques d'un flic ?

En passant devant le bassin aux jets en couronne de la place fignolée entre le canal de la Villette et le pavillon d'octroi de Ledoux, j'ai l'impression d'un détail qui cloche, mais l'eau qui tombe du ciel et des jets du bassin m'ont brouillé la vision et masqué l'ampleur de la lacune. Je passe sous le glacis gazonné, franchis un bras mort et débouche sur le quai. Là, je vois. L'entrepôt entier, celui où Garz avait son atelier, a disparu. Son jumeau, de l'autre côté du canal, est intact. Ça fait un drôle d'effet.

Je m'approche d'un pêcheur, premier d'une série de zigues alignés sous la bruine au long de l'eau, assis sur des caisses à tiroirs contenant un assortiment d'appâts, lignes et hameçons, bel ouvrage de menuiserie qui fait penser aux boîtes des cireurs d'Istambul.

– Bah oui, il est par terre, me dit-il avec un geste du bras qui résume l'inanité des choses. Cette nuit, ça a flambé d'un coup comme une boîte d'allumettes. Il paraît que l'immeuble datait du XVIIIe, avec rien que du bois. Ce matin, ils ont abattu les murs qui restaient debout, c'était dangereux.

– Il y a eu des victimes ?

– Officiellement non, mais un des artistes qui habitaient là-dedans a disparu. Peut-être que son corps est sous le tas de pierres. Ou alors c'est lui qui a foutu le feu, pour l'assurance.

– Vous connaissez son nom ?

– On me l'a dit, mais je m'en souviens plus. Gorz, un nom comme ça.

– Garz ?

– C'est ça ! Vous le connaissez ?

– Son œuvre. C'était un artiste assez coté.

– Il va l'être encore plus, maintenant !

Emile K. était sorti à la première bretelle et avait repris l'autoroute en sens inverse. Comme la circulation était déjà bloquée par l'incendie, ils avaient emprunté la première sortie et s'étaient engagés sur une nationale en direction de Toulon. Le privé avait presque aussitôt bifurqué dans un chemin et dès qu'ils avaient été dissimulés de la route par un rideau de cyprès, il avait arrêté la voiture pour s'occuper de la blessure au front de Claude.

– Vous n'y êtes pas allé de main morte, avait dit ce dernier pendant qu'il achevait de lui poser un pansement adhésif.

Mais le privé avait collé sa bouche contre l'oreille de Claude et lui avait chuchoté, très bas :

– Ne parlez pas et faites ce que je vous dis.

Puis il avait repris le volant et ils avaient roulé jusqu'à Gonfaron, le village des ânes qui volent, annonçait un panneau du Syndicat d'initiative. Juste avant d'entrer dans la localité, Emile K. avait tourné la tête pour fouiller du regard un campement de trois roulottes gitanes garées sur une décharge.

Sur la place du village, devant la statue de l'âne prêt à s'élancer vers les cieux, il arrêta la voiture et se pencha de nouveau à l'oreille de Claude :

– Allez m'attendre au café. J'espère ne pas en avoir pour longtemps.

Le jeune homme descendit. Il avait trop mal au crâne pour résister davantage à la folie du privé. Au bistrot, c'était l'heure creuse. Le seul client était un viticulteur venu faire réparer son tracteur et qui, à une table d'angle, prenait avec un peu de retard son premier repas de la journée, le déjeuner, que les Parisiens confondent avec le dîner de midi. En voyant la fougasse aux olives et le saucisson que l'homme mangeait avec une lenteur méditative, Claude eut tout à coup très faim. Il s'accouda au comptoir et demanda un Casa. Avant de boire, il trinqua mentalement avec Annie.

Puis il alla aux toilettes pour pleurer.

Quand Emile K. posa une main sur son épaule, il en était à son huitième Casa et n'avait plus mal à la tête.

– Vous venez ?

Claude paya et le suivit, la tête ailleurs. Il cherchait depuis un moment les paroles du poème de Queneau mis en musique par J.-M. Piton, parce qu'il lui semblait qu'elles devaient être de circonstance. Mais à l'instant où il les distinguait presque, elles filaient et s'éteignaient, et ses pensées suivaient leur voie lactée d'ivresse. Ils tournèrent dans une rue et le privé s'arrêta devant une DS. La portière arrière gauche était fermée avec du fil de fer et la carrosserie cabossée en plusieurs endroits. Emile K. s'installa au volant.

– Montez.

– Qu'est-ce que c'est que ça ?

– Je l'ai échangée avec des gitans contre la Mercedes. J'ai fait une affaire, non ?

Claude s'esclaffa en grimpant dans la voiture et une fois assis, son hilarité se déchaîna. Il se tapait sur les cuisses, se pliait en deux, les larmes aux yeux.

– Mais… mais elle n'était pas à vous, cette Merc' ! dit-il enfin. C'est du vol ! Voler à Gonfaron ! Quelle ânerie !

Il riait de plus belle, content de son jeu de mot. Le privé démarra, et attendit qu'il se calme.

– En tout cas, dit-il enfin, dans cette guimbarde, on peut parler.

– Qu'est-ce que vous racontez ?

– Vous ne comprenez pas qu'il y a toutes les chances pour que la Mercedes ait été sonorisée pendant que nous étions au bistrot, à Varages ?

Claude fit un gros effort pour garder son sérieux.

– Vous ne trouvez pas que vous exagérez ? Il leur suffisait de nous suivre, non ?

– Non. Ils avaient besoin de savoir ce qu'Annie nous avait raconté… Croyez-le ou pas, en tout cas, il valait mieux nous débarrasser de la Mercedes pour ne plus être filés…

– C'est vrai. Apparemment, on a été suivis par deux sortes de gens : la bande à Gimenez, et les Italiens. A moins qu'ils travaillent ensemble ?

– Tout est possible… Maintenant, je vais vous dire pour du bon ce que je vais faire. Il n'a jamais été question pour moi de laisser tomber. Et moins que jamais, après qu'on a essayé de passer nos corps sous le rouleau compresseur. On va aller dire deux mots à Garz. Mais avant, il serait bon que nous passions voir Médard sur son lit d'hôpital, à Marseille. S'il a eu un accident, ce n'est peut-être pas par hasard.

Claude fronça le sourcil comme s'il pressait son cerveau engourdi d'alcool.

– Comme tous les paranos, dit-il, vous mettez certainement le doigt sur des éléments de vérité. Mais je pense qu'il ne faut pas perdre de temps, pour Garz. Il risque de filer. Voilà ce que je vous propose : vous me posez à Marignane, je prends le premier avion et vous allez à l'hôpital voir Médard. Moi, je fonce surveiller Garz. S'il bouge, je le suis. Ce soir, vous pouvez être aux Envierges, vers dix-huit heures, non ?

– Sans problème.

– Je vous téléphonerai pour vous dire où me retrouver. On ira le voir ensemble. Je pourrai encore être à temps au rendez-vous de Caronia.

– D'accord.

C : En réalité, je n'avais pas l'intention de passer le reste de l'après-midi à surveiller Garz. Si je suis venu ici, c'est simplement, qu'avant de passer aux choses sérieuses, je voulais voir s'il était toujours là. Et ce que je vois, de la cabine téléphonique, c'est le tas de cailloux qui fume encore un peu sous la pluie. A l'autre bout du fil, la sonnerie retentit trois fois, puis on décroche et je n'entends rien.

– Allo ? je fais.

– Allo ? répond une voix qu'un sentiment violent fait chevroter. Allo ? Qui est à l'appareil ?

– Claude Varga.

– Ah !

C'est un soupir de soulagement.

– M. Duchemin ? je demande.

– C'est moi, oui, dit-il.

J'identifie le sentiment qui l'agite : la frousse.

« J'attendais votre appel, poursuit-il. Votre père m'avait demandé de vous transmettre un message au cas où il viendrait à disparaître. Je croyais que c'était de l'ordre du fantasme, mais puisqu'il a bel et bien disparu, voilà ce qu'il vous dit par mon truchement… Attendez que je déplie le papier… “La lettre a été volée chez toi”. C'est tout… J'ai tenu ma promesse, en sortant largement de mon rôle. Alors, soyez assez aimable pour ne plus me rappeler. »

Et il raccroche.

PARLE A MON PSY, MA TETE EST MALADE.

Chez moi, je glisse dans le tiroir de la commode le petit paquet que m'a donné l'Emile et je regarde autour de moi. C'était ça, ma tanière. Je m'y sens aussi à l'aise que dans une tombe.

Ça sent la poussière et le renfermé. Je contemple mon foutoir : le lit où j'ai couché Adèle et tant foutu Annie entravée, inerte et palpitante sous ses paupières de morte pour rire qui ne savait pas qu'elle cesserait bientôt de rire à cause de moi. Mon petit bordel intime, vieilles chaussettes et cadavres de fantasmes. Mon regard s'attarde sur les cassettes pornos à terre, avec le grand Y qui annonce un contenu particulièrement salé. Et je la vois, au milieu des autres boîtiers de cassettes.

La lettre volée.

Sur l'un des boîtiers, à demi dissimulé sous « Bondage V », la lettre Y a été enlevée. Y, la lettre « volée » à PSY pour donner le mot PS dans « parle à mon PS ». Le principe de la lettre volée, c'est l'évidence : quoi de plus évident qu'une cassette au milieu d'autres cassettes ? Alex doit être fier de son astuce à double détente. Je prends le boîtier sans Y, l'ouvre, en tire une cassette, la glisse dans le magnétoscope et m'installe pour le spectacle.

Pornographie d'Etat.

Les ravisseurs des otages occidentaux au Liban ne se sont pas contentés de filmer ces derniers pour insérer dans le spectacle mondial leurs souffrances et leurs appels à l'aide. Ils ont aussi enregistré l'image des négociateurs qui se bousculaient à leur porte pour tenter de les convaincre de relâcher leurs prisonniers contre diverses concessions. Ils ont filmé à leur insu les représentants des deux grandes forces politiques qui se sont disputé le pouvoir en France dans les années 80. Ils ont même exigé que les plus hauts dirigeants se déplacent, puisqu'on les voit sur l'écran dans leurs obscènes manœuvres politiciennes, « Attendez que nous soyons élus », dit l'un, « pour libérer les otages. Notre parti vous sera reconnaissant et vous obtiendrez bien davantage ». « Libérez-les tout de suite », supplie l'autre, « nous en aurons un gros bénéfice électoral, et une fois notre pouvoir assuré, nous pourrons vous faire des concessions bien plus intéressantes. Voici, en gage de bonne volonté, la liste des adresses de vos opposants dans notre pays. » Les ravisseurs s'amusent à rapporter à l'un les propositions déshonnêtes de l'autre, ils se délectent à faire monter les enchères, ils accentuent le climat sado-maso en montrant aux négociateurs des images de leurs prisonniers enchaînés. Puis ils coupent court, pour reprendre un peu plus tard, suivant la gradation sagace que connaissent toutes les dominatrices de la rue St-Denis. Ensuite, c'est le tour d'autres dirigeants, venus d'autres pays, en proie aux mêmes affres, livrés aux mêmes contorsions. Un baron belge leur propose des armes et des plans des oléoducs de l'OTAN. Un ministre italien leur offre la preuve de l'implication de la France dans la destruction d'un avion de ligne en Méditerranée. Un Britannique…

J'arrête net la bande. Il y a du bruit à l'étage au-dessous. Une porte a claqué. Quelqu'un marche sans précautions. Je me dépêche de retirer la cassette et la glisse, dérisoire cachette, sous l'oreiller. Puis je mets une autre vidéo, « Les punitions de Miss Pardon » et je m'assieds au bord du lit, le sac à dos de Krachevski à mes pieds, le visage tourné vers l'écran mais l'attention concentrée sur la porte derrière moi.

J'attends Alex.

De Neuville posa le stéthoscope sur la blouse blanche pliée en quatre et referma l'attaché-case dans un claquement sec. Il se jeta un coup d'œil dans le miroir douteux et rajusta sa cravate.

– Votre braguette est ouverte, docteur, lui dit la putain blonde encore étendue sur le lit.

Le député lui lança un regard noir. Tout ce qui sortait du scénario lui était odieux. Il referma sa braguette, tira quatre billets de sa poche, les posa sur la table basse.

– Je reviendrai dans deux jours voir si vous êtes rétablie. Au revoir.

– Au revoir, docteur.

Le député sortit et la pute – une blonde aux longues jambes et au cul plat – poussa un soupir de soulagement. Elle retira le thermomètre qu'elle avait dû garder pendant toute la séance et se leva pour se débarbouiller avant la pause déjeuner. Elle ouvrait les robinets du bidet quand elle vit dans le miroir la porte se rouvrir. Avec un sourire forcé, elle se retourna :

– Tu as oublié quelque…

En voyant l'arrivant, elle s'interrompit. Ce n'était pas Neuville. Elle aurait pu croire que ce dernier revenait lui proposer un nouveau jeu, car celui qui avait franchi le seuil portait la tenue complète du chirurgien en salle d'opération : blouse, masque, bonnet, gants. Mais le vieux député était fier de sa sveltesse alors que cet homme était obèse. Très obèse et très leste. Sa main bondit jusqu'à la gorge de la pute, étranglant son cri.

– Contrôle sanitaire, dit une voix étrange qui n'articulait pas et montait comme un gargouillis du fond de la gorge. Avez-vous employé un préservatif ?

La putain roulait des yeux effarés. Elle hocha la tête.

– Où est-il ?

Du doigt, elle montra la corbeille à papiers au pied du lit. D'un seul mouvement du bras, l'homme rabattit la femme sur la couche. Tandis que de la main gauche, il l'y maintenait, étendue sur le dos, sa main droite cueillit la capote au bout de ses doigts gantés.

– C'est bien le sperme de M. de Neuville, député de Paris ?

La pute hocha la tête, incapable d'articuler un son. Ce qui se passait était définitivement hors du champ de sa compréhension. Mais quand l'homme lui donna un coup de coude dans le genou, elle se crut revenue sur un terrain connu, celui du viol, et elle écarta docilement les jambes. Mais l'étreinte de la main droite sur sa gorge ne se desserra pas et, avec une grande dextérité, la main gauche retourna la capote en doigt de gant pour la lui enfoncer dans le vagin. Puis l'homme la retira après avoir vérifié que le sperme était resté dans la femme.

Après quoi, il lui ouvrit le ventre avec un bistouri.

C : Ce n'est pas Alex, mais un homme grand, mince, élégant.

– Dr Aboub ? je demande en appuyant sur la touche off de la télécommande.

– Pas du tout, rétorque-t-il avec un fin sourire. Vous dites cela parce que je suis basané ? Vous ne seriez pas raciste, par hasard ? Je suis fils d'un harki mort pour la France et je sers mon pays. Le Dr Aboub a été tué par M. Krachevski. Donnez-moi la cassette.

– Quelle cassette ?

L'homme hoche la tête d'un air compréhensif et détaille la pièce comme quelqu'un qui vérifie si les lieux ressemblent à ce qu'il avait imaginé. Puis il me tourne le dos et d'un doigt distrait, feuillette un bouquin posé sur la commode. Enfin, il se retourne vers moi, s'accoude au meuble.

– Voyez-vous, nous sommes désolés que vous soyez mêlé à tout cela. Cette répugnante tentative d'assassinat dont vous avez été victime n'était pas notre fait. C'était l'œuvre de l'autre service français qui était sur cette affaire, et qui a l'habitude d'utiliser des moyens très brutaux. Ces gens-là sont maladroits et immoraux. Ils utilisent les services de truands comme Gimenez et passent des accords avec la mafia. Nous, si nous avons fait appel à Aboub, c'était pour éliminer l'équipe de fanatiques chiites, manipulés par les irakiens. Ils étaient venus négocier avec les Italiens par l'intermédiaire de votre père. Aboub les a en effet neutralisés vite et en douceur, immédiatement après que votre père les a volés, de sorte que dans cette affaire, grâce à Dieu, notre pays n'a jamais été menacé par des Arabes terroristes. Je dois dire que nous avons rencontré beaucoup de compréhension dans le gouvernement iranien qui naguère soutenait les Libanais du Hezbollah. Ces fous de Dieu n'avaient rien trouvé de mieux que de demander de la poudre d'ange à la mafia, pour en nourrir leurs commandos-suicides. Apparemment, l'attrait du paradis ne suffisait plus à les motiver… Vous rendez-vous compte de ce que cela aurait pu donner, le jour où l'Irak aurait voulu faire pression sur nous, comme l'a fait l'Iran en 86, avec la vague d'attentats qui a culminé rue de Rennes ?

Et nos collègues et néanmoins concurrents qui laissaient courir… « pour voir », prétendaient-ils ! Je crois quant à moi – c'est une opinion personnelle – qu'ils prêtent une oreille bien trop complaisante au lobby pro-irakien… Si je vous explique cela, c'est pour que vous compreniez bien que nous avons essayé par tous les moyens d'enrayer le développement d'une nouvelle psychose antiterroriste à connotation raciste… Car nous n'ignorons pas que, sous des dehors cyniques, vous êtes très attaché aux valeurs morales fondamentales. Vous voyez donc que c'est avec nous que vous devez traiter.

« Nous savons que cette cassette n'est sans doute pas ici, puisque chacune de celle qui se trouve dans l'immeuble a été dupliquée durant la perquisition et visionnée ensuite par nous. Mais nous sommes persuadés qu'Annie Rainfroi vous l'a remise ou vous a indiqué où elle se trouvait. Donnez-nous ce document dont la diffusion ferait le plus grand mal à notre pays, sans aucun bénéfice pour personne. Dès que vous nous l'aurez remis, nous interviendrons au plus haut niveau pour que l'autre service vous laisse tranquille… Encore une fois, insista le fils de harki d'une voix pleine d'inflexions courtoises, nous sommes désolés, mais si votre père ne s'était pas obstiné dans une fuite sans issue…

– Ça, vous aurez du mal à me le faire avaler. Si mon père était libre de ses mouvements, il aurait récupéré ou fait récupérer la cassette au lieu de m'écrire pour me demander de retrouver Annie et ses bagages. J'en conclus qu'il est entre les mains de gens qui voulaient m'obliger à faire le boulot et quelque chose me dit que ces gens, c'est vous.

Il a un petit rire appréciateur et se retourne vers la commode.

– C'est bien, Armand Robin ? demande-t-il en montrant le bouquin qu'il feuilletait.

– C'est vrai et beau.

Il se remet à tourner les pages du bouquin, comme un copain en visite dans la piaule mansardée d'un étudiant. S'il croit m'énerver, il n'a pas tort : je dois faire un effort sur moi-même pour réfléchir. Sacré Alex. Il les a drôlement menés en bateau. Il devait prévoir qu'un jour ou l'autre ils le coinceraient et a cherché la meilleure cachette possible, qui me serait en même temps accessible. Quel meilleur endroit que ma chambre, après la perquisition ? Il a réussi à s'introduire dans le Château-Rouge sans se faire repérer et a laissé la cassette dans le boîtier d'une de mes vidéos, avec pour seul indice, le Y enlevé.

L'homme referme le livre comme à regret.

– Je crois que nos psychologues ont raison, dit-il, il vous faut la vérité. Nous avons effectivement interpellé votre père quelques jours après sa disparition, alors qu'il rôdait autour de cet immeuble…

Il se tourne vers la porte.

– Cloarec ! appelle-t-il.

Le loup de mer de la Seine Saint-Denis entre, un sac de plastique à la main et m'adresse un sourire plein de dents :

– Salut mon grand ! On va bientôt s'expliquer, nous deux.

– Taisez-vous, Cloarec. Posez ça là.

L'inspecteur met son paquet sur la commode, se place près de la porte et, bras croisés, me couve de son regard de vigie dans la hune. La chocotte accomplit son œuvre : mes sphincters rétrécissent comme une pupille agressée par la lumière du grand large, mes claouis se recroquevillent comme le skipper à l'approche de la tempête et mon estomac gronde comme un nuage noir sur Sandettie. La sensation de déjà vu est de retour, terrifiante.

L'agent tire du sac un bocal contenant une masse blanchâtre qui flotte. C'est une main qui tourne doucement et j'ai un hoquet de dégoût en reconnaissant la bague à l'annulaire.

– Voilà ce qui reste de votre père. Le Dr Aboub, en qualité de spécialiste prêté par un gouvernement étranger, s'est occupé de lui... sans violence, je puis vous l'assurer, mais votre papa était cardiaque, et il n'a pas supporté le stress de l'interrogatoire... Je suis navré de cette exhibition, mais vous m'y contraignez... Les cendres de votre père vous seront remises dès que nous nous serons mis d'accord. Le service concurrent a utilisé un talentueux faussaire pour imiter l'écriture de votre malheureux géniteur et rédiger la deuxième lettre qui vous invitait à rechercher Annie Rainfroi. Nous avons repris l'initiative en vous poussant encore plus dans cette voie, et en produisant publiquement les empreintes d'Alexandre Varga. Par ce moyen, nous voulions signifier à nos collègues que cette guerre entre services n'avait que trop duré et qu'il convenait de vous ramener dans le droit chemin, c'est-à-dire auprès du juge Lepetit. Malheureusement, cela n'a pas suffi et ils ont pris encore une stupide initiative dans le Haut-Var. Mais nos directions sont en train de s'entendre...

Je l'écoute mal, les yeux braqués sur le bocal et sur les courtauds doigts paternels que j'ai fixés tant de fois avec tellement de haine quand ils comptaient des billets ; sur les ongles manucurés qui, si souvent, pendant que je parlais, battaient la générale, rameutant les métaphores, les périodes et les effets de manche qui fondraient sur moi dès que je reprendrais ma respiration ; sur la paume nourrie de crèmes coûteuses qui caressait en mon absence la nuque d'Annie nue.

– Ce bocal vous fascine ? remarque la barbouze beur. Tels sont les rites funéraires de la guerre secrète. Nous incinérons les corps des morts mais gardons leurs mains dans le formol, pour les empreintes. Bien des espions ou des terroristes célèbres ne sont plus depuis longtemps qu'une main dans un bocal, que les services conservent et parfois se prêtent, ou se louent pour signer telle ou telle action. Vous seriez surpris d'apprendre le nom de celui dont on conserve ainsi les deux mains dans le coffre d'une banque de Genève... Dites-nous où est la cassette.

– Allez vous faire foutre.

L'homme fronce le sourcil, l'air déçu.

– Nos psychologues ont prévu l'éventualité d'une résistance. Dans ce cas, nous devons n'employer que la quantité de violence strictement nécessaire pour parvenir à nos fins. Car toute violence superflue se retourne contre celui qui l'emploie. Frappez, Cloarec.

Le flic serre les poings et s'avance, joyeux. Je braque la télécommande sur la commode et j'appuie sur le bouton du canal 9. Le souffle de l'explosion me renverse sur le lit et le bruit est si fort que je le sens dans mes os. De la poussière m'emplit la bouche, du plâtre me tombe sur le crâne, une odeur âcre se répand. Le petit pain de semtex que m'a donné Emile K. était couplé avec un détonateur très pratique, quoiqu'un peu dangereux : il se déclenche avec une simple télécommande de télévision. Quelque chose a heurté ma joue et quand je tourne la tête, j'ai sous les yeux le pouce blanchâtre de mon père, dressé dans la poussière et les débris, comme si Alex me disait pour la première fois que nous nous connaissons : « bravo petit ! ».

L'idée me fait rire et vomir.

En me redressant, je tire ma hache du sac vert que j'avais posé à mes pieds. Le mur du fond a été troué par l'explosion, on aperçoit le toit de l'immeuble d'en face. Dans les débris de la commode, je distingue ceux de l'agent raisonneur.

– Petite pédale, je vais te fumer, gargouille Cloarec à terre, la main gauche sur son ventre qu'a traversé un morceau de bocal.

Du sang lui coule des oreilles. D'une plaie à la nuque, le raisiné coule en abondance. Son .357 est sur le parquet, à dix centimètres de sa main droite. Il la tend. Je la lui tranche.

Puis je recule vers le lit, rafle la cassette sous l'oreiller et fonce vers la porte. A l'instant où je vais l'ouvrir, un homme se précipite, pistolet en avant, et rencontre la lame de ma hache. Du sang gicle. J'en ai plein les chaussures et le bas de mon pantalon. Tout cela n'est qu'un mauvais rêve.

Je cours, bouscule deux voisins et le gardien de l'immeuble qui veulent m'arrêter. Une voiture qui passait au ralenti, son conducteur rendu curieux par l'explosion, prend ma hache dans le pare-brise. La bagnole pile. J'ouvre la portière, éjecte le conducteur qui s'est à moitié assommé sur le volant et démarre en trombe. En dix minutes, je suis devenu un meurtrier. C'était un risque que j'étais prêt à courir, mais pour me défendre contre des truands. Au lieu de quoi, j'ai flingué trois flics. Ou plutôt un flic et deux agents secrets. Ça n'arrange rien.

– Vous êtes sûr qu'il n'a laissé aucune trace, pas un cheveu, pas un débris d'ongle, rien qui puisse faire l'objet d'une expertise ADN ? Bien, parfait, merci honorable. Croyez bien que nous saurons reconnaître notre dette.

L'homme reposa le combiné du téléphone-codeur et contempla un moment, sur son bureau, la reproduction d'une photo jaunie où l'on voyait des jeunes gens en armes posant devant le drapeau de la République espagnole. Il avait fait de son mieux, lors du déjeuner au mess, pour convaincre De Neuville. Mais c'était une tête de mule. Avec un soupir, il retira le cliché de son cadre et pivotant sur son siège à haut dossier, il glissa la photo dans le broyeur.

Il y a des moments dans la vie où il faut savoir tirer un trait se dit-il sans tout à fait se convaincre.

Claude reposa le combiné à l'instant où Emile K. parvenait à forcer la porte arrière de la cuisine du bistrot. Les Envierges avaient des heures d'ouverture si compliquées, que le privé avait oublié que le mardi, c'était fermé toute la journée. Il bondit dans l'arrière-salle jusqu'au comptoir et décrocha pour n'entendre plus que la tonalité continue.

Claude se dit qu'il essaierait encore dans un quart d'heure. Et puis, à quoi bon ? Une allégresse sans objet le maintenait à distance du monde. Sans doute le contrecoup. La main d'Alex tournant doucement dans le bocal, la silhouette d'Annie s'éloignant dans la rue en pente de Varages, le type en flammes hurlant dans la pinède, le sang sur les murs de Château-Rouge, je porte mes morts en collier, se répétait-il au bord de l'hilarité.

Cet heureux état dura une heure et demie.

Un bruit métallique, comme d'une perceuse qui tournerait au ralenti, le dissipa d'un coup. Cela venait de la porte. Une sueur froide lui inonda le corps. Il avait eu l'intention de préparer, avec le matériel d'Emile K., quelques pièges électriques et explosifs. Mais ça lui était sorti de la tête. Il baissa les yeux sur sa montre : 19 heures 30. Il les leva : Guido Caronia se tenait sur le seuil de la pièce. L'Italien souriait à grand-peine, découvrant les fils de fer qui lui tenaient la mâchoire serrée en attendant qu'elle se ressoude.

– Vous êtes en avance, dit-il. Et où est Adèle ?

– Elle ne viendra pas, grogna l'Italien en tirant de sa poche profonde un pic à glace.

Il se baissa vivement, se redressa et une douleur sourde contraignit Claude à baisser le regard sur son pied gauche.

– Je t'ai percé l'ongle du gros orteil. Ça ne fait pas encore mal, expliqua Guido avec un bruit sifflant, à cause de l'effet de choc. Mais ça ne saurait tarder. Et après, je piquerai plus haut, précisa-t-il en dirigeant la pointe aiguë vers le ventre du jeune homme. A moins que tu ne me donnes la cassette.

– Mais Adèle… articula Claude.

– Tais-toi, imbécile ! gronda l'obèse. La cassette.

La douleur montait, sauvage, paralysant la jambe au fur et à mesure de sa progression. Claude se laissa tomber sur une chaise, tira la cassette de son sac et la tendit. Des larmes lui montèrent aux yeux.

– Adèle, gémit-il.

– Tu l'aimes, hein ? grogna le tueur.

Il leva les yeux au ciel :

« Ma ché stronzo ! Dresse-toi. »

Claude obéit en hurlant presque de douleur.

– Ça fait mal, constata le tueur. Mais toi aussi tu m'as fait très mal. Tu as tué Giorgio et la poularde demi-deuil, tu m'obliges à la passer au mixer pour la manger avec une paille… Avance…

De la pointe, il le poussait vers la cuisine.

« Mais je ne peux pas m'empêcher de te plaindre. Eh oui, tu me plais et l'amour est aveugle… Enlève ta chemise. »

Comme Claude hésitait, le pic avança d'un millimètre et il sentit une brûlure dans son ventre. Il obéit. Guido émit un rire qui glouglouta derrière la barrière de ses dents.

« Ne te méprends pas, mon mignon, je ne vais pas te scoper. C'est juste que je ne veux pas que tu meures avec une chemise sale. Lave-la. Il doit bien y avoir de la lessive, non, dans ce taudis ? Là, sous l'évier. Allons, dépêche-toi... »

Claude parvint à saisir sur le carrelage un flacon de détergent liquide. Puis la douleur fut si épouvantable qu'il se cogna la tête contre le chauffe-eau.

– Tuez-moi, souffla-t-il.

– Mais non, mais non, ne sois pas si pressé. Attends, si tu as mal, je vais faire quelque chose pour toi. Tu ne sais pas combien je suis bon. Je devais te torturer à mort pour qu'on attribue ton meurtre au signore Aboub. Mais comme celui-là est décédé, je vais faire preuve d'humanité...

Il extirpa de son autre poche un paquet de poudre blanche enveloppée d'une feuille transparente. Il y en avait bien un demi-kilo, qu'il posa sur la table.

– Tu vois, mon grand, dit-il en défaisant le paquet pour prendre une poignée de poudre, c'est moi qui ai rendu visite à Garz. Bouffe.

D'une main, il lui colla de la poudre sur les lèvres et Claude ouvrit la bouche, avala goulûment.

– Bien, bien, vas-y, bouffe, tu verras, tu vas plus avoir mal... C'est bien... Lave, maintenant.

L'immensité soudaine de la cuisine frappa Claude. Sous ce haut plafond, en cette humidité chaude, on se serait cru dans les communs d'un château, le jour de la grande lessive, quand trempent les vêtements du seigneur, tout imprégnés des sueurs de la chasse, des odeurs de feuilles pourries, de sang de bêtes, d'amours brutales et champêtres.

– Tu m'éclabousses, idiot, dit Guido, d'une voix presque tendre... Et comme tu as chaud !

Il lui passa une main sur la poitrine, lui pinça un sein.

– Adèle, gémit Claude.

– Mais oui, mais oui, s'énerva le tueur. Questa putana… Je suis gentil, je vais te laisser mourir en l'aimant. Viens, prends ta chemise.

Il le fit pivoter et lui montra la lucarne qui donnait sur le toit.

– Le drogué rendu fou par la poudre s'est pris pour un ange. Il a voulu étendre son linge dans le ciel. Allez, tiens bien ta chemise et vas-y.

Guido gnome ridicule au ras du parquet le soulève dans ses bras. Ce nain minuscule aux longs bras qui s'étirent comme du chewing-gum le soulève très haut, lui, Claude, dont une seule baffe écraserait l'insecte. La chose est si bouffonne qu'il se tord de rire.

– Arrête de rigoler, passe la tête… Là, tiens, ne lâche pas la chemise. Mets les mains là. Hisse-toi.

La pente du toit est si raide qu'on ne peut s'y avancer sans glisser. Claude se relève et reste immobile, les jambes fléchies.

– Allons, mon beau, dit la voix de Guido très loin dans les nuages, va, va étendre ton linge.

Mais Claude a laissé tomber la chemise dégoulinante, émerveillé par la beauté du génie qui, surgi des toits à la pointe de sa colonne, à quelques battements d'ailes de là, tend un bras vers lui. Ô viens, mon beau soleil, ô viens ma nuit d'Espagne. Il y a un tel élan dans ce corps doré que Claude répond avec le même emportement. D'un seul bond, sans bruit, il se détache du toit.

Guido Caronia mourut dans la banalité. Lui qui avait déployé tant d'imagination pour faire trépasser les autres, lui dont les trouvailles baroques émerveillaient les confrères, qui n'avait jamais gâché le travail ni cédé à la facilité, aurait certainement été désespéré s'il avait eu le temps de voir sa mort venir, prompte et terne.

En arrivant au bas des escaliers, sous le porche de la maison du Petit Musc, il tomba nez à nez avec Emile K.

– Où est Claude ? interrogea le privé en lui collant son pistolet à réducteur de son sur le front.

Caronia eut un geste du pouce sur la gorge.

– Couic, dit-il simplement.

Emile K. pressa la détente.

Un instant après, devant le gros corps effondré et la tête éclatée, l'enquêteur se demanda quelle mouche l'avait piqué. Depuis qu'il avait démissionné du GIGN, c'était la première fois qu'il perdait le contrôle de sa machine. Il n'aurait pas dû tuer ce type qui ne le menaçait pas, et dont la mort risquait de lui attirer de gros ennuis. Il se pencha, fouilla le cadavre, extirpa la cassette d'une poche et se précipita au dehors. Rue du Faubourg Saint-Antoine, il héla un taxi. Il fallait qu'il s'enferme dans une chambre d'hôtel. Il allait craquer.

– Je suis désolé, honorable, mais votre homme a procédé avec une hâte tout à fait préjudiciable… Le corps sera rapatrié à nos frais, bien entendu… Oui, c'est certainement le jeune Varga qui l'a tué. Il s'est passé une chose tout à fait extraordinaire… Nous avons une caméra au sommet de la colonne de la Bastille qui a suivi toute la scène. Je me la suis fait projeter plusieurs fois. C'est très étonnant, et si je puis me permettre ce détail incongru, très beau. Claude Varga est monté sur le toit, il a pris son élan et… on aurait dit qu'il marchait dans le ciel, il a fait une espèce de grand pas, si grand qu'il est allé tomber dans l'ouverture d'un de ces tubes que les ouvriers utilisent pour faire couler les gravats. Apparemment, c'est ainsi qu'il s'en est sorti. Oui, oui, il est vivant… Il est même retourné dans l'appartement du Petit Musc, cela, nous en sommes sûrs, puisque nous avons de nouveau aperçu son visage à la fenêtre… Il semble qu'en remontant, il ait croisé votre homme dans l'escalier, et qu'il l'ait tué… Non, non… Laissez-nous faire. Je vais lui envoyer quelqu'un qui devrait lui soutirer la cassette en douceur. Après, il sera toujours temps d'aviser sur son sort. Je vous assure… Oui… très bien… A demain… Bonne nuit, honorable.

A : En ouvrant la porte de chez moi, je trouve Escogriffe installé devant la télé, une bière à la main. Si l'appareil était allumé, le tableau serait parfait.

– Bonsoir, chérie, me dit-il, tu as passé une bonne journée ?

– Oh, le train-train habituel, mon chou, dis-je en appuyant sur l'interrupteur de la lampe du salon. Une évasion par les toits…

Et puis je pousse un cri en voyant le sang coagulé sur ses cheveux, les énormes bosses et les bleus sur son visage.

– Moi, c'est par un tuyau que je me suis échappé, dit-il en grimaçant un sourire.

Et il me serre violemment dans ses bras, à m'écraser.

– Oh, Adèle, dit-il seulement.

Et nous pleurons ensemble. Nous pleurons et nous rions. Je vais chercher la pharmacie, je le déshabille, je le panse pendant qu'il me raconte que Caronia est venu le jeter par la fenêtre, qu'il a eu la chance de tomber dans un conduit à gravats et qu'en s'agrippant des pieds et des mains, il a suffisamment ralenti sa chute pour en réchapper. Ses doigts gourds et meurtris me caressent le visage.

– Que tu es belle…

– Moi, dis-je, en comparaison, c'était du gâteau. J'ai réussi à m'échapper par un balcon, j'ai grimpé sur un toit, et me voilà.

Il ouvre mon chemisier et ma gorge se serre.

– Que tu es belle, mais que tu es belle !

– Tu veux ? je demande.

D'un geste brutal, presque hargneux, il m'agrippe l'entrejambe.

– Tout de suite.

Nous passons dans ma chambre. Je fais semblant de ne pas remarquer le sachet de poudre blanche ouvert à la tête du lit, son contenu répandu en partie. Pendant que je me déshabille, il prépare les liens et je sens la peur monter.

– On reprend les vieilles habitudes ? je demande avec un sourire forcé.

Il ne répond pas et me pousse doucement sur le lit, son regard gris planté dans le mien. Quand il m'a attachée, il prend un peu de poudre blanche dans le creux de sa main. Je baisse les paupières. Ce qui va suivre, je le sais : je rouvre les yeux. Il a posé la hache sur mon ventre.

– Maintenant, dit-il, tu vas me dire pour qui tu travailles.

– Athos à d'Artagnan, unité en place, je répète, unité en place, à vous.

– D'Artagnan à Athos, bien reçu.

Après un bref coup d'œil à l'écran de télévision qui montrait un gros plan de toit pris depuis la colonne de la Bastille, le colonel Maurice Bon examina la carte du Marais, et l'emplacement des différents groupes d'intervention. L'équipe des toits avait été la dernière à se mettre en place. « Dispositif élargi » : c'était la consigne pour l'instant. Ce qui signifiait que s'il y avait du grabuge, on ne pourrait pas l'empêcher. On serait seulement en mesure d'interdire la fuite du client.

Il serait peut-être bon, songea le colonel, d'avoir des indications sur la situation à l'intérieur. Après un instant de réflexion, il fit un signe au maréchal des logis installé à côté de lui devant la console de contrôle et celui-ci lui passa le téléphone. Il eut un bref échange avec un interlocuteur anonyme qui se montra réticent devant sa proposition, puis finit par lui donner l'autorisation demandée. Le colonel composa alors un autre numéro. Le téléphone sonna longuement puis on décrocha.

– Krachevski ? Ici Bon.

– Oh, encore toi ! Tu me pourchasses ? Comment sais-tu que je suis dans cet hôtel ?

– On t'oublie pas, mon vieux. Mais écoute, ça urge. Ta cliente est peut-être en mauvaise posture.

– Je n'en suis pas si sûr.

– Elle est rentrée chez elle, et elle y a trouvé le fils Varga.

Silence au bout du fil.

– Tu m'écoutes ? Or, tu l'ignores sans doute, mais le fils Varga a tué quatre personnes ces dernières heures. Trois agents des services, et un malfrat italien, celui-là dans l'escalier même de ta cliente.

– Et alors ?

– Comment et alors ? Ta cliente est entre les mains de ce fou, et ça ne te gêne pas ?

Le privé, dans sa chambre d'hôtel, se tut encore un instant. On lui parlait du fils Varga comme d'un être vivant.

– Qu'est-ce que tu veux que je fasse ? demanda-t-il enfin en se jetant un regard dans la glace.

Il ressemblait à un VRP sportif, sauf qu'il avait ceint son front d'un bandeau cheyenne.

– Que tu appelles Adèle Rainfroi pour essayer d'évaluer la situation. De toi, Varga ne se méfie pas.

– D'accord.

Il raccrocha, composa le numéro d'Adèle. Dans son PC, le colonel Bon se plaça des écouteurs sur les oreilles.

– Allo, fit une voix de femme au bout du fil.

– Adèle ?

– Oui.

– Ça va ?

– Oui, oui.

– Vous êtes… avec Claude ?

– Oui.

– Passez-le moi.

– C'est vous, Claude ?

– Oui.

– Je ne reconnais pas votre voix… J'aimerais être sûr que c'est vous… Vous vous souvenez ce dont vous avez rêvé, l'autre jour ? Que vous m'avez raconté ? Redites-le moi.

– J'ai rêvé d'une pie qui cognait à la fenêtre de mes paupières.

– Bien. Je voulais vous prévenir que vous êtes accusé de meurtre et que l'appartement est actuellement sous surveillance policière.

Fin de la communication.

– Le salaud ! s'exclama Bon.

A : Claude raccroche le téléphone. Je repose la tête en arrière et la lame glisse vers mon pubis.

– Je travaille pour un service français, pas celui qui a recruté Aboub, l'autre.

– Celui qui emploie Gimenez ?

– Oui.

– Ah, voilà qui me rassure ! Tu n'es donc pas employée par ceux qui ont tué mon père, mais par ceux qui ont essayé de me tuer, moi !

– Comment ça ?

– Bon, fait-il sans me répondre, tu n'es pas militante d'Amnesty International, ça te fait toujours un défaut de moins…

– Détrompe-toi. A mes heures perdues, je lutte contre la torture et les emprisonnements pour motif d'opinion sans inculpation ni jugement. Et ne crois pas que je suis dans cette organisation non gouvernementale pour l'espionner. J'y suis parce que j'y crois… Je suis sûre que tu as la tête pleine de clichés sur les activités des services secrets. Ils sont pourtant nécessaires à la défense de la démocratie. Pour moi, la lutte contre l'espionnage et le terrorisme sont indissociables de la défense des Droits de l'homme dans le monde. Bien sûr, il y a eu le *Rainbow Warrior*, mais je crois que c'est de l'intérieur qu'on peut changer les choses. Le service a recruté beaucoup de jeunes comme moi et nous avons commencé à le faire évoluer…

– Bravo, fait Escogriffe et si je n'avais pas les mains liées, je le giflerais pour son air moqueur.

– C'est moi qui aie fait embaucher Annie comme vacataire du Service, je dis. Elle était sur une très mauvaise pente, elle faisait n'importe quoi. Je la soupçonnais même de se prostituer.

– Alors, il valait mieux que le Service soit son mac, c'est ça ?

– Ne dis pas de bêtise. Personne ne lui a demandé de coucher avec ton père… Pendant deux ans, elle nous a renseigné sur les activités d'Alexandre Varga. Ce n'est pas moi qui la traitais, mais apparemment, ça se passait bien. J'étais contente de voir qu'elle s'en sortait. Et puis quand elle a disparu en même temps que Varga, je me suis sentie très coupable de l'avoir entraînée là-dedans. Ou bien elle avait été emmenée contre son gré par ton père, ou bien elle était entrée dans l'illégalité. Et comme elle m'avait dit plusieurs fois en ne plaisantant qu'à moitié, qu'un jour, elle ferait un gros coup avec toi et qu'elle disparaîtrait, je me suis persuadée que c'était la deuxième solution. Peut-être parce que je n'osais pas imaginer le pire… Mon Service avait fait la même analyse. Nous pensions que tu savais où était Annie…

Du bout des doigts, Claude suit la ligne de mon profil.

– Comme vous vous ressemblez… Quand j'ai retrouvé ta sœur, elle m'a parlé de cette idée de fuite avec moi et j'ai deviné ton rôle, sans me l'avouer vraiment : tu étais la seule à qui elle avait confié ce rêve, et tout le monde s'acharnait sur moi comme si on était sûr que je savais où était Annie. Il fallait bien que tu aies communiqué l'information à ceux qui me pourchassaient… La deuxième lettre d'Alex, celle qui, prétendais-tu, t'avait été donnée par Le Cloarec, c'est bien ton Service qui l'a fabriquée ?

– Oui. Nous venions d'apprendre que ton père était mort entre les mains d'Aboub et nous avons voulu te pousser à rejoindre Annie… Qu'est-ce que tu fais ?

– C'est dur de te haïr. J'ai besoin d'un remontant.

D'une main, il a pris une pleine poignée de poudre, de l'autre, il a débarrassé mon ventre du poids de la hache. Assis au bord du lit, les jambes croisées, il pose l'outil en travers de sa cuisse et garde une main serrée sur le manche. Le teint cadavérique, le visage marqué d'hématomes, il me dévore de son regard gris et fou.

– Pourquoi avez-vous mis Krachevski dans le coup ?

– Mon Service s'est efforcé d'intervenir le moins possible directement dans cette affaire. Je suis le seul agent qui l'ait fait, à cause de mes liens avec Annie. Nous avions besoin d'un excellent enquêteur et nous avons toujours eu des bons rapports avec Krachevski, à la différence de l'autre Service… Mais pour lui, je n'étais que la sœur d'Annie, du moins officiellement.

– La lettre qu'on m'a volée dans le sex-shop ?

– C'est lui qui l'a prise. Nous t'avions suivi jusque-là. Il me l'a donnée, nous avons convenu de rompre la filature, il est parti, mais tout de suite après, il y a eu l'épisode du Boulevard de Sébastopol, et je suis intervenue…

– Avec Neuville, Gimenez, Caronia, vous avez joué la comédie ?

– Mais non, Neuville et Gimenez ignorent encore que je suis un agent. Quand Caronia m'a enlevée au journal, il ne le savait pas. Après, mon service a négocié une alliance avec lui. La deuxième fois, oui, c'était un faux enlèvement…

Je tire sur les cordes pour essayer de me redresser sur les coudes et lui parler en face :

« Je n'imaginais pas qu'il essaierait de te tuer. Quand il est venu tout à l'heure en avance, c'est de sa propre initiative. Normalement, on devait se présenter tous les deux ici à 20 heures, il serait reparti tranquillement avec la cassette et je serais restée avec toi… »

Il ricane.

– Tu me racontes des craques, Mata Hari !

– C'est vrai, je te jure.

– Depuis le début, vous me manipulez, vous nous manipulez, mon papa mort et moi… je vous le demande : est-ce bien moral ?

Il ponctue d'un rire son interrogation et se lève. Sa prise s'affermit sur la hache. J'ai peur. Oh ! que j'ai peur.

– Pourquoi es-tu revenue ?

– Le Service me l'a demandé. D'après les psychologues, tu étais très amoureux de moi et je n'aurais aucun mal à te soutirer la cassette. Mais moi je me doutais bien que tu avais deviné mon rôle…

– Alors pourquoi es-tu venue ?

– Pour te dire de rendre la cassette… je ne veux pas qu'il t'arrive malheur… je t'aime.

La gifle est si forte que ma tête résonne en cognant contre les montants du lit.

Me prenant au menton, il ramène mon visage vers ses yeux.

– Tu m'as menti tout le temps ?

– Tout le temps.

Il soulève la hache et regarde la lame, passe le doigt sur le fil.

– S'il-te-plaît, je dis d'une voix puérile, ne me fais pas mal.

Il se baisse vers moi, tranche les liens de mes mains, de mes pieds.

– Va-t-en, souffle-t-il. Vite. Cette saloperie recommence à monter. Je vais perdre le contrôle. Va-t-en. De toute façon, je suis foutu. J'ai tué trois flics et on ne me prendra pas vivant. Va-t-en.

Je m'assieds au bord du lit. Un instant, on se regarde, moi l'agente secrète piteuse et nue, lui le camé à la hache, bourré jusqu'aux yeux d'une drogue qui rend fou. Et puis il lâche l'outil, se jette sur moi et on s'étreint. Ses mains me pétrissent les fesses, s'emparent de mes seins, de mon visage, de mon sexe.

– Aïe, je fais.

– Excuse-moi, dit-il.

On s'écarte. Ses gestes sont ceux de l'amour. Sauf qu'ils font mal. Question d'intensité dans la pression des mains, de brutalité dans le mouvement, de force mise dans la pénétration des doigts, de violence des morsures. Il ne semble plus conscient de la fragilité des chairs.

Mais j'ai aperçu du vert dans ses yeux et je veux y retourner.

Je prends une pleine poignée de poudre et la fourre dans ma bouche. C'est horriblement amer. Je tousse.

– Tu es folle ! crie-t-il en me prenant le poignet. Arrête. Qu'est-ce que tu fais ?

– Je te rejoins, je dis.

J'avale, déglutis, avale encore.

« C'est le paradoxe du menteur qui ment même quand il dit qu'il ment. Je t'aime. »

*
**

– Oui, monsieur le ministre, cette guerre des Services a été très néfaste… Cela ne se reproduira plus. Je vous appelle parce qu'il y a eu un nouveau développement. Krachevski m'a passé un coup de fil. Non, je ne sais pas comment il a mon numéro. Il prétend être en possession de la cassette et exige l'impunité pour le fils Varga. C'est ridicule, n'est-ce-pas ?… Oui, oui… Ah, en effet… Bien, je vais essayer de négocier.

Tu me dévores du regard et il ne restera bientôt plus que le squelette, car je vais te tuer de plaisir.

– La négociation a tourné court. Le fils Varga refuse de discuter. Il a l'air plongé dans un délire meurtrier. Et il y a un pépin, du côté de notre agent. Elle semble souffrir du syndrome de Stockholm. A moins qu'il l'ait droguée. Si je comprends bien ce qu'elle raconte, parce qu'elle délire elle aussi, elle a pris son parti, et elle prétend qu'elle déballera tout sur la place publique… Comment ? Mais, monsieur le ministre… Oh, ce n'est pas à cause de

Krachevski que je dis ça, on peut régler son cas à part, mais sur le plan éthique… Oui, oui, vous avez raison, il faut en finir, mais c'est une décision terrible… Lui, il a tué trois de nos agents, mais elle… Oui, vous avez raison. Nous attendrons six heures. La loi sera respectée.

– Appel général. D'Artagnan à Athos, Porthos et Aramis. Un pour tous. Je répète : un pour tous.

Épilogue

Comme son bras droit tenait un gros carton, Emile K. ouvrit de la main gauche la porte à double battant sur laquelle était fixé l'écriteau : « SERVICE DES LONGUES DURÉES ». Une infirmière s'avança aussitôt vers lui.

– M. Nedoncelle ? le professeur Martin va vous recevoir.

Elle le précéda dans le long couloir aux murs beige et bleu clair, sur lequel des portes en bleu foncé étaient régulièrement espacées. Sous l'éclairage cru, la blouse blanche de l'infirmière fatiguait les yeux.

Le professeur Martin fumait la pipe, tourné vers la fenêtre que mouillait le crachin de la Manche. A l'arrivée du privé, il pivota son fauteuil et tourna vers son visiteur un visage barré de gros sourcils broussailleux qui se rejoignaient presque au-dessus du nez. Il se leva, tendit la main.

– Bonjour, M. Nedoncelle, dit-il avec un bref sourire. Vous voyez le temps qu'il fait ? Ne le répétez pas, mais ici, c'est comme ça 365 jours par an.

En se rasseyant, il indiqua le siège en face de son bureau. Emile K. y prit place en posant le carton à ses pieds.

– Ça ne vous ennuierait pas de me montrer votre carte professionnelle ? Notre service soulève tant de curiosité malsaine…

– Mais non, je vous comprends parfaitement, répondit Emile K. en lui tendant sa carte de journaliste au nom de Charles Nedoncelle.

– Bien, parfait, dit le professeur Martin après l'avoir examinée attentivement. Je n'ai malheureusement pas beaucoup de temps à vous consacrer. En deux mots, notre service s'occupe des personnes en coma dépassé depuis plus de six mois. Victimes pour la plupart soit d'accidents de la circulation, soit d'un empoisonnement médicamenteux à la suite d'une tentative de suicide, elles se trouvent plongées dans l'inconscience la plus profonde. Comme elles n'ont pas besoin d'assistance respiratoire ou autre pour rester en vie, les hôpitaux normaux n'en veulent plus. De fait, ce que nous faisons ici s'apparente plus à de l'hôtellerie qu'à un service hospitalier normal. Nous nourrissons les patients par intraveineuse, soignons les rares petits bobos qu'ils peuvent attraper, et c'est tout. Cela peut durer très longtemps. Nous avons une malade qui est dans le coma depuis dix-sept ans. Certains patients ont de la famille qui leur rend régulièrement visite, qui leur fait écouter de la musique, qui leur parle, dans l'espoir qu'un jour ils se réveilleront. En fait, depuis cinq ans que je suis ici, on a eu en tout et pour tout trois cas de sortie de l'inconscience… Bref, ce serait très emmerdant si de temps en temps, on n'avait pas des clients comme ceux qui vous intéressent… Vous voulez les voir ?

– Bien entendu.

Le médecin se leva. Emile K. l'imita et prit son carton sous le bras.

– Je vous préviens, dit-il en posant sa pipe, fourneau renversé dans un cendrier, il n'y a pas grand-chose à voir. En un an, leurs blessures se sont guéries, ils ont l'air de dormir, c'est tout.

Pour les murs des chambres, on avait choisi la nuance coquille d'œuf. La grande baie n'avait pas de rideaux et l'ouate grise du crachin plongeait dans une demi-pénombre le calme définitif de la pièce.

Adèle et Claude étaient étendus côte à côte, dans des lits identiques, avec à leur droite le même goutte à goutte. Au-dessus de chaque lit était placé un appareil muni d'un écran, où un point lumineux montait et descendait. De nombreux fils partant de divers points du crâne et du reste du corps, reliaient chacun des deux patients à son appareil et il y avait une étiquette au-dessus de chaque écran.

C : pour Claude.

A : pour Adèle.

C et A : fixaient le vide de leurs yeux grands ouverts.

– Nous les avons réunis, parce qu'ils sont dans le même état très particulier, expliqua le professeur Martin. Assez semblable, par certains côtés, à cette maladie du sommeil qui a frappé des gens atteints de la grippe espagnole avant-guerre. Les rares personnes qui en étaient atteintes et qui ont réussi à en sortir ont raconté qu'elles étaient dans une espèce de semi-conscience crépusculaire mais dans l'incapacité absolue de bouger ou de communiquer… Ces deux patients ont été plongés dans un état de choc à la suite d'une intervention policière au cours de laquelle ont été utilisés des explosifs soniques très puissants, qui provoquent généralement une sidération de quelques minutes. Mais en l'occurrence, leur effet s'est conjugué avec celui de la phencyclidine, une drogue très puissante qu'ils avaient consommée en très grande quantité…

Le professeur s'interrompit un instant pour prendre le pouls d'Adèle, puis celui de Claude. Ce faisant, il se penchait au-dessus de son patient, au-dessus du visage dont les yeux ne cillaient jamais et fronçait le sourcil avec ce mélange de pénétration et d'absence qui caractérise le rituel médical.

« Chose tout à fait remarquable, l'observation clinique a démontré, avec l'aide de tous les instruments dont nous disposons, que ces deux patients suivent en même temps le même cycle d'émotions. Je dis cycle à dessein. Car vous voyez ces deux appareils qui indiquent leur activité mentale : nous avons noté que chez ces deux sujets, les mêmes phases d'anxiété, de peur, de colère, de joie, revenaient après quatre jours, strictement dans le même ordre. En clair, ils paraissent revivre ensemble une même suite de souvenirs… »

Le professeur reposa la main de Claude et, tourné vers la fenêtre, marqua une pause.

« Et quand je dis souvenirs, reprit-il, c'est pour me faire comprendre… Voyez-vous, ce qui me fascine, chez mes comateux, c'est que nous n'avons aucun moyen de leur prouver que leur monde à eux est moins réel que le nôtre. Aucun, aucun », insista-t-il d'une voix coléreuse.

« Et pourtant, poursuivit-il, la réalité c'est nous qui y sommes, et jusqu'au cou, puisque nous sommes dans le temps. Vous savez bien, n'est-ce-pas, chacun a cette expérience intime, inutile de s'étendre, que le temps c'est ce qui se dérobe : à peine avons-nous pris conscience de l'instant, qu'il est déjà passé. »

Une étrange véhémence faisait vibrer la voix du médecin.

« Nous qui sommes dans le temps, nous ne connaîtrons jamais le sentiment de perfection de l'instant immobile : on peut dire que nous vivons à l'imparfait… Alors que ces deux-là », dit-il en tendant un doigt accusateur vers le profil doux d'Adèle et la moue butée de Claude, « ils ne revivent pas des souvenirs, ils sont sortis du temps, ils sont au présent, pour toujours, au présent ! »

Emile K. hocha la tête et ne dit rien. Pendant une minute, les deux hommes se turent, contemplant les dormeurs. Au dehors, le crachin s'était transformé en pluie battante. Puis dans le carton aux pieds du privé, il y eut un bruit qui fit sursauter le professeur.

L'enquêteur se baissa, ouvrit la boîte.

Une pie en jaillit, déployant ses ailes, et se mit à voltiger dans la chambre.

– Qu'est-ce que c'est que ça ? Vous êtes fou !

L'oiseau affolé tournoyait, se posait un instant sur la perche d'un goutte à goutte, repartait.

Emile K. observait les visages des dormeurs sans prêter attention aux cris du médecin.

Plaquée contre la vitre, la pie battait des ailes.

– Vous êtes dans un hôpital, avec des règles d'asepsie à respecter ! Prenez votre volatile et fichez le camp !

L'enquêteur scruta les traits impassibles d'Adèle puis de Claude. Comme le professeur sortait rameuter les infirmières, Emile K. ouvrit la fenêtre et la pie s'envola.

Les rouleaux d'océan explosaient sur la grève de Berk-Plage. Une tempête était en préparation. Le vent ronflait entre les sinistres casernes sanitaires. Les estropiés, handicapés, accidentés et rééduqués avaient regagné leurs cliniques respectives. Loin sur la mer, une sirène tenta de trouer le rideau de pluie.

Emile K. marchait sur la plage, les écouteurs du walkman dans les oreilles.

Un an était passé depuis l'attaque de l'appartement du Petit-Musc, où un forcené retenait une jeune femme en otage. On avait oublié cet épisode au cours duquel les supergendarmes s'étaient couverts de ridicule en faisant exploser une porte pour se jeter en avant… contre un mur qu'Adèle et Claude avaient bâti dans la nuit, avec des parpaings et du ciment qui se trouvaient dans l'appartement, on ne savait pourquoi. Ce premier échec, qui s'était soldé par deux nez et une épaule cassés chez les forces de l'ordre, les avait enragées. L'assaut qui avait suivi, par les toits, avait été particulièrement brutal. Le forcené avait été neutralisé, mais malheureusement, son otage aussi. La presse avait protesté.

Mais l'opinion publique avait été ensuite distraite par l'arrestation du député de Neuville, inculpé du meurtre d'une prostituée. Le test de l'ADN, effectué à partir du sperme de l'assassin, l'accablait. A la veille de son expertise psychiatrique, il s'était pendu dans sa cellule.

Quand il avait vu qu'il ne pouvait plus rien pour Claude ni pour Annie, Emile K. avait négocié sa tranquillité et celle des deux comateux contre la remise de la cassette. Evidemment, ses interlocuteurs étaient persuadés qu'il l'avait dupliquée, ce qui ne faisait que renforcer sa position. On lui foutrait la paix.

Un an était passé. Il n'y avait plus de télé dans le métro et à l'Est, le monde avait changé de base, tandis que le Diable cathodique avait été déplacé d'une rive à l'autre de l'Euphrate.

Le privé leva la tête. Il lui avait semblé apercevoir dans le ciel une silhouette noire tachetée de blanc. Une espèce d'oiseau dont la forme, ailes déployées, évoquait un Y. Mais il ne distingua rien et comme la pluie avait détrempé son visage, il le baissa vers le sol. Dans son oreille, on chantait :

Je crains bien le malheur le deuil et la souffrance
et l'angoisse et la guigne et l'excès de l'absence
je crains l'abîme obèse où gît la maladie
et le temps et l'espace et les torts de l'esprit

DU MÊME AUTEUR

Un coupable idéal, Roger Knobelspiess
Martin Nadeau, 1985

Rue de la Cloche
Éditions Métailié, 1992 ; Points, 1994

La Forcenée
Métailié, 1998

Corps défendant
Métailié, 2001

La Nuit de la dinde
Métailié, 2003

Vénénome
Métailié, 2005

Nausicaa forever
ou Aventures d'une jeune fille ordinaire
dans un autre monde possible
Éditions du Rocher, 2005

Au fond de l'œil du chat
Métailié, 2006

Saturne
Prix des lecteurs du festival Quais du polar en 2011
Éditions du Masque, 2010
et « Folio Policier », n° 668

La Politique de la peur
Essai
Seuil, 2011

La Disparition soudaine des ouvrières
Éditions du Masque, 2011
et « Folio Policier », n° 701

Madame courage

Éditions du Masque, 2012
et « Folio Policier », n° 723

Le Sourire contenu

La Table Ronde, col. La Petite Vermillon, n° 429

Loups Solitaires

Métailié, 2017

Le Monde des grands projets et ses ennemis

Voyage au cœur des nouvelles pratiques révolutionnaires

Le Découverte, Cahiers libres, 2018

Sur l'île de Lucifer

SNAG, 2018

Maldonnes

Métailié, 2021

RÉALISATION : NORD COMPO À VILLENEUVE-D'ASCQ
IMPRESSION : CPI FRANCE
DÉPÔT LÉGAL : JUIN 2021. N° 147822 (3042917)
IMPRIMÉ EN FRANCE